17살의　시간여행

17살의 시간여행

초판 1쇄 인쇄_ 2010년 5월 25일 | **초판 1쇄 발행_** 2010년 5월 30일
지은이_김나은 · 김별아 | **펴낸이_**진성옥 · 오광수 | **펴낸곳_**꿈과희망
표지그림_박정현 | **디자인 · 편집_**김창숙, 최정인 | **마케팅_**김진용
주소_서울특별시 용산구 원효로 1가 112-4 디아뜨센트럴 217
전화_02)2681-2832 | **팩스_**02)943-0935 | **출판등록_**제1-3077호
http://www.dreamnhope.com| e-mail_ jinsungok@empal.com
ISBN_978-89-90790-99-6   43810 | **값** 12,000원

17살의 시간 여행

김나은 · 김별아 지음

꿈과 희망

잃어버린 나의 별, 여우별을 찾아서

17살 두 소녀와의 행복한 여행

'책쓰기 동아리'와 함께한 시간은 저에게는 무척 행복했습니다. 지난 일 년간 대구광역시 교육청에서 지원하는 책쓰기 동아리에 참여하게 되면서 평소에는 보지 못했던 학생들의 많은 가능성을 발견할 수 있었습니다. 그리고 같은 교복을 입고 교실에 앉아 있는 학생들이지만, 그 모두가 자기만의 '이야기'를 가지고 있다는 것도 새삼 깨닫게 되었습니다.

그 중 이 책의 저자인 나은이와 별아는 동아리에서 가장 먼저 책을 완성한 학생이며, 자신의 작품을 대구광역시 교육청에서 주최한 '2009 책 축제'에 출품하기도 했었습니다. 또한 다르면서도 닮은 데가 있는 두 꼬마 작가의 글이 '17살의 시간여행'이라는 한 권의 책으로 나오게 되어 생애 첫 출판을 하게 된 것에 축하를 보내고 싶습니다.

나은이는 늘 눈동자를 빛내며 수업을 열심히 듣고, 시험 기간이 되면 저의 빈틈을 조목조목 짚어내는 질문을 하러 오는 전형적인 '모범생'입니다. 하지만 책쓰기 동아리를 함께하면서 나은이의 또다른 모습들을 볼 수 있었습니다. 손수 한 편씩 쓴 글들을 들고 수줍게 얼굴을 붉히며 교무실로 찾아올 때면, 해야 할 일을 제쳐두고서라도 나은이의 글 읽는 재미에 빠지곤 했습니다.

사실 저는 이 책에 나오는 미야자키 하야오 감독의 영화를 한 편도 끝까지 보지 못한 사람입니다. 하지만 이 책을 읽으면 미야자키 하야오 감독의 영화가 보고 싶어질 뿐만 아니라, 그 안에서 발견하는 나의 모습은 어떤 것일지 궁금해집니다.

이 책은 또한 대한민국의 열일곱 살 여고생인 나은이의 모습을 가장 잘 보여주는 책입니다. 앞으로 나은이가 얼마나 많은 책을 쓰게 될지는 모르겠지만, 가장 애착이 가는 것은 처음 쓴 이 책이 될 것이라고 믿어 의심치 않습니다. 더불어 이 책을 통해 나은이와 비슷한 경험을 했던 우리 자신의 모습도 볼 수 있을 것이며, 우리가 살고 있는 사회, 지구 환경 등에 대해서도 생각해 보게 될 것입니다.

이 책의 두 번째 작가 '별아'는 미국에서 중학교를 졸업하고 고등학교에 입학한, 외교관을 꿈꾸는 소녀입니다. 별아는 지난 일 년간 제가 담임하는 반에서 누구보다 열심히 학교 생활을 해 온 모범학생이며, 책 읽기와 드라마, 가수 '동방신기'를 좋아하는 소녀입니다. 깔끔하면서 흡인력 있는 별아의 글은 국어 교사인 저를 부끄럽게 함과 동시에 외교관의 꿈 못지않게 작가로서의 소질이 뛰어나다는 생각도 들게 합니다.(본인은 섭섭해 할지 모르지만……^^)

별아의 글을 읽으면서 저 역시 글 속의 주인공 '별아'가 된 듯 울고 웃을 수 있었습니다. 어떤 것을 봐도 아무 느낌이 없을 만큼 무디어진 마음이 글 속의 준수를 보며 다시 설레기도 했고, 글 속에서 아파하는 별아의 모습을 볼 때는 이 사회의 기성 세대의 한 사람으로서 미안함과 죄책감이 들기도 했습니다. 또한 무엇이 우리 청소년들을 이렇게 가두어 놓고 힘들게 하나 하는 고민들을 오랫동안 하게 되었습니다.

이 글 속의 '별아'는 자신이 진정 원하는 꿈을 찾을 수 있었고, 준수와 같은 평생의 멘토가 되어줄 친구를 만났다는 점에서 무척 행운이라 할 수 있습니다. 하지만 대부분의 우리 학생들은 자신이 왜 공부를 해야 하는지, 진정으로 원하는 게 무엇인지조차 모르면서 하루하루를 살아가고 있는 경우가 많습니다. 별아에게는 준수가 자신의 꿈을 찾아준 '여우별'이었듯이, 별아의 글이 많은 청소년들에게 또다른 '여우별'이 되었으면 좋겠습니다.

이 책이 나오게 되기까지 지난 일 년 동안 공부할 시간을 쪼개어 책쓰기에 참여해 준 두 작가 나은이와 별아에게 가장 먼저 감사의 마음을 전하고 싶습니다. 또한 저희가 책쓰기 동아리 활동을 할 수 있도록 든든한 후원자가 되어주신 경북여고의 교장·교감 선생님과 대구광역시 교육청의 한원경 장학관님, 이 책이 만들어지기까지 많은 도움을 주신 꿈과 희망 출판사에도 이 자리를 빌어 감사의 뜻을 전합니다.

이 책은 나은이, 별아와 같은 시간여행을 하고 있는 청소년들뿐만 아니라 먼저 그 여행을 다녀온 어른들에게도 과거의 시간으로 초대하는 기회가 될 것입니다. 17세의 두 꼬마 작가, 나은이와 별아와 함께 과거와 현재, 미래를 넘나드는 즐거운 시간여행을 하시길 바랍니다.

하나의 여행을 마치고 또다른 여행을 꿈꾸며,
경북여고 책쓰기 동아리 지도교사 김소연

17살, 미야자키 애니와 만나다

글·그림 김나은

"내 그림이 누군가의 흉내에 불과했다는 걸 깨달았던 거야.
나만의 그림을 그리지 않으면 안 된다는 걸 알게 된 셈이지."

- 「마녀배달부 키키」에서 우르슬라의 대사 中

'미래소년 코난', '원령공주', '이웃집 토토로', '바람계곡의 나우시카', '천공의 성 라퓨타', '마녀 배달부 키키', '붉은 돼지', '센과 치히로의 행방불명', '하울의 움직이는 성', '벼랑 위의 포뇨' … 기타 등등. 이 중에서 한 가지라도 들어본 적이 있는 사람? 아마 대다수일 거다. 전부 다 모르겠다고 실망하지 마라! 모른다면 나로서는 더욱 기쁜 일이다. 내 책을 통해 당신도 '미야자키 하야오의 작품'을 알게 될 것이니 말이다.

미야자키 하야오는 국내에서도 매우 잘 알려진 일본 애니메이션 감독으로, 나는 그의 작품을 이 책의 주제로 잡았다. 왜 하필 주제가 이것이냐고? 답은 간단하다. 내가 미야자키 하야오의 작품을 사랑하고, 또 이 주제라면 책으로 열심히 쓸 수 있겠다는 자신감을 주었기 때문이다. 주제를 이것으로 삼고 나자, 그때부터는 바빠졌다. 책과 관련된 자료를 모으고, 관련 인터뷰도 하고 한시바삐 '원고'를 써서 완성해야 했기 때문이다. 그렇게 몇 달이 지나 마침내 '17살, 미야자키 애니와 만나다'가 탄생하게 되었다.

이 책은 단순히 미야사키 하야오의 애니메이션과 관련된 줄거리나 감상뿐만이 아니라, 나의 17년 인생 스토리 또한 담겨져 있다. 물론 미야자키 하야오의 작품 소개와 그 속에 담긴 감독의 메시지만을 분석해서 끝을 낼 수도 있을 것인데, 왜 굳이 내 삶을 덧붙였을까. 내 책의 제

11

목에서도 알 수 있듯이, 나는 17년 동안의 짧은 인생 속의 '나'와 미야자키 감독의 작품 속 장면을 결부시켰다. 미야자키 감독의 작품을 분석하고 평가하는 것은 - 그의 팬이라면 누구나 할 수 있는 일이다. 나는 나만의 책을 만들고 싶었다. 그리고 여기서 한 발짝 더 나아가, 내 책을 읽는 독자가 나처럼 색다르게 미야자키 감독의 애니메이션을 감상해 주었으면 한다. 나처럼 이렇게 책을 만들어도 좋고.(^_^) 그렇게 해서 또 한 명의 미야자키 하야오 작품의 팬이 늘어남과 동시에, 새로운 작가(!)가 탄생할 수도 있는 일이다.

내가 미야자키 하야오의 작품을 좋아하는 이유는 그 작품마다 인간을 향한 따스한 시선과 사랑이 느껴지기 때문이다. 겉으로 보기엔 인간의 행적을 꾸짖고 비판하는 것처럼 보일 수도 있지만 그 속을 들여다보면 등장 인물들을 통해 보여주는 따뜻한 인간애, 밝은 희망, 가능성을 만날 수 있다.

이 책은 가급적 미야자키 감독의 작품을 먼저 본 후에 읽어주었으면 한다. 그렇다고 해서 내 책을 먼저 읽지 말라는 것은 아니다. 영화를 보기 전에 줄거리를 알고 나서 봐야 더 재미를 느끼는 사람과 줄거리를 모르고 봐야 재미있어 하는 사람들이 있으니, 이 책을 먼저 읽든, 애니메이션을 먼저 보든 재미있게 감상해 주신다면 더 바랄 게 없다. 조금 더 욕심을 낸다면, 독자들과 책 쓰는 즐거움을 공유하고 싶다. 자신만의 작품을 창작한다는 것은 물론 매우 고통스럽고 어렵겠지만, 그만큼 재미나고 행복한 책 쓰기의 매력에 풍덩 빠지길 기원한다.

미야자키 하야오씨의 팬이자 평범한 대한민국 학생,

김 나 은

독자의 글 : For Sita's first book

　이 책은 언니의 첫 책이자 소설도 아닌 수필로 그야말로 언니 그대로
의 삶이 들어 있는 책이다. 다른 책들과 비교한다면 역시 자신의 삶을
애니메이션과 엮어가며 드러냈다는 점.

　언니는 나와 있을 때는 활기차지만, 바깥에서 다른 사람들과 만나면
매우 조용하고 수줍어한다. (자신은 그렇지 않다고 반론하지만 어쩌랴. 내
입장에선 그런데) 그런 언니가 세세한 삶의 구석구석을 다 밝히는 책을
쓴다고 하니, 놀라운 이야기가 아닐 수가 없었다.

　언니는 이 책을 꽤 고생하며 썼다. 미야자키 하야오라는 일본 애니메
이션 업계의 명인이 낸 거의 모든 작품을 보고 (제일 최근에 나온 최신작
은 넣지 못했다) 자신의 삶과 관련지어낸 책이라 스토리 구성상 자신이
겪지 않았던 이야기가 나올 수도 있었던 것이다. 하지만 언니는 열심히
썼다. 초본을 보면 딴 길로 샌 이야기도 많다. (그 후로 수정했는지는 모르
겠지만) 하지만 문제점. 도대체 장르를 꼽아 놓을 수가 없다. 자서전도
아니고 애니메이션 설명서도 아니다. 다른 이의 작품 이야기를 주로 한
다는 점에서 수필이라 하기에는 막연하다. 실로 재밌는 책이다. 가볍게
읽을 수 있는 이야기로 된 책으로 꼽으라면 꼽으랄까. 지극히 평범한 대
한민국 고등학생의 책이라 남들이 공감할 수 있는 이야기도 많다.

애니메이션이나 만화를 보고 '내가 이 주인공이라면' 이란 생각 다음으로 많이 하는 것이 '나도 이런 경험이 있어' 일 것이다. (판타지라고 해서 경험 이야기가 없는 게 아니라 등장 인물들의 갈등은 누구나 한 번쯤 겪어봤을 만한 것이다.) 언니는 그런 생각을 글로 펴낸 것이고, 언니는 지극히 평범한 사람이니까, 어쩌면 독자 여러분도 할 수 있을지도 모른다.

-By B.M.K(세상에서 하나뿐인 동생)

1. 이웃집 토토로

한적한 시골에서 두 소녀가 들려주는 거대한 동물 이야기

"토토로~토토로~토토로~토토로~ ♬"

'이웃집 토토로'를 한 번쯤 봤던 사람이라면 이 흥겨운 멜로디를 알고 있을 것이다. 만약 한 번도 보지 않은 사람이라면? 이 제목을 보며 마음껏 상상의 나래를 펼쳐보기 바란다. 토토로에 대한 호기심이 생기고, 가슴이 두근거린다면 그 때가 바로 이 정겨운 애니메이션을 보아야 할 때다.

내가 처음 이 애니메이션을 본 것이 언제인지는 안타깝게도 잘 기억이 나지 않는다. 아마 '이웃집 토토로'에 나온 두 소녀 중, 언니인 사츠키와 엇비슷한 나이였던 것 같다. 12살인 사츠키에게는 유치원생쯤으로 보이는 여동생 메이가 있다. 엄마의 병 때문에 공기 좋고 물 좋은 곳으로 이사 온 이 자매는 이상야릇하게 생긴 토토로를 만나게 된다.

토토로는 매우 특이하게 생겼다. 곰의 손발을 하고 뾰족한 귀와 수염은 마치 고양이를 연상시킨다. 아빠 토토로의 몸집은 인간 어른을 몇 명을 합쳐놓은 거대한 크기이고, 엄마 토토로는 메이만한 몸집에, 마지막으로 새하얀 아기 토토로는 정말 조그맣다. 가만 생각해 보니, 큰 나무가 집이고 밤에도 활동하는 것으로 보아 올빼미나 부엉이과로 보인다. 비록 사람의 말은 할 수 없어도 메이와 사츠키의 말은 다 알아듣고 문제를 해결해 주는 모습은 나에게 퍽 믿음직스럽게 느껴졌다.

움직이는 토토로를 보며 나도 메이와 사츠키처럼 토토로에게 매달려 날고 토토로를 꼭 껴안아주고 싶었다. 토토로를 만나고 난 뒤, 나는 종종 저 나무에서 토토로가 나오지는 않을까, 토토로가 자고 있는 곳으로 이어질 만한 구멍은 없는지 살펴보곤 했다.

16

비가 추적추적 내리는 늦은 저녁. 사츠키는 우산을 하나 더 들고 버스정류장에서 아빠를 기다린다. 버스가 몇 대 지나가도 아는 사람은 보이지 않고… 그렇게 한참을 기다렸을까. 조금 있으니 옆에서 인기척이 들린다. 거대한 손톱에 곰을 연상시키는 쥐색 빛 털. 사츠키와 토토로의 첫 만남은 그렇게 빗속에서 이루어졌다.

사츠키와 메이의 시골 생활이 부러웠던 것은 옥수수를 따고 생오이를 물에 씻어 먹는 장면을 볼 때였다. 정말 여름이 물씬 느껴지는 차림으로 나무 그늘에 앉아 오이를 손에 들고 오독거리는 사츠키와 메이가 생생하게 떠오른다. 나도 언젠가는 저런 체험을 해봐야지… 해서 이번 2009년 휴가 때는 사과 따기 체험도 했었다.('토토로'의 영향은 아닌 듯하다;;) 사과지기 아저씨께서 정성껏 길러 놓은 사과(시나노레드 품종)를 조심스럽게 따 보았을 때 그 느낌이란. 뭔가 무사히 사과를 따서 자랑스럽기도 하고, 아저씨의 자식 같은 사과인데, 하는 미안함도 들었다. 그렇게 우리 가족이 딴 10개의 사과는 이미 다 먹고 없지만. '토토로'에서 옥수수를 따던 사츠키와 메이의 표정이 이제는 이해가 간다.

'토토로'를 보면서 부끄러움을 느끼기도 했다. 아픈 엄마를 위해 동생 메이와 함께 병원에 찾아오는 사츠키의 모습은 매우 어른스럽고 조숙해 보였다. 메이와 사츠키의 상냥하신 어머니를 보며 우리 엄마도 저렇게 상냥하시면 좋겠다…… 하는 생각을 했지만, 다시 돌아보면 우리 엄마께서는 사츠키와 메이의 어머니만큼 상냥하신 분이셨다. 메이와 사츠키 곁에서 이들을 지켜주시는 아버지의 모습은 우리 아빠와도 겹쳐보였다. 이제는 같이 놀아주지(?) 않으시지만 여전히 나에게 웃음을 주시는 활력소 아빠. 사츠키의 아프신 어머니를 떠올리니 우리 가족은

바닷가에서 우리 가족 단체 사진

누구 하나 안 아프고 모두 건강해 다행이다.

   이 작품을 보며 눈물을 펑펑 흘리기도 했다. '토토로'를 보며 감정이 입을 많이 해서일까. 아님 감수성이 풍부한 걸까. 그렇다고 내가 울보인 건 아니다!! 이건 그만큼 집중해서 작품을 감상했다는 증거이니까.

   사건의 발단은 사츠키와 메이의 엄마의 건강이 악화된 것이었다. 이 소식을 들은 사츠키는 세상 다 살았네 하는 표정으로 불안, 걱정, 우울함을 감추지 못했다. 메이는 아픈 엄마께 가보자고 떼를 쓰지만 현재 상황으로는 병원에 갈 수도 없어 사츠키는 메이에게 "이 바보야!" 하고 외친다. 메이는 엉엉 울고 사츠키는 뛰어나가고…… 그 중간에서 사츠키의 같은 반 친구인 남자아이가 울고 있는 메이에게 한 대사가 기억난다. "집에 가자." 메이는 엄마 생각을 떨칠 수 없어 예전에 엄마께 주려고 남겨놓은, 자신이 맨 처음 딴 옥수수를 들고 집을 나선다.

   병원으로 열심히 가다가 옥수수를 노리는 염소를 만난 메이의 모습에 잠깐 웃기도 했지만 메이가 길을 잘못 드는 것을 보고, 어어…… 저

쪽이 아닌데 하는 불안한 생각이 들었다. 아니나 다를까, 메이가 보이질 않는다는 이웃집 할머니의 말씀에 사츠키는 집을 뛰쳐나간다. 동생 메이의 이름을 외치며 온 동네를, 심지어 멀리 시내까지 뛰어다니는 사츠키의 심정을 나는 충분히 알고 있다. 나한테는 딱 3살 차이나는 여동생이 하나 있기 때문이다.

나와 동생은 '토토로'에 나오는 메이와 사츠키처럼 매우 가깝고, 친한 사이다. 매일매일 얼굴 보고 지내는 것이 십 년을 훨씬 넘었다. 서로가 서로에게 불필요한 것까지 꿰뚫고 있는 셈이다. 어쩌다 동생이 학교에서 수련원 간다고 하면 밤에 혼자 잘 수 있겠네, 하고 좋아하지만 실은 쓸쓸하고 외롭다. 옛날에 동생이 선교원 다닐 때였다. 동생이 울면서 오기에 왜 우냐고 다그쳤더니 남자애가 놀려서였나, 같이 싸웠나. 아무튼 나는 동생을 울린 그 애를 잡아다 혼을 내줘야지 하는 생각으로 가득 차 씩씩거렸다. 동생이 제일 속상한 사람인데 내가 더 속상하게 느껴졌었다. 이건 바로 나의 하나밖에 없는 동생이어서일까. 사츠키의 안절부절못하는 마음을 최근에 겪은 일도 있다.

나와 동생의 어릴 적 사진. 예나 지금이나 변한 건 별로 없다.

올해로 나는 고등학생, 동생은 중학생이 되었다. 이제는 서로를 볼 시간이 그리 많지 않다. 몇 달 전인가, 동생이 만화대회인가 미술대회인가 하여튼 학교 대표로 출전한 적이 있는데 이 녀석이 점심 먹을 때인가 저녁 먹을 때, 아무튼 밥 먹는 시간까지 돌아오지 않는 것이다! 슬슬 걱정이 되는데 부모님도 걱정이 되시는지 동생과 같이 간 아이한테 전화도 하셨다. 나는 점점 초조해지고 안달이 났지만 엄마, 아빠께서는 곧 오겠지…… 하며 먼저 식사를 시작하셨다. 밥을 다 먹고 났는데도 동생은 안 오고, 그때 그 불안감이란! 뭔가 조치를 취해야 하지 않을까. 하는 생각을 하는데 동생이 아무렇지도 않다는 듯 돌아왔고 부모님께서도 왜 이렇게 늦었냐 하시며 별 말씀을 안 하셨다. 참, 문으로 들어오는 동생을 보자마자 물밀듯 느껴지는 안도감도 생생하다.

메이만큼 귀여운 내 동생. 동생 뒤에 내가 살짝 찍혀 있다.

다시 본론으로 돌아와, 사츠키는 이미 메이를 찾느라고 흙투성이가 된 발을 이끌고 이젠 어쩌면 좋지…… 하다가 토토로를 생각해 내고 숲 속으로 들어간다. 어찌어찌 토토로를 찾아낸 사츠키는 현재의 상황을 다급히 이야기하고는 울음을 터뜨린다. 매우 절박한 사츠키가 얼마나 힘들고 슬퍼 보이던지, 토토로는 두 눈을 끔벅이더니 사츠키를 안아들고 한 번 씨익 웃은후 나무 꼭대기로 날아올라가 포효를 지른다. 그러자 어디선가 고양이 버스(이 고양이의 얼굴을 자세히 보면 토토로와 상당히 유사하다.)가 나타났고 토토로는 그녀를 버스에 태워 보낸다. 고양이 버스는 제멋대로 뛰어가고, 날아가며(?) 메이가 있는 곳으로 달려간다. 한편, 메이는 지친 듯이 옥수수를 팔에 안고 쭈그려 앉아 '언니⋯⋯.' 하면서 눈물을 뚝뚝 흘린다. 그때 도착한 고양이 버스에 메이의 두 눈이 휘둥그레지고 버스에서 나온 사츠키는 메이를 꼭 안아준다.

내가 어느 장면에서 울었는지는 기억이 희미하지만 하여튼 사츠키의 메이 찾기는 정말 감동적이었다. 필사적으로 동생을 찾아 헤맨 사츠키에게 박수를 보내고 엄마를 위해 옥수수를 드리려는 메이의 마음에 또 한 번 박수를 보낸다. 이 둘은 고양이 버스를 타고 한달음에 엄마의 병원에 도착한다. 아빠와 이야기하고 계신 엄마께서는 다행히 건강해 보이셨고, 엄마는 창가에 놓인 옥수수를 발견하신다.

'토토로'를 보고나서 나는 사츠키가 조금 부러웠다. 여자 아이이고 나이도 어리지만 당차고 유쾌하며 어른스러운 사츠키. 사츠키의 엄마께서 한 말씀이 기억난다.

"사츠키는 너무 말을 잘 들어서 탈이에요. 어리광도 좀 부리면 좋을 텐데." 이에 반해 메이는 너무 귀엽고 순수해, 보는 내내 즐거웠다. 메이 같은 동생은 동생의 이상향이 아닐까.

그리고 주인공 토토로. 나무열매를 좋아하고 하늘을 날 수 있고 다른 신기한 재주도 많은 숲의 수호신, 토토로가 사츠키와 메이를 데리고 하늘을 날기도 하고 나무 위에 나란히 앉아 피리를 불기도 하며, 나무열매를 심고 큰 나무로 쑥쑥 크게 도와주기도 한다.

그러고 보니, 토토로는 사츠키와 메이 이외의 인간과는 접촉하는 장면이 나온 적이 없었다. 토토로는 그들만 볼 수 있나? 그건 아닌 것 같다. 사츠키와 메이가 토토로와 만나기를 원하고 또 볼 수 있다고 믿어서일 테다.

토토로는 현재 미야자키 하야오 감독이 일하고 계신 '지브리'의 대표 캐릭터이다. 우리나라 인형 가게에 가보면 으레 토토로 인형을 만날 수 있다. 그만큼 우리에게도 많이 알려져 있고 친숙한 존재이다. 혹시 아는가? 언젠가 당신도 커다란 나무 속에서 자고 있는 토토로와 만나게 될지.

2. 센과 치히로의 행방불명

하루하루가 지치고 무기력하고 짜증나는 사람에게 :
한층 더 성숙한 자신 만들기

만약 정말 생소하고 낯선 곳에 나 홀로 남게 된다면? 겁이 나고, 무섭고, 외롭기도 하겠지만 한편으로는 두근거리고 설레고 약간은 기대감과 호기심이 생기지 않을까. 사람마다 차이는 있겠지만, '센과 치히로의 행방불명'의 주인공인 치히로는 전자 쪽이었다.

'센과 치히로의 행방불명'. 미야자키 하야오 작품 중 두 번째로 본 작품이었고, '이웃집 토토로'를 보고 나서 얼마 안 가 아빠께서 집의 컴퓨터로 보여주셨다. 미야자키 하야오의 작품 중 제목이 특이하다고 느꼈던 것이 이 작품이다. 처음에 제목을 알았을 때, '센'이 누구고, '치히로'는 누굴까? 치히로가 행방불명이 되어서 센이 찾으러 다니는 내용인가? 하는 생각이 들었다. 나중에 작품을 보다 보니 '치히로'의 또 다른 이름이 '센'이라는 내용이 나오고, 그제야 '아, 두 인물이 아니라 동일 인물이었군' 하고 깨달았다.

우선, '센과 치히로의 행방불명'은 미야자키 하야오 작품 중 좋아하는 작품 순위권에 든다. 물론 그 이유는 재미와 감동이다. 이 작품은 판타지를 좋아하는 사람이라면 기대하며 볼 것이다. 처음과 끝 부분이 현실 세계이고, 중간 부분은 치히로가 말 그대로 현실세계에서 '행방불명'이 되어 신들의 세계에서 생활하는 내용이다.

주인공 치히로의 모습과 성격이 나왔을 때, 처음 내 느낌은 '신선하다'였다. 정말 평범한, 주위에서 볼 수 있는 마른 여자아이. 엄마, 아빠를 곧잘 의지하고 불만이 있으면 얼굴 표정에 다 드러나는, 그 또래의 나이에 볼 수 있는 소심함. 어쩌면 조금 볼품없는 주인공이다. 보통 '주인공'이라 하면 영웅적 이미지가 다분하다거나, 아님 성격 좋고 정의감이 철철 넘치는 인물이 대표적이지 않은가. 그러나 치히로는 주인공이라기엔 너무나 부족하고 초라해 보였다. 그래서 나는 더욱 새롭게 느껴졌다. 그리고 이 작품이 치히로의 성장 과정을 보여주지 않을까— 하는 예상도 할 수 있었다.

작품이 시작되고 나서 제일 먼저 보이는 것은 치히로가 들고 있는 꽃다발 속 카드이다. 그녀의 얼굴은 매우 뚱했고 말투는 퉁명스러웠으며 자세는 삐딱했다. 알고 보니 치히로의 집이 이사하게 되어 학교를 전학가게 되었던 것이 원인이었다. 달리는 차창 밖으로 보이는 새 학교를 향해 메롱을 내미는 치히로가, 그렇게 밉게 보이지 않았다. 사실 학교 전학이라면 나도 할 말이 많은 사람이다. 초등학교를 서너 번 전학 다녔으니 말이다. 물론 난 새 학교에서도 나의 뛰어난 친화력과 적극성으로 처음 보는 아이들과도 잘 어울리고 공부도 썩 잘했다. – 절대 자랑이 아니다. – 혹 전학을 한 번이라도 가 본 사람은 알 것이다. 우선 제일 먼저 생각하는 것은 '다른 학교로 꼭 가야 하나?' 하는 것이다. 물론 사람에 따라 다르고 또 현재 다니고 있는 학교의 만족도도 작용을 할 테지만 그래도 친숙하고 정든 곳을 떠나 새롭고 낯선 곳으로 가서 적응하기란 쉬운 일은 아니다. 그래서 나는 제발 중·고등학교에서는 전학을 가는 불상사가 없길 바랐고, 중학교 3년을 온전히 내 모교에서 마칠 수 있었다.

이윽고 치히로네 가족이 도착한 곳은 숲 속의 어떤 터널 입구 앞. 가기 싫어하는 치히로와 달리 치히로네 아빠께서는 씩씩하게 터널을 지나간다.

음, 만약 내가 그 터널의 입구 앞에 서 있다면? 그 어두컴컴한 터널의 길이도 어느 정도인지 알지 못하고 안에 어떤 장애물이 있을지도 모른다. 그래도 나는 그 터널을 건널 것이다. 아무리 긴 터널이라도 언젠간 끝이 있기 마련이고 그 터널의 반대쪽에 새로운 길이 있을지도 모른다. 단순한 호기심으로 위험에 처할 수도 있다고? 글쎄. 나는 이미 우리 삶이 터널과 같다고 생각한다. 누구의 터널이 길고 짧든, 자신의 터널의 길이를 가늠하며 묵묵히 걸어갈 뿐이다. 그 터널 끝엔 빛이 있으니까.

치히로는 엄마한테 찰싹 달라붙어 간신히 터널을 건너고, 그 끝에는 푸른 풀밭과 하늘이 펼쳐져 있었다. 보는 이의 마음도 상쾌하게 해 주는, 피크닉 가기에 딱 좋은 장소가 펼쳐져 있었다. 문제의 발단은, 치히로의 아빠가 맛 좋은 냄새를 맡는 것에서 시작했다. 치히로 아빠의 코로 흡사 포장마차 같은 곳을 발견, 치히로의 부모는 주인의 허락 없이 차려진 음식을 먹기 시작한다. 치히로는 낯선 곳이 왠지 찜찜해 차려진 음식도 마다하고 돌아가자고 졸라보지만 역부족이다. 여기서 나는 치히로의 행동이 대단해 보였다. 음식을 맛나게 드신 치히로의 부모는 결국 돼지로 변하고 치히로는 다행히 몸을 유지하기 때문이다. 내가 그 상황에 있었다면 긴장감도 없이 주는 대로 다 받아먹고 돼지로 변했을 것이다.

이쯤에서 치히로에게 굉장히 큰 존재인 '하쿠'가 등장한다. 서양적인 이목구비에 짧은 단발머리를 하고 일본 전통 옷을 입은 하쿠를 본 순간 드는 생각은 여자일까, 남자일까 하는 순진한 의문이었다. 하쿠의 목소리를 듣고도 반신반의했지만 결국 남자라는 결론을 내렸다. 하쿠의 등장으로 분위기는 180도로 바뀐다. 평화롭고 밝고 느긋한 분위기에서 다급하고 위태로운 미지의 분위기로. 자신이 들어왔던 터널이 사라지고 돌아갈 방법이 없어졌다는 것을 깨달은 치히로는 매우 절망적인 상태였다. 하쿠는 이런 치히로를 위해 위험을 무릅쓰고 도와주며 상황 설명과 앞으로 살아남기 위해 해야 할 일들을 가르쳐준다.

위태로운 상황에서 구원의 손길을 내미는 하쿠가 얼마나 믿음직스럽고 고마울까. 그렇다고 해서 하쿠는 항상 치히로만 돌봐줄 수는 없었다. 치히로네 가족이 모르고 흘러들어온 이곳은 여러 '신(神)'들이 몸을 풀고 가는 온천이었고, 하쿠는 이 온천의 주인인 유바바의 오른팔이었다. 그런데 하쿠는 왜 자신의 위험도 무릅쓰고 치히로를 구했을까.

내가 선천적으로 적극성과 도전 의식을 타고난 게 아닐까, 하는 생각은 우리 가족이 잠깐 외국에 살면서 자주 들었다. 외국에서 학교를 다니며 영어도 아닌 스페인어를 쓰는 이들에게 둘러싸여 지내면서도 '어서 아이들과 친해져야지! 쟤한테 말을 걸어볼까?' 하는 낙천적인 생각만을 했다. 그러다가 보충시험이 있는 날, 나는 실력도 없고 이러저러한 이유로 시험을 못 본다고 선생님께 야멸차게 거절당했다. 외국에 온 이후로 그렇게 서럽게 울었던 적은 처음이었다. 일단 눈물이 삐져나오기 시작하면 온갖 서러운 일들이 연달아 생각나기 마련이다. 화장실 안에서 혼자 꼴사납게 울었던 기억들이 이젠 아무것도 아닌 그저 추억의 일부지만, 치히로가 하쿠한테서 주먹밥을 받고 그것을 먹으며 눈물을 펑펑 쏟은 것은 같은 맥락에서 이해할 수 있었다. 음, 뭐랄까. 이제까지 잘 참고 견뎌내기 위해 만든 벽이 무너진 느낌? 서럽고, 슬프고, 힘들고, 외로웠던 감정들을 꾹 눌러 담은 상사가 쓰러져 그 모든 것이 쏟아진 느낌? 그렇게 울고 있는 치히로의 어깨를 감싸며 같이 있어주는 하쿠의 몸짓이 '그래, 치히로. 넌 잘했어. 앞으로도 잘 할 거야. 그러니깐 힘내.' 하고 말해 주는 것 같았다.

아빠, 나, 그리고 동생. 먼 타지에서.
즐겁고 행복한 기억이 대다수여서 슬픈 기억쯤, 대수롭지 않다.

　나의 이름 석 자는 김나은(金羅恩). 성 김 자에, 벌일 라(나), 은혜 은 자를 쓴다. 직역하자면 은혜를 펼쳐라!? 한글 이름을 짓고 한자를 급히 붙인 티가 난다. 그래도 난 내 이름 문제로 불평한 적은 없다. 부르기에도 정감가고 그렇게 흔한 이름도 아니고. 물론 동생 이름(다은)과 비슷해서 부를 때 헷갈린다고 부모님께서 투덜투덜 불만이 있으시지만.

　내가 이름으로 칭찬을 들은 것은 초등학교 1학년 때였다. 그 날은 초등학교 입학식 날로, 나는 엄마 손을 잡고 내가 배정된 반쪽으로 가서 줄을 서고 있었다. 나의 초등학교 첫 담임선생님의 성명은 양희숙 선생님으로, 그 날 선생님께선 우리 반 신입생들에게 한 명 한 명 말을 걸어주셨다. 드디어 내 앞으로 다가오신 선생님께서는 나의 이름표를 보시고는 말씀하셨다. "나은이구나! 김나은이라는 탤런트도 있는데! 예쁜 이름이네." 방긋 웃으시며 이야기하시는 담임선생님의 얼굴이 그렇게 고와보일 수 없었다.

　태어나면서 갖게 되는 첫 번째가 바로 '이름'이 아닐까. 서로 같은 이름이라고 해도 그 '이름'은 다르다. 자신과 타인이 구별되는 고유한 무엇이자 심지어 자신만의 이름은 죽고 난 뒤에도 갖고 있는 유일한 것이다. 옛말에도 이런 말이 있지 않은가. '호랑이는 죽어서 가죽을 남기고, 사람은 죽어서 이름을 남긴다' 치히로는 자신의 '이름'을 유바바에게 빼앗기고, '센'이라는 이름으로 불리게 된다. 이것이 유바바의 지배 방식이었다. 유바바의 오른팔 하쿠도 '하쿠'란 이름이 본명이 아니었다. 사람이 가지고 있는 어떤 것 중, 다른 것도 아니고 '이름'이라니. 우리는 평소에 그다지 의식하지 않고 서로의 이름을 부르지만 자신의 이름으로 불린다는 것은 특별한 일이다. 하쿠는 치히로(=센. 이하 치히로라고 하겠음)에게 '치히로'라는 자신의 원래 이름을 잊지 말라고 한다. '센과 치히로의 행방불명'에서 자신의 이름 찾기는 마지막 부분에 하쿠에게도 중요한 사건이 된다. 이번 기회에 나도 주변에 있는 소중한 인물에게 다정한 목소리로 '이름'을 불러줘야겠다.

　　나에게는 할머니 한 분이 계신다. 부지런하시고, 반찬을 싸주시기도 하고, 같이 성당에 다니고, 인자하신 우리 친할머니. 늘 우리를 챙겨주시고 우리 편이지만 우리가 잘못한 일이 있으면 지적도 해주고 좋은 말씀도 해주신다. 우리 할머니께서 여기에 계신 덕분에 내가 여기에 있을 수 있기에, 난 우리 할머니가 매우 자랑스럽고, 또 할머니를 사랑한다.

우리 할머니. 부디 만수무강하세요!! 사랑해요^^

'센과 치히로의 행방불명'에서는 두 명의 할머니가 나온다. 목욕탕의 주인이자 치히로의 지배자인 유바바 할머니와 유바바의 쌍둥이 언니, 제니바 할머니이다. 유바바는 욕심이 좀 많다. 치히로가 처음으로 손님을 맞이해 목욕탕 일을 성공적으로 해결해 많은 금을 얻게 되고, 유바바는 치히로를 껴안고 매우 좋아라 한다. 그리고 유바바의 손자인 '보'에 대한 사랑이 엄청나다. 자신의 사무실 안쪽에 아기 방을 꾸며놓고 보가 원하는 것은 무엇이든 다 들어준다. 그래서 아기 '보'는 자신만을 생각하는 떼쟁이다. 치히로와 함께 제니바의 집으로 찾아가며 그 버릇을 고치기는 하지만.

무엇보다 '보'가 그런 성격이 되어버린 탓은 유바바의 과잉보호 탓이다. 뭐랄까, 요즘 내 또래나 그 밑의 아이들을 보면- 물론 그렇지 않은 아이들이 많지만 - 굉장히 버릇없는 성격의 소유자가 있다. 조금만 힘들고 어려워도 찡찡대거나 자신과 조금 다르다고 해서 남을 비방한다거나 옳지 못한 상황을 이해하지 못하고 나쁜 사고를 저지르는 등, 이러한 행동을 보이는 일차적 원인은 '가정'에서 보호자의 역할 때문이 아닐까. 그렇다고 매를 들고 그 버릇을 고칠 때까지 처벌을 하기보다는 계속 타이르고 잔소리하고 어떤 규칙을 만든다거나 아님 교훈적인 책을 읽어준다든지 하는 대안책이 얼마든지 있다고 본다.

나는 세상을 살아가며 타인과 의사소통하고 타인을 배려하고 자신을 어떻게 사랑하는지 책을 읽으면서 하나하나 깨닫게 되었다. '모모'라는 책을 읽고 남의 말을 그저 경청하기만 해도 풀리는 일이 많다고 느꼈고, '그러니까 당신도 살아'를 읽고, 남을 따돌리는 것은 정말 비인간적인 짓이라는 것도 명심하게 되었다. '블루엔젤'을 읽고, 자신의 꿈을 향해 나아가는 법을 배웠고, '해피버스데이'를 읽고 부모가 자식에게 해서는 안 될 것을 배웠고, '유진과 유진'을 읽고 성폭행을 당한 청소년들의 심정과 그 보호자들의 행동을 이해할 수 있었다. 줄글보다 오히려 만화책에서 값진 것을 느꼈던 적도 많다. '우에키의 법칙'을 읽고 타인을 위한 마음을 배웠고, '후르츠 바스켓'을 읽고 타인을 사랑하는 법을 알게 되었다.

이 외에도 읽은 수많은 책들이 내 마음 속 저 어디 깊은 곳 구석진 자리에 박혀 내가 행동하거나 생각을 할 때 되살아나 올바른 길로 잡아주곤 했다. 가만히 보면 내 좌우명이니 가치관이니 삶의 자세 같은 것도 이런 고마운 책 덕분이다. 물론 '센과 치히로의 행방불명'에 나오는 '보'는 직접 곁에서 치히로를 보며 많은 것을 보고 듣고 배우며 깨달았을 것이다. 늘 유바바한테서 무한한 사랑을 받을 줄만 알았던 보는, 하쿠를 지키기 위해 필사적으로 노력하는 치히로를 보며 사랑을 주는 법을 배웠을 것이다.

치히로에게서 무언가를 받은 인물은 하쿠와 보 말고도 또 있으니, 바로 '카오나시'다.('카'와 '가'의 중간 발음. 일단 '카'라고 표기) 일본말에서 '카오'는 '얼굴'이라는 뜻을, '나시'는 '없음'의 의미를 지니고 있다. 그렇다면 '카오나시'란 직역해서 얼굴이 없다? 카오나시는 정말 가면 같은 얼굴을 갖고 있다. 그게 얼굴인지, 아님 가면을 쓰고 있는지 시종일관 똑같은 표정으로 할 줄 아는 말이라고는 '아'밖에 없다. 작품을 보다 보면 꽤 초기부터 등장하는 녀석인데, 처음엔 치히로를 따라다니는 유령인 줄 알았다. 하얀 가면에 검은색 천으로 뒤집어쓴 듯 한 몸을 갖고 말은 할 줄 모르니…… (그래도 말을 알아들을 수는 있다.) 다른 사람을 집어삼킴으로써 말을 할 수는 있지만 카오나시 자신의 목소리가 아니다.

그래도 자꾸 보다 보면 정이 가는데, 이 카오나시는 왜 계속 치히로를 따라다닐까? 혹시 누군가의 관심을 끌려고 노력해 본 적이 있는가. 누군가의 관심을 얻기란 쉽고도 어려워서 더 빨리 지치고 더 매달리는 것 아닐까. 나? 난 늘 누군가의 관심을 얻으려고 난리다. 그러나 누구나 이런 경험이 있을 거다. 단짝 친구한테 가서 인사하기, 좋아하는 애 앞에 나서기 전에 거울 한 번 더 보기, 선생님 질문에 답하기 위해 다시 한 번 더 프린트 보기……. 사소한 이런 것들이 남의 관심을 끄는 행동이라고 볼 수 있다.

누군가에게 관심을 주고 또 관심을 받는 것은 정말 중요한 일이다. 그리고 이러한 관심을 받기 위해 쓰는 수단과 방법도 중요하다. 카오나시는 그 '수단'을 조금 잘못 쓰지 않았을까. 물론 첫 시작들은 좋았다. 치히로는 혼자 비를 맞으며 서 있는 카오나시를 안으로 들여보내주고, 카오나시는 치히로가 목욕탕 일을 하면서 곤란할 때 도와준다. 카오나시는 치히로의 친절한 행동에 감동했는지 그녀 주위를 맴돌다가 그녀의 관심을 끌기 위해 결국 사고를 저지른다. 목욕탕 직원들을 3명이나 삼켜놓고 치히로를 얻기 위해 금으로 유혹(?)해 보지만 그녀의 단호한

소중한 내 사촌들(왼쪽부터 차례로 나, 동생, 사촌동생, 사촌오빠)

거절에 카오나시는 의문을 품으며 괴로워한다. 카오나시는 금으로 다른 목욕탕 직원들처럼 치히로의 마음을 얻을 수 있다고 생각한 걸까. 어쨌든 카오나시는 치히로의 도움으로 원래 모습으로 돌아와 그녀를 따라 제니바 집으로 같이 떠난다.

나에게는 정말 소중한 사람들이 많다. 나를 이 세상에 살아갈 수 있게 해 주신 부모님, 나를 가장 많이 알고 있는 여동생, 소중한 추억을 같이 공유해 준 초등학교·중학교 친구들, 명절 때마다 만나서 이야기꽃을 피울 수 있는 친척들, 나에게 멋진 가르침을 주시는 선생님들, 늘 세상 사람들을 위해 기도해 주시는 신부님들과 수녀님들, 그리고 지금 얼굴을 제일 많이 맞대고 있는 경북여고 1학년 5반 친구들. 여기에 적은 사람들 말고도 나에게 소중한 분들은 무척 많다. 실제로 만난 적은 없지만 나에게 감동을 주고 열심히 살아갈 힘을 주는 그 모두가, 나의 소중한 사람들이다.

소중한 사람들이 행복하면 나도 기쁘고 즐겁다. 소중한 사람들이 불행하다면 나도 슬프고 불행하다. 그들에게 뭔가 어려운 일이 있으면 내가 뭐라도 도움을 주고 싶고 힘이 되고 싶다. 혹자는 세상에서 가장 소중한 사람이 자기 '자신'이라고 한다. 나도 그 말에 동의한다. 세상에서 내가 가장 소중하고 내가 제일 우선이다. 그러나 소중한 사람들 역시 나만큼이나 소중하다.

치히로에게도 소중한 사람들이 분명 잔뜩 있을 것이다. 우선은 부모님. 돼지로 변한 부모님을 직접 구출하는 꿈까지 꾸는 치히로에게는 그누구보다 부모님이 소중할 것이다. 그리고 예전 학교 친구들도 역시 소중한 사람들일 것이다. 치히로는 자신의 소중한 사람을 위해 위험과 두려움을 무릅쓰고 여행을 떠난다. 그 소중한 사람이란 바로 하쿠. 이 세계에 혼자 외톨이로 남겨졌을 때 손을 잡아 일으켜준 하쿠. 치히로의 생각과 행동도 바꿔준 고마운 하쿠. 치히로는 자신을 위험한 상황에서 지켜준 하쿠를 이번엔 자신이 지켜주기 위해 하쿠가 유바바의 명으로 제니바에게서 훔쳐온 도장을 돌려주려 제니바의 집을 찾아 떠난다. 보(현재 제니바의 주술로 생쥐로 조그맣게 줄어들었다), 카오나시와 함께 기차에 올라타는 치히로의 모습이 어쩐지 처음과 달리 씩씩하고 의젓하고 성숙해 보였다.

유바바의 쌍둥이 언니 제니바는 정말 유바바와 겉모습이 똑같이 닮았다. ― 목소리까지 ― 그러나 성격은 완전히 다르다. 비록 하쿠를 상처 줬지만 ― 하지만 그건 하쿠가 잘못한 일이다 ― 매우 다정하고 인자하신, 보통 시골의 할머니들과 같았다. 제니바 역시 유바바처럼 마녀였지만 그녀는 마법으로 모든 일을 하는 것보다 직접 손으로 무언가를 해내는 것을 좋아했다. 치히로와 카오나시, 그리고 보는 제니바의 집에서 맛있는 케이크와 차를 마시고 베틀을 짜고 물레를 돌리며 즐거운 저녁 시간을 보낸다.

예전에 성당에서 묵주팔찌를 만드는 일을 했다. 끈, 구슬, 가위 등등 준비물은 다 준비되어 있었고, 필요한 건 구슬을 끈에다가 꿰기만 하면 되었다. 언뜻 보기엔 쉬워 보였지만 생각보다 꽤 어려운 일이었다. 묵주는 규칙적인 배열로 1단부터 5단까지 있어서 중간에 잘못 끼우면 다시 꿰어야 하기 때문이다. 그래서 이 일은 대단한 인내심과 고도의 집중력을 요했다. 나 역시 몇 번의 실패를 거듭하다가 결국 나만의 묵주를 한

개 완성했는데, 그 뿌듯함과 기쁨이란! 게임을 클리어 했을 때보다 더 값지고 자랑스러운 기분이었다. 남이 보기엔 그저 그런 묵주지만 나에겐 내 손으로 한 알 한 알 꿰맨 소중한 묵주이다.

치히로는 제니바한테서 머리끈을 받는데, 이 머리끈은 보와 카오나시, 모두가 순수하게 자신의 손으로 힘을 합쳐 만든 부적의 머리끈이었다. 치히로는 눈을 빛내며 고맙다고 하고는 얼른 부적의 머리끈으로 머리를 다시 묶는다. 어느새 문 밖에는 몸이 다 나은 하쿠가 치히로를 마중 나와 있었다.(참고로 하쿠의 원래 모습은 용이다.)

불교에는 이런 말이 있다. 거리에서 옷깃만 스쳐도 그 사람과 자신은 대단한 인연이라는 것. 나는 '운명'이니 '숙명'이니 하는 말은 믿지 않지만 '인연'에는 뭔가 있다고 생각한다. 사람은 사람을 끌어당기고 서로를 밀어내고 그렇게 인연을 쌓아간다. 내가 살면서 만나고, 서로 인사를 주고받은 사람들은 몇 명이나 될까. 아무리 한동네에서 몇 십 년이고 살았다 해도 실제 자신과 인연이 닿은 사람은 셀 수 없이 많을 것이다.

내가 좋아하는 만화 책에서 이런 구절을 본 적이 있는데 크게 공감했었다.

"사람과의 만남은 일생에 단 한번, 그 순간은 때로 목숨보다 숭고하다. 고로 재회할 수 있다는 것은, 굉장한 행운이다."('우에키의 법칙 플러스' 1권 中)

이 구절을 생각해 본다면, 치히로는 굉장한 행운아임에 틀림없다. 작품을 보다 보면 치히로가 하쿠(용)의 뿔을 잡고 등 위에 올라타서 가는 장면과 치히로의 생각 속 하쿠의 단편적 모습이 오버랩 되면서 나오는데, 알고 보니 치히로는 예전에 현실세계에서 하쿠와 만난 적이 있었다.

물에 빠진 치히로를 하쿠가 구해 주었던 것이다.

치히로는 하쿠의 귀에 대고 예전에 자신의 집 근처에 강이 있었는데, 지금은 사라진 그 강의 이름이 '코하쿠 강' 이라고 말해 준다.

"그러니깐 하쿠, 너의 이름은…… 코하쿠가와(가와=강).

그 순간 하쿠는 눈을 크게 뜨며 인간 형태의 모습으로 돌아가고 치히로의 손을 맞잡고 눈물이 그렁한 채 말한다.

"고마워, 치히로. 네 덕분에 내 진짜 이름이 기억났어. 나의 본명은 니기하야미 코하쿠누시야."

"니기하야미? 와, 멋지다."

치히로와 하쿠가 기쁨의 눈물을 흘리며 상공에서 손을 맞잡고 지상으로 슝 하고 떨어지는 장면과 대사는 아직까지 나의 뇌리 속에 박혀 잊혀지지 않는다. 무사히 돌아온 치히로는 목욕탕 안의 모든 이들의 환호성과 축복 속에서 다시 원래대로 돌아오신 부모님의 손을 잡고 터널을 건너 현실세계로 돌아온다. 터널을 건너기 전에 마지막으로 하쿠는 치히로의 손을 잡고 터널을 다 건너기 전까지는 뒤를 돌아보면 안 된다고 말한 후 작별한다. 치히로는 중간에 뒤를 돌아보고 싶은 마음을 꾹 참고 앞을 향해 걷는다.

하쿠는 치히로에게 왜 그런 말을 했을까. 과거를 돌아보지 말고 새로운 미래를 향해 걸어가라고 그런 말을 했을까. 아니면 치히로가 뒤를 돌아보면 안 될 신들의 영역이기 때문일까. 나도 사실 이건 잘 모르겠는데 나름대로 추측하는 건 보는 사람들 자유라고 생각한다. 하쿠는 치히로가 '센' 으로 지냈던 자신의 나약한 예전과 완전히 이별을 하란 뜻에서 뒤를 돌아보지 말라고 한 건 아닐까.

3. 마녀배달부 키키

평범하지만 평범하지 않은, 그 마녀는 어떻게 살고 있을까?

누구나 한 번쯤 '마녀'라는 존재에 대해 생각해 보았을 것이다.

나는 우선 두 가지의 상반된 이미지가 떠오른다. 서양의 축제인 할로윈 데이와 16세기 후반 유럽에서 성행한 마녀사냥. 그 기원이나 유래 등은 자세히 알지 못하지만 아무튼 마녀의 이미지와 함께 생각나는 것들이다. 평소에 유령이나 귀신을 믿지 않듯 마녀에 대해 별 흥미를 두지 않다가, 조앤 K. 롤링의 마법 판타지 소설 '해리 포터'를 읽고 부쩍 관심이 늘었다. 마녀들은 일단 마법을 쓰는 여자들이고 빗자루를 타고 다니며 검은 옷을 즐겨 입고 꼭 검은 고양이를 갖고 있다-는 것이 내 머릿속에 박혀 있는 고정관념이었다.

'마녀배달부 키키'는 가장 최근에 본 미야자키 하야오의 작품이며, '마녀'에 대한 나의 고정관념을 깨트려주었다. 주인공 키키는 빗자루, 검은 고양이, 검은 옷 이렇게 마녀의 3요소를 다 갖추고 있지만 머리에 맨 빨강 리본이 귀여운 13살 난 견습 마녀다. 마녀인 엄마와 인간인 아빠 사이에서 태어난 마녀라서 그럴까, 키키는 마녀지만 내 눈에는 다른 인간들과 별반 다를 것이 없는 소녀로 보였다. 크게 다른 점이 있다면 고양이와 말을 할 수 있고 빗자루를 타고 하늘을 날 수 있다는 것 정도?

키키는 13살이 되면 독립을 하는 마녀의 전통에 따라 자신의 고향과 엄마, 아빠의 곁을 떠나 자신의 새 터전이 될 곳을 찾아 빗자루를 타고 하늘을 날아간다. 물론 키키에게도 검은 고양이가 한 마리 있는데, '지지'란 이름을 가진 이 까만 고양이는 키키의 애완동물이자 친구이다.

나한테도 나의 반려동물로 고양이 한 마리가 있었으면 좋겠다. 나는 원체 동물이라면 사족을 못 쓰고 장래희망도 동물을 위한 직업 쪽으로 생각하고 있지만 정작 동물을 키운 경험이 거의 없다. 지금까지 키운 동물이라고는 문방구 뽑기에 돈을 탕진한 끝에 겨우 얻은, 신분을 알 수 없는 햄스터 한 마리와 아빠께서 다 거둬 키우신 열대어 여러 마리뿐이다. 초등학교 3, 4학년 때쯤이었다. 학교 뒷문 앞 문방구에서 100원 뽑기에 당첨되면 햄스터 한 마리씩 준다는 말에 나는 패닉 상태로 우왕좌왕하다가 일단 일을 저지르고 보자 하는 심정에 100원을 주고 뽑기를 했다. 참, 지금 생각하면 단돈 100원에 동물을 산다니, 있을 수 없는 일이었다. 그 동물이 어떤 상태인지도 모른 채 덥석 키운다는 것은, 사실 좀 혼나야 할 일이다.

어쨌든 뽑기의 결과는 당연히 '꽝'이었다. 가위 바위 보를 했다 하면 지고, 사다리타기도 지고, 복불복도 빠지지 않고 걸리고, 심지어 시험에서 문제를 찍으면 십중팔구 다 틀리는 사람이 나다. 운이 별로 없었지만 포기하지 않고 나의 얼마 안 되는 용돈을 털어 계속 뽑기에 도전했다. 뽑다가 돈이 없거나 집에 갈 시간이 되면 내일 다시 와서 하고…… 그 흔한 병아리 한번 키워보지 못한 나는 이렇게 싼 값에 햄스터를 살 기회는 두 번 다시 없어-!! 하는 마음으로 끈질기게 문방구를 드나들었던 것 같다. 그리고 드디어 뽑기에 성공해 햄스터 한 마리를 손에 받던 날, 그 기분은……!

그러나 기쁨도 잠시, 병적으로 동물을 좋아하는 나와 달리 병적으로 동물을 싫어하시는 엄마의 반응을 상상하며 두려운 마음으로 집으로 돌아갔다. 당연히 부모님께서는 크게 놀라고 반대하셨지만 나의 부탁과 애원에 결국 정식으로 햄스터를 키우게 되었다. 내 이름과 동생 이름의 끝 글자를 따서 햄스터의 이름을 '은은이'(지금 생각해 보니 상당히 촌스럽다.)라 짓고 매장에 가서 집도 사고 먹이도 사고 열심히 키웠다. 은은이는 건강해 보였다. 사실 수의사한테 보인 적이 한 번도 없어 은은이가 아픈지 건강한지 알 수 없었지만 우리 눈에는 매우 건강하게 쑥쑥 크고 있었다.

하지만 밤중에 쳇바퀴를 돌려서 부모님의 밤잠을 설치게 만든 은은이는, 결국 우리 가족의 동의하에 집 근처 마트의 햄스터 코너쪽에 줘버렸다. 그래도 정이 얼마나 들었는데…… 은은이는 우리 집 애완동물이라기보다는 우리 집 귀염둥이 막내였는데. 못내 섭섭해 하며 나와 동생은 그렇게 은은이와 이별했다.

요즘에는 '애완동물' 보다는 '반려동물' 이라고 부르는데, 작은 물고기 한 마리라도 자기 집 식구처럼 대하는 사람들을 보면 그 의미를 알 수 있다. 그저 예쁘고 귀여워서 '감상용' 으로 애완동물을 키우는 것이 아니라, 감정의 교류를 나누고 평생을 함께한다는 마음가짐으로 반려동물을 키울 수 있어야 한다. 마녀인 키키에게는 지지가 단순한 고양이가 아닌 평생의 파트너인 것이다.

초등학교 5학년 1학기가 새로이 시작될 무렵, 나는 정든 울산을 떠나 가족들과 함께 서울로 이사했다. 처음으로 전학을 가게 되어 걱정과 기대를 안고 서울 아이들과 만나게 된 날, 선생님께서는 전학 온 나를 매우 친절히 대해 주셨고 아이들에게 당부도 하셨지만 나는 겉으로 안 그런 척하면서 내심 매우 긴장을 하고 있었다. 내가 먼저 말을 건네야 할지, 아이들이 나에게 말을 걸면 뭐라고 답해야 할지…… 그 때 불안한 나의 마음을 싹 날려준 것이 있는데, 바로 용기있는 한 친구의 고마운 쪽지 덕분이었다. 수줍은 듯 다가와 내 책상 위로 쪽지를 떨어뜨리고는

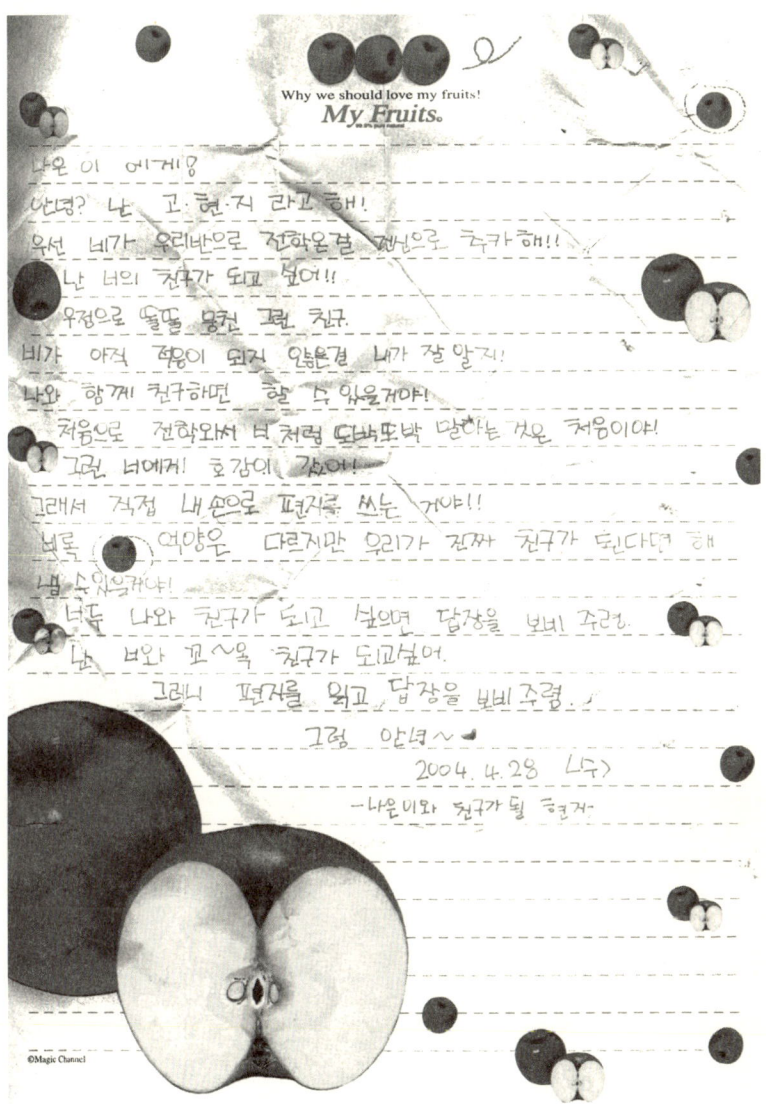

Why we should love my fruits!
My Fruits.

나온이 에게?

안녕? 난 고.현.지 라고 해!

우선 네가 우리반으로 전학온걸 진심으로 축하해!!

난 너의 친구가 되고 싶어!!

우정으로 똘똘 뭉친 찐친 친구.

비가 아직 적응이 되지 않은걸 내가 잘 알지!

나와 함께 친구하면 할 수 있을거야!

처음으로 전학와서 너 처럼 또박또박 말하는 것은 처음이야!

그런 너에게 호감이 갔어!

그래서 직접 내 손으로 편지를 쓰는 거야!!

비록   여양은 다르지만 우리가 진짜 친구가 된다면 해
낼 수 있을거야!

너두 나와 친구가 되고 싶으면 답장을 보내 줘라.

나 너와 꼬~옥 친구가 되고싶어.

그러니 편지를 읽고 답장을 보내 주렴. ♥

그럼 안녀~♥
2004. 4. 28 (수)
-나온이와 친구가 될 현지-

처음 전학 온 나에게 고맙게도 친구하자는 쪽지를 주고 간 현지. 고마워^^

후다닥 자기 자리로 돌아가는 그 친구의 흡사 천사 같던 뒷모습이 얼마나 고맙게 느껴지던지…… 편지 내용은 그 또래의 특유의 발랄함과 당돌함을 포함해 우리 학교에 전학 온 나를 환영하는 내용이었다. 나는 이 쪽지를 아직까지 보관하고 있다. 내 기억으로는 아마 나도 그 친구에게 쪽지로 답장을 보냈고, 그렇게 나는 순식간에 이 새로운 학교의 한 식구가 될 수 있었다.

낯선 이에게 따뜻한 친절을 보내주는 아주 고마운 사람들, 나에게는 그 고마운 사람이 나의 쪽지 친구였고 키키에게는 빵집의 오소노 아주머니였다. 가까스로 바다가 보이는 마을에 도착한 키키와 지지는 교통질서를 흐트려 순경 아저씨께 혼나고, 주위 사람들을 향해 자기 소개를 하고 인사를 하지만, 바쁜 도시 사람들은 흘끗 보기만 할 뿐 상대해 주지 않는다. 어느덧 해는 지는데 아직 잠잘 곳도 정하지 못한 키키에게 따스한 손을 내민 사람은 빵집 주인인 오소노 아주머니. 아주머니는 키키에게 음식과 잠자리를 제공해 주고 심지어 일거리도 잡아준다. 만약 키키가 오소노 아주머니를 만나지 못했다면? 어쩌면 새 도시에 정을 붙이지 못하고 영영 떠났을지도 모른다.

나에게도 처음으로 전학 간 학교에서 쪽지를 주며 따스하게 말을 건네는 친구가 있었기에, 이제는 처음 보는 친구들에게도 먼저 말을 건넬수 있는 용기와 따뜻함을 가지려고 노력한다. 따스한 말 한 마디나 행동 하나하나에 신경 쓴다는 것은 쉬운 일임과 동시에 어려운 일임을 알기에, 나는 조금이라도 더 상냥하고 친절하게 다른 사람들을 대하고 싶다. 키키는 오소노 아주머니 덕택에 빵집에서 살며 배달 일을 하기 시작했다. 빗자루를 타고 무엇이든 배달해 주는 '마녀배달부'가 된 키키. 앞으로 어떤 활약을 보여줄까.

나의 '직업'은 대한민국의 고등학생이다. 학생의 일은 학교를 열심히
다니는 것이라고 생각한다. 수업시간에 선생님의 말씀에 귀를 기울이
고, 쉬는 시간은 말 그대로 쉬는 시간이므로 친구들과 교우관계를 돈독
히 한다거나 예·복습을 한다거나, 매점에 가고, 잠을 잔다는 둥 하고 싶
은 일을 하면 된다. 어떤 사람들은 '학생'의 본업이 '공부'라고만 하는
데 글쎄, 그 '공부'의 범위가 어디까지인가. 고등학생의 '공부'란 자신
이 사회인이 되기 위한 '공부'라고 생각한다. 사실 따져보면 인생을 살
면서 우리는 끊임없이 '공부'하고 있지 않은가. 어쨌거나, 초등학교 6
년, 중학교 3년, 그리고 현재 고등학교 1학년을 지내면서 나의 학교 성
적을 잠시 따져보았다. 학생들에게는 일의 결과물이 학교 내신 성적이
니 말이다. 그렇다고 나는 성적이 나쁜 학생들이 열심히 학교 생활을 하
지 않는 학생들이라는 말을 하고 싶은 것이 아니다. 그저 나의 공부 성
과물을 이야기하고 싶은 것이니 편협한 오해를 하지 말아주시길.

나는 우선 스스로 학교 생활에 만족하며 지내고 있다. 공부는 그렇게
잘하는 편이 아니지만, 거의 10년 가까이 다니고 있는 학교는 예나 지
금이나 집보다 더 두근두근하고 즐거운 곳이다. - 물론 제일 편안하고
안전한 곳은 집이다. - 기억을 돌이키면 즐거웠던 일, 슬펐던 일……
모든 추억들이 담겨 있는 소중한 공간이다. 그렇다면 학교를 즐기는 나
은이 학생의 학생부 성적은? 일단 초등학교 성적이…… 모르겠다. 등
수로 표시되었던 것도 아니고. 친구들과 수다 떤 기억들 밖에. 아, 확실
히 기억나는 것이 있다면 초등학교 5학년 1학기, 6학년 때 성적이 만족
할 만큼 나왔던 것뿐이다. 초·중·고를 돌이켜 아마 이 때가 제일 공부

를 잘 했던 때가 아닌가 싶다.

그리고 중 1, 1학기 중간고사. 성적표에 등수 나오는 것이 신기했고 내가 잘 했는지 못 했는지 가늠하기 어려워서 그저 적당히 공부했었다. 구체적으로 밝히지는 않겠으나 이상하게도 과목 수가 많은 기말고사는 항상 중간고사보다 평균 점수가 낮았고, 나는 여전히 별다른 노력을 하지 않았다. 이 상태가 중 2까지 지속되어 정말 중 3 전까지는 성적이 계속 하락세였다. 내가 생각해도 공부한 기억보다는 친구들과 어울려 놀았던 기억이 많이 나는 중 2 때는 성적이 절정으로 못나왔다. - 남과 비교한 게 아니라 나의 기준에서. - 그래서 아마 부모님과의 마찰이 가장 많았을 때와 친구들과의 관계도 좀 복잡했던 때가 중 2다. 그래도 중 2 때 반장을 한 것은 후회하지 않는다. 나의 성격상 리더 역할을 하면 좀 피곤하긴 하지만 나름대로 우리 반을 위해 최선을 다했다.

중 3이 되자 반의 분위기가 살짝 달라졌다. 우선 내가 있던 반에는 최상위권 아이들과 최하위권 아이들이 많이 분포되어 있었고, 내년에 고등학교가 다들 갈라진다는 것도 긴장된 분위기에 한 몫 했다. 솔직히 나에게는 고등학교 진학이 중요한 게 아니었다. 중학교에서의 마지막 일년을 후회없이 보내고 싶어 그저 공부했다. 물론 반 자체가 공부하는 분위기였지만 뭐, 결과적으로 중 3 성적은 꽤 좋게 나왔다. 중 3 시험기간을 떠올리면 벼락치기를 아주 열심히 하고 있는 내 모습이 떠올랐기에 별 미련은 없다. 공부 성적으로 부모님께 MP3을 보상으로 받은 것도 처음이자 마지막이었다.

어떤 일을 할 때 우리는 최선을 다해 임한다. 나는 고등학교 1학년 1학기말 시험 때 중간고사보다 성적을 올리고 싶어 더 열심히 준비했었다. 그런데 최선을 다해 임한 결과는 언제나 자신이 원하는 대로 해피엔딩을 가져다줄까. 아니다. 물론 나의 기말성적 평균은 쑥 올랐지만 가정수행평가 때 내가 정말 최선을 다해 한 땀 한 땀 수놓은 필통은 무참히 최하점을 받았다. 지금 생각해도 기말성적을 제일 많이 까먹은 가정수행평가 때문에 속이 쓰리지만 최선을 다한 것을 생각하면 그렇게 슬플 일도 아니었다.

키키에게도 성공적으로 끝난 일이 있고 최선을 다했지만 그 결과가 좋지 못한 일도 있었다. 우선 성공적으로 끝난 일이라면 인형 배달하기. 이 인형은 키키의 고양이 지지와 똑 닮은 검은색 고양이 인형인데, 배달하는 도중 잃어버려 지지가 인형 흉내를 내는 등 아슬아슬한 순간이 있었지만 결국 진짜 인형을 찾아서 무사히 배달을 완료했다. 이 배달은 키키가 최선을 다해 성공한 케이스이다. 그럼 다음 배달을 살펴볼까.

키키가 맡게 된 다음 배달은 파이 구워 전해주기. 키키는 배달을 부탁하신 할머니가 손녀딸에게 파이를 주고 싶다는 말에 기꺼이 파이를 굽는다. 키키가 파이를 굽는 모습을 보니, 문득 생각나는 나의 요리 경험이 있다. 밝히기 부끄러운 사실인데, 나는 할 줄 아는 요리가 거의 없다. 누구나 할 수 있는 계란 프라이라든가 라면 끓이기도 빌빌거리며 간신히 한다. 요리하는 것을 좋아하기는 하지만 경험이 부족한 탓이다. 항상 나의 곁에서 영양가 있고 맛있고 깨끗한 음식을 해주시는 엄마께 그저 감사한 마음과 미안한 마음뿐이다.

한번은 엄마께서 호떡을 집에서 만들어 먹어보자며 호떡 만들기 세트를 사오셨다. 호떡을 만드는 주재료의 반죽은 30분 정도 발효시켜야 한다. 호떡의 달달한 부분인 소를 계피가루와 흑설탕으로 만들고 프라이팬에 기름을 두르고 불로 달궈놓으면 준비 끝! 엄마와 나는 각각 할 일을 나누어 호떡 만들기에 들어갔다. 우선, 내가 반죽을 조금 떼어 미리 만들어 놓은 소를 반죽 바깥으로 나오지 않게 조심하며 2, 3스푼 넣은 후 반죽을 동그랗게 잘 감싼다. 이 동그란 반죽을 엄마께 드리면, 엄마는 반죽을 감싼 부분이 프라이팬에 닿도록 올려놓고 누르개로 꾹 누른 후 몇 번 뒤집어서 앞, 뒤 노릇하게 구워준다. 이것도 하다 보니 요령이 생겨 엄마와 나는 호떡 장사나 할까? 하며 웃기도 했다. 반죽을 아껴 쓰면 호떡 개수가 더 많이 나오는데 약 9~12개 정도 만들어진다. 갓 만든 호떡을 순식간에 다 먹어치운 우리 가족은 다음번에 또 만들어 먹자며 의기투합했다.

키키 역시 자신의 엄마와 파이 만든 것을 떠올리며 열심히 정성을 다해 파이를 구워낸다. 기쁜 마음으로 할머니의 사랑과 키키 자신의 열정이 담긴 파이를 들고 날아가던 중, 갑작스레 내리는 비로 인해 키키는 파이를 끝까지 보호하느라 쫄딱 젖고 만다. 어렵게 도착해 손녀 집에 도착한 키키, 그러나 손녀는 달가워하지 않는다. 생일 때마다 이런 것들만 준다며 키키의 면전에 대고 문을 쾅! 닫아버린 손녀는 정말 재수 없는 인간형이다. – 아직 철이 없어서지만 – 하지만 나는 이 손녀를 욕할 자격이 없다. 나 역시 재수 없는 인간형이기 때문이다.

살면서 내가 얼마나 많은 실수를 하고 다른 사람들을 아프게 했는지는 아는 것조차 두려워 기억에서 내몰곤 한다. 하지만 잊으려 해도 잊을 수 없는 후회스럽고 저주스러운 일들이 있다.

앞서 나는 서울로 전학을 갔다는 이야기를 했다. 그 전에 울산에 있는 초등학교에서 4년 동안 있었고, 그 동네에서는 거의 10년 넘게 살아서 친한 친구들이 차고 넘쳤다. 다들 내가 전학을 간다니 서운해 하며 앞으로도 연락을 주고받자고 했다. 전학 간 후, 서울에서의 생활이 익숙해질 무렵, 내 이름 앞으로 편지가 3통이나 왔다. 전부 울산 친구들이었다. 편지 봉투에 또 편지가 껴 있어서 보니 보낸 친구들은 총 4명이었다. 정말 기뻤다. 이 친구들이 나를 잊지 않고 생각해 주고 있구나. 나를 위해

울산에 있을 때의 단짝 친구와 함께. 미안해……
사과를 해야 하니깐 제발 한 번이라도 만나자. ㅠㅠ

편지까지 보내줬구나. 그게 다였다. 나의 반응은 정말 이게 다였다. 고향 친구들에게 나는 몹쓸 친구였다. 하찮은 이유를 대며 답장도 보내주지 않고 명백히 무시해 버린 나는, 정말. 다시 한 번 이 공간을 빌어 지금 어딘가에 살고 있을지도 모를 친구들에게 진심으로 사죄한다. 답장, 안 보내줘서 미안해. 마음속으로 끊임없이 답장을 쓰고 지우고 쓰고 지웠지만 끝끝내 지워버린, 재수 없는 친구 한 명이 용서를 빈다.

키키는 분명히 파이를 손녀에게 전했고 그렇다면 일은 성공한 셈이다. 과연 그럴까? 표면적으로는 성공한 일이라고 생각할 수 있겠지만 내면적으로 봤을 때, 키키는 손녀에게 할머니의 사랑을 전해 주는 데는 실패했다. 키키는 매우 상심한 채 몸도 마음도 망가져버린다.

어렸을 때의 기억을 더듬다보면 나는 병치레가 있는 편이었다. 내 기억 속 단편에는 불쑥 치과 내부의 풍경이라는가, 소아과 대기실에 앉아 기다리는 내 모습, 주사 맞을 때의 끔찍한 기분 등이 떠오른다. 내가 병원을 싫어하고 '의사' 라는 직업을 선호하지 않는 이유도 여기에 있지 않을까. 당연한 이야기인데, 내가 아플 때 제일 많이 걱정해 주시는 분

47

들은 엄마, 아빠이다. 내가 고열에 시달리고 있을 때 아빠께서는 물수건으로 내 몸 구석구석을 식혀주셨고 엄마께서는 해열제를 먹여주셨다. 코피도 자주 나서 엄마께서 연근을 매일같이 조리해 반찬으로 내놓으셨고 – 코피난 이유가 잠잘 때 동생의 몸부림에 코를 맞아 그렇지 않았나 하는 생각도 든다. – 이빨은 왜 새로 나는지 치과 특유의 냄새를 맡으며 들어갔다가 나올 땐 입에 솜을 물고 나오곤 했다. 몸이 건강해지라고 한약을 마신 적도 있는데 그때 그 맛 때문에 지금은 한약방 근처에서 냄새만 맡아도 구역질이 날 만큼 트라우마가 생겼다.

그래도 내가 아플 때 이렇게 관심 가져 주시고 걱정해 주시고 보살펴 주시는 부모님이 계셔서 나는 행복하다. 내가 아플 때 당신들이 속으로 아파하셨던 만큼, 이젠 당신들이 허리 아프다, 목이 뻐근하다 하시면 제 속이 철렁하는 것을 느낍니다. 엄마, 아빠 건강하세요!

키키는 고열에 시달리고 오소노 아주머니의 간호 덕에 쾌유하지만 큰 문제가 생긴다. 고양이 지지의 말을 알아들을 수 없게 된 것이다! 그저 보통 고양이들처럼 야옹야옹 우는 지지를 보며 어리둥절해 하던 키키는 자신이 날 수 없게 되었다는 사실을 알고 경악한다.

"마력이 약해졌어……!"

마녀의 입장에서 고양이와 대화를 할 수 없고 빗자루를 타고 하늘을 날 수 없다는 것은 대단히 위험한 일임에 틀림없다. 이건 곧 그냥 평범한 사람과 다를 것이 없기 때문이다. 설상가상으로 키키의 빗자루가 두 동강이 나버리고, 키키는 한없이 절망 속으로 빨려 들어간다. 이 때, 키키를 절망 속에서 잡아 준 사람들이 있으니, 그 중 한 명이 화가 우르슬라다. '마녀배달부 키키'에 나오는 등장인물 한 명 한 명이 사랑스럽지만 유난히 관심 가는 인물이 있는데 바로 우르슬라다.

옛날 옛적, 꼬맹이 때는 무엇이든 자신의 장래희망이 된다. 보통 유치원이나 초등학교 때쯤 미래의 꿈을 물으면 대다수가 거의 매일같이 바뀐다. 하지만 나는 항상 같은 꿈만을 쫓아왔다.

누군가 나에게 "너의 꿈이 뭐니?" 하고 물으면 나는 십중팔구 "화가." 나 "만화가."라고 답했었다.

내가 가장 오랫동안 다닌 학원은 미술학원이었고 집에서 할 일이 없으면 하는 일이 낙서하기였다. 그림을 그릴 때만은 시간도 금방 가고 한없이 그릴 수 있을 만큼 재미있었다. 초등학교 때 그린 낙서들을 보면 내가 이것을 발로 그렸는가 할 만큼 서툴고 어색한 그림들이지만, 그렇게 좋아하던 미술학원을 끊고 나서도 끈질기게 낙서를 해왔기에 지금은 보기에 그리 이상하지 않은 아마추어들 흉내를 낼 수 있게 되었다. 정물화나 풍경화를 초등학교 저학년 때까지 미술학원에서 배웠지, 그 후로는 한 번도 연습할 기회가 없어 아쉬웠다.

내 삶의 기둥이며 영원히 갈 것 같았던 화가의 꿈은, 중학교 때 내 손으로 허물어버렸다. 자식이 화가나 만화가가 된다고 하면 나 같아도 적극 밀어주지는 못할 것 같다. 보장받지 못하는 미래, 일단 밀리고 보는 엄마, 아빠의 심정도 이해가 가지만, 미련이 남는 것은 어쩔 수 없다. 그래서 나는 아직 화가나 만화가로서의 삶을 포기하지 않았다. 여전히 미대에 가고 싶고, 만화와 관련된 일을 하고 싶다. 그러나 주변 사람들이 만류하는 것도 다 이유가 있을 것이다. 내가 생각해도 지금의 나의 실력은 한참 모자라고 부족해서 잠시 그림에 대한 열정을 접어둔다.

우르슬라는 앞서 이야기했던 키키의 고양이인형 배달하기에 처음 나오는 인물이다. 키키가 숲속에 떨어뜨린 고양이인형을 우르슬라가 발견해 보관했고, 덕분에 키키는 인형을 되찾을 수 있었다. 우르슬라는 숲속의 오두막집에서 혼자 자유롭게 그림을 그리며 살고 있는데, 키키가 마력을 잃었을 때 자신의 집으로 초대해 키키에게 자신의 그림의 모델이 되어 달라 부탁한다. 키키가 모델이 되어 완성된 그림은 약간 추상적이고 신비로운 느낌의, 어딘가 마녀의 분위기가 물씬 풍겼다. 키키가 우르슬라에게 자신이 마력을 다 잃을까 두렵다는 말을 하자 우르슬라가 들려준 말이 매우 와 닿았다. - 우르슬라는 물론 여성이지만 그 당당함에 반해 버렸다. -

"난 키키만할 때 화가가 되기로 결심했어. 그리는 게 너무 재미있어서 잠자는 게 아까울 정도였지.

그런데 말이야, 어느 날 갑자기 전혀 그릴 수가 없게 되었어.

그려도 그려도 맘에 들지 않았지.

그건 그때까지의 그림이 어디선가 본 적이 있다는 것을, 그러니까 내 그림이 누군가의 흉내에 불과했다는 걸 깨달았던 거야. 나만의 그림을 그리지 않으면 안 된다는 걸 알게 된 셈이지."

"괴로웠어?"

"아하하. 그건 지금도 똑같아.

하지만 그 후부턴 전보다 조금 더 그림을 그린다는 게 뭔지 알게 된 것 같아.

마법이란 건 그냥 주문을 외운다고 되는 게 아니지?"

"응, 피로 나는 거랬어."

50

"마녀의 피라…… 멋진데? 나 그런 거 좋아해.

마녀의 피, 화가의 피, 요리사의 피……

신이라든가 누군가가 준 힘인 거야. 덕분에 고생도 하지만."

[우르슬라와 키키의 대화 中]

나도 돌이켜보면, 그 때는 영영 헤어나지 못할 슬럼프였던 것 같은데 시간이 지나고 나니 아무렇지도 않게 한걸음 더 발전한 나를 발견할 수 있었다. 힘든 일이 있으면 '나 슬럼프에 빠졌어.' 하며 주저앉는 것이 아니다. 남에게 하소연해 보고 기대려 한들 바뀌는 것은 아무것도 없다. 조금 괴롭더라도 포기하지 말고 인내심을 갖고 계속 도전하면, 오히려 슬럼프는 한 단계 더 발전한 자신을 만날 수 있는 좋은 기회일지도 모른다.

그렇다면 키키는 이 슬럼프를 어떻게 극복할 수 있었을까? 그 계기는 키키의 친구 톰보가 열기구 끝의 줄에 매달려 곧 추락할 상황이 발생한 것이었다. 톰보는 키키가 자신의 새로운 터전에서 만난 첫 번째 친구로, 하늘을 나는 것에 동경을 품고 있는 호기심 많은 키키의 또래 남자아이이다. 키키는 실시간으로 TV에 나오고 있는 톰보의 위태로운 모습에 매우 놀라 톰보가 있는 곳으로 달려 나간다. 톰보를 구하고 싶은 마음에 키키는 다급히 청소부 아저씨가 들고 있는 청소용 빗자루에 올라탔다. 빗자루를 두 다리 사이에 끼운 채 온 정신을 집중하는 키키의 모습은 매우 간절해 보였다.

"날아!!" 다행히도 키키를 태운 빗자루는 제멋대로이지만 하늘로 힘차게 날아올랐고 우여곡절 끝에 키키는 톰보를 무사히 구할 수 있었다.

키키는 어떻게 다시 하늘을 날 수 있었을까. 그건 키키의 마음가짐에 달려 있었던 게 아닐까. 키키는 파이 배달을 하고 나서 마음속에서 무언가를 잃어버렸을 것이다. 그 무엇은 하늘을 다시 날고 싶다는 간절한 소망이지 않을까. 하늘을 날 수 있게 되었지만 고양이 지지와의 대화는 불가능한 것으로 보아 키키의 마력이 완전히 돌아온 것은 아니지만 키키는 두 번 다시 하늘을 날 수 없게 되지는 않을 것이다. 사람들 사이에서 '마녀'가 얼마나 필요한지 깨닫게 되었으니 말이다.

4. 하울의 움직이는 성

사랑을 하고 있다면, 사랑을 하고 싶다면?
: 사랑의 참 모습 알아보기

혹시 지금 사랑을 하고 계신가? 그렇다면 자신이 사랑하는 사람과 함께 이 영화를 꼭 보기를 추천한다. 여주인공 소피와 남주인공 하울의 진솔한 사랑이야기가 담긴 '하울의 움직이는 성' 이것에 대해 나의 이야기를 풀어보고자 한다.

나는 현재 딱히 마음에 두고 있는 이성이 없다. 주위에 이성도 별로 없을 뿐더러, 사랑에 빠지고 싶은 마음은 더더욱 없다. 물론 학교 친구들과 선생님들, 그리고 우리 가족과 이웃 사람들을 사랑하고 있지만, 이성을 향한 사랑은 만들어지지 않았다. 그렇다고 내가 이성에 관심이 없다는 말이 아니다. 과거에도 그랬고, 현재에도, 그리고 틀림없이 미래에도 괜찮은 이성에게 쏠리는 눈길은 어쩔 수 없을 것이다.

기억을 거슬러 올라가보면 나에게도 분명 첫사랑이 있었다. 누구나 소중히 간직하고 있는 첫사랑의 추억. 나에게 최초의 사랑의 기억은 유치원 시절이다. 그 때 나는 좋아하는 남자애를 끈질기게 쫓아다녀 그 아이를 꽤나 귀찮게 했었다. 유치원에 다닐 때의 '나' 는 참으로 당돌하고 적극적인 아이였을 테다. 누구는 고작 6~7살짜리가 이성 친구 따라다닌 것이 사랑이라고? 할지 모르겠으나 글쎄, 그 정도 나이라도 어른들이 느끼는 감정을 다 느낄 수 있다고 한다. 또 하나 떠오르는 사랑의 추억. 같은 피아노 학원의 오빠를 좋아한 적이 있는데 참, 지금도 기억할 만큼 그 당시에는 어른들의 표현을 빌어 '지독한 열병' 의 짝사랑이었으나 피아노 학원을 끊으면서 그 짝사랑도 톡 끊겼다.

초등학교를 다닐 땐 꼭 같은 반 안의 남자애 한 명씩은 좋아했던 것 같다. 내가 먼저 고백한 적은 한 번도 없었으나, 딱 한 번, '사귄다' 라는 것을 흉내낸 적이 있다. 초등학교 4학년 때였는가, 같은 반 남자애와 나는 말 그대로 서로 눈이 맞았고, 미적지근하게 사귀게 되었다. 꼭 '사귄다' 라는 게 아니라, 그냥 '나는 쟤를 좋아하고 쟤는 나를 좋아해' 하는 인식 정도로 손 한 번 잡은 적 없이 서로 수줍게 이야기만 하는 관계였다. 내가 전학을 가면서 그 설렁설렁한 사랑도 톡 끊겼지만 지금 생각하면 그저 작은 추억거리 중 일부이다.

'하울의 움직이는 성' 의 여주인공 소피는 자신의 여동생을 만나러 가던 길에 하울을 만나고, 한 마디로 '첫눈에 반한다' 푸른 눈에 금발의 머리를 가진 하울은 곤란한 상황에 처한 소피를 구해 주고, 멋있게 사라진다.

'첫눈에 반한다' 라…… 글쎄, 나에게는 해당 사항이 없는 말 같다. 솔직히, 한눈에 반한다는 것은 그 사람의 첫인상을 보고 마음에 든다는 뜻이니까. '첫눈에 반하다' 보다는 시간을 두고 그 사람과 지내보면서 사소한 행동 하나하나가 눈에 들어오고 그 사람의 진심이 자신에게 다가올 때가, 사랑에 빠지기에 좋을 때라고 생각한다. 소피 역시 하울의 참모습을 알고, 그의 진심을 알게 되면서 진정으로 그를 사랑하게 된다.

소피에게는 '레티' 라는 여동생이 있고, 나에게도 3살 차이나는 여동생이 있다. 일단 나의 동생은 나 못지않은 '만화광' 이다. 어릴 적부터 나와 함께 그림을 그리면서 놀았는데, 이제는 나보다 더 익숙한 손길로 그림을 그릴 뿐 아니라 자신만의 개성이 묻어나는 동생의 낙서들을 보고 있으면 왠지 모르게 즐겁다. 엄마께서 말씀하시길, 나는 동생을 심하게 질투하지 않았고 그건 동생도 마찬가지였다고 한다. 아주 어렸을 적 동생에게 품었던 감정들을 떠올려보면, 그저 귀엽고 보살펴주고 싶은, 아주 가끔은 때려주고 싶을 정도로 얄미운, 그런 아련한 것들이 느껴진다. 내가 고등학교에 진학하고 동생이 중학교로 진학하면서 점점 같이 붙어 있는 시간이 줄어들고 자연스레 함께 이야기하는 시간도 줄어들었다. 하지만 그렇다고 해서 달라지는 것은 아무것도 없었다. 남들이 보기에 지나치게 사이좋은 우리 자매는 미래에도 그럴 것이라고 의심치 않는다.

서로 닮은 듯하면서도 다른 나와 동생. 하지만 그래서 더 좋은 사이이다.

나와 동생은 서로 닮은 점이 많으면서 사소하게 다른 점들도 있다. 좋아하는 만화 취향도 같고, 좋아하는 옷 스타일도 비슷하고, 싫어하는 과목과 좋아하는 과목도 일추 똑같다. 키도 비슷해서 밖에 나가면 서로 친구냐는 취급도 많이 받았다. 그런 반면에, 좋아하는 음식과 싫어하는 음식이 뚜렷이 구분되고 – 나는 단 것을 좋아하고 못 먹는 음식이 거의 없지만, 동생은 피자, 라면을 좋아하고 편식을 좀 한다. – 집 밖에서의 행동거지도 다른 점을 보인다. – 동생은 넉살 좋고 상대방을 많이 웃기는 편이지만, 나는 내가 상대방의 말에 잘 웃는 편이다. –

소피의 여동생인 레티는 금발에 짙은 화장을 하고 가게의 카운슬러

일을 맡고 있는 깜찍한 캐릭터이다. 반면, 소피는 화장기 하나 없는 얼굴에 짙은 흑갈색의 머리를 종종 땋은 꾸밈없이 수수한 모습이다. 레티와 소피의 나이가 어느 정도 차이 나는지는 모르겠으나, 누가 언니이고 누가 여동생인지 모를 만큼 이 둘은 분위기에서부터 매우 달랐다. 소피는 장녀라는 책임감 아래 부모님이 물려주신 모자가게를 꾸려나가고, 레티는 자신이 좋아하고 잘 할 수 있는 일을 하고 있다는 것. 이것이 바로 두 자매의 외모나 성격의 차이가 아닌 가장 큰 차이점이었다.

장녀라서 부모님이 물려주신 가업을 이어 나간다-라는 것은 나에게 바로 와 닿지 않았다. 나 역시 장녀이긴 하지만 내가 장녀로서 가지고 있는 책임감이란 그저 부모님이 부재중이실 때 나의 혈육인 동생을 보호하는 것뿐. 그 외의 사항들은 장남이든 차남이든 동등히 분담해서 해야 할 일이라고 생각한다.

분명 세상에는 어쩔 수 없이 선조들이 물려준 일을 하는 사람들이 있고, 자신이 좋아서 가업을 유지해 나가는 사람들도 있을 것이다. 하지만 소피는 부모들이 강요해서 하는 것이 아니라 자신이 정말 하고 싶어 하는 일이 뭔지 몰라서 하는 수 없이 모자가게 일을 보는 것 같았다. 레티가 가게로 돌아가는 소피의 뒷모습에다 대고, "언니, 자신의 일은 자신이 결정해야 하는 거야!" 하고 안타깝게 말하는 것이 마치 나와 같은 또래들을 위한 말처럼 들렸다. 어린 시절 막연히 가졌던, 나는 커서 무엇을 할까 하는 생각이 주변에서 이거 해라 저거 해라 하는 소리들로 희미해지고 문득 정신을 차려보면 남이 미리 닦아놓은 - 자신의 것이 아닌 - 길을 비틀거리며 걷고 있는 자신을 발견한다. 지금 하고 있는 공부가, 학교를 다니고 방과 후에 학원을 가는 자신의 모든 생활이, 타인의 결정에 의한 것이 아닌 자신의 결정으로 이루어진 것인가 고민하게 된다. 이제는 내가 하고 있는 일이 전부 나 자신이 선택한 결정임을 알고 있기에 책임을 갖고 최선을 다하려고 한다.

젊고 예쁜 아가씨의 심장을 먹어치운다는 소문으로 자자한 마법사 하울은 자신의 심장을 노리고 있는 '황무지마녀'에게 쫓기고 있었고, 이들의 밀고 당기기에 소피가 휘말린다. 황무지마녀는 하울의 도움을 받은 소피에게 저주를 걸고, 하울만이 그 저주를 풀 수 있다고 한다. 소피가 걸린 저주. 거울을 보며 자신의 폭삭 삭은 모습에 소피, 아니 소피 할머니는 매우 당황한다.

어느 날 내가 잠에서 깨니 할머니가 되어 있다면? 갑작스런 몸의 변화에 모든 것이 불편할 것 같다. 문득 그러고 보니 자신의 10년 후 모습, 20년 후 모습을 상상해 보지만 정작 노인이 되었을 때의 모습은 생각해 본 적이 거의 없다. 나의 노년 시절은 어떨까. 구부정하게 휜 허리로 손주들과 놀고 있을까. 아님 하얗게 센 머리로 세계 일주를 끝내고 집으로 돌아가는 비행기 안일까. 아직은 잘 실감이 안 가지만, 소피의 반응으로 보건대 나이를 먹고 늙는다는 것은 그다지 유쾌한 일이 아님을 알 수 있다. 물건을 주우려고 허리를 굽히는데 우두둑, 일어서는데 목에서 우두둑, 온 몸이 삐그덕거리는 게, 상당한 각오를 필요로 할 것 같았다.

참으로 적응하기 어려운 상황에서 소피는 상당히 긍정적으로 생각하고 행동하고 있었다. 나이를 먹을수록 잔꾀가 늘어나는 것 같아, 나이를 먹으니 별로 놀라지 않아서 좋군 등등 느긋한 말을 하던 소피는 정말로 하울의 성에 청소부로 살게 된다.

'하울의 움직이는 성'은 중세 유럽에 자주 등장하는 화려하고 웅장한 '성'의 이미지를 깨고 고철 덩어리와 알 수 없는 형태의 '생물'처럼

등장한다. 하울의 '성'은 하울과 계약을 맺은 '캘시퍼'라는 불의 악마
가 원동력이 되어 성을 움직여 이동하고 있었다.

그래서 하울의 '움직이는' 성이었구나. 참 참신하고 기발하다 하는
생각이 들었지만 성의 외관을 보고는 하울의 취향을 의심했다. 성이면
좀 성답게 만들지 하는 생각이 들 정도로 독특했지만 그 나름대로의 개
성과 가치에 반한 사람도 있을 것이다.

나는 종종 지금의 우리 집에서 떠나 미래에 내가 살 곳을 생각해 보곤
하는데, 일단 애완동물을 키우기에 적합한 곳이어야 한다. 그리고 너무 큰
평수는 혼자서 청소하기 힘들어서 싫다. 아파트라면 너무 고층은 피하고
싶고… 참, 화장실에는 꼭 내가 들어갈 수 있는 크기의 욕조가 있어야 한
다. ─ 대중목욕탕에 가는 것은 돈 들고, 시간 들고 여러모로 귀찮다. ─ 우
리 가족이 외국에 잠깐 살 때, 처음으로 2층집에서 살아봤으며 처음으로
침대 위에서 혼자 자 보았다. 집안에 계단이 있고 무엇보다 화장실도 2개
여서 기뻤지만 바닥을 대걸레로 매일 닦는 것은 좀 성가시고 귀찮았다. 현
재는 좀 좁은 방에서 동생과 잠도 같이 자지만 전혀 불편함을 못 느낀다.

외국에서 살 때. 내 방은 이층에 있었는데, 외국 사람처럼 집안에서 신
발을 신고 다닐 수도 없어 슬리퍼를 신은 채 생활했다.

하울의 움직이는 성 안에는 캘시퍼 말고도 '마르클' 이란 이름을 가진 하울의 꼬마 제자가 살고 있는데, 마구 뻗친 붉은 머리와 행동거지가 영락없이 꼬마여서 귀엽고, 노인네로 변신해 잡무를 보는 것을 보면 상당히 의젓했다.

나의 외갓집 사촌들 중에서는 마르클 나이 또래들이 많은데 올해로 초등학교 5학년인 외사촌 한 명은 제일 첫째라 그런지 얌전하고 의젓하다. 내가 12살이었을 때 이 아이가 7살이었으니 같이 많이 놀았다. 내가 데리고 다니며 놀아주고 챙겨준 것이 생생해서 그럴까, 고작 5살 차이인데도 아직 한참 어려 보이다가도 불쑥 큰 것을 보면 깜짝 놀란다. 그런데 이 외사촌에게 11살 차이나는 남동생이 생겼고, 지금은 나보다도 훨씬 더 잘 아기를 돌본다.

어른스러워 보이는 마르클이지만 소피의 치마폭을 끌어안고 떠나지 말라며 애원하는 모습과 집으로 돌아온 소피에게 잘 왔다고 반기는 모습을 보면 아직은 영락없는 꼬마 같다.

내가 세상에서 제일 무서워하는 것은? 답은 '엄마' 이다.(ˆ_ˆ;) 이런 말을 하면 엄마께 죄송스럽지만, 어렸을 때는 엄마가 나의 절대적인 존재였기 때문에 가장 좋으면서도 제일 무서운 대상이었다. 물론 지금은 내가 의지할 수 있는, 세상에서 제일 고마우신 분이 엄마이다. 또 나를 겁주는 것이 있다면 주사바늘이나 정전기 같은 것들이다. 순간적이라도 따끔한 것은 질색이다. 쓴 약이나 비릿한 음식도 무섭다.

생각해 보면, 내가 언급한 것은 나 스스로 극복할 수 있는 사소한 것들이다. 하지만 나의 무의식중에 자리잡은 무서움. 주변 사람들이 아프다거나 나 자신이 불행해지는 것. 이런 것들은 나의 힘만으로는 극복하기에 부족한 것 같다. 그렇다고 영원히 무서워하라는 법은 없다. 사소한 도움으로 확 바뀌는 것이 우리 사람들이니까 말이다. 겉으로 매우 잘나 보이는 하울은, 자신의 입으로 자기가 '겁쟁이' 라며 소피에게 털어놓는다. 이 말을 털어놓게 된 계기는 조금 뒤에 이야기하겠다.

겁쟁이 하울이 가장 겁내는 것은 뭘까? 하울의 심장을 노리는 황무지 마녀와 하울의 스승인 설리반이 바로 하울의 공포의 대상이다. 황무지 마녀는 앞에서도 말했듯이 소피를 할머니로 만든 장본인이다. 설리반 역시 마법사이지만 그녀는 왕실마법사로 하울과 황무지마녀보다 더 큰 힘을 갖고 있다. 설리반은 악마와 계약한 자신의 제자, 하울을 탐탁지 않게 여긴다. 하울은 이런 무서움을 어떻게 극복했을까. 과연 누구의 도움을 받아 하울이 용기를 내었을지 차차 살펴보자.

소피가 두려워하는 것은 없어 보인다. 할머니가 되는 저주에 걸린 후 오히려 전보다 당차고 씩씩해졌으며 밝은 모습을 보여준다. 작품을 보다보면 잘 모르긴 몰라도 뒷배경이 전쟁 중이라는 것을 알 수 있는데, 소피는 그 전쟁의 참상을 무서워하는 것처럼 보인다.

나는 전쟁을 증오한다. 어렸을 때는 뭣도 모르고 전쟁을 싫어했지만 곰곰이 생각해 보니, 세계가 이렇게 선진국, 개발도상국, 후진국으로 나뉘어 각자 발전을 하거나 무너지고 있는 것도 몇 차례의 전쟁 위에 성립된 것 아닌가. 나는 전쟁을 겪어본 적이 없고, 전쟁으로 인한 피해를 입고 있는 것은 더욱 아니다. 그럼에도 TV나 책으로 접하는 전쟁의 참상은 너무나 끔찍해서 '전쟁은 매우 나쁜 것!' 으로 내 머릿속에 각인되어 있다. 그런데 우리가 배우는 역사를 생각해 보자. 역사 속에는 셀 수 없을 만큼 전쟁이 많이 나온다. 전쟁을 일으키는 이유는 다양하다. 영토를

넓히기 위해, 먹을 양식이 없어 약탈하기 위해, 복수하기 위해, 그저 심심해서 하는 전쟁까지. 이쯤 되니 전쟁이 과연 나쁜 것인지 헷갈리기 시작한다. 전쟁으로 점철된 인류의 역사를 보건대, 과연 우리가 전쟁을 나쁘다고 할 수 있을까? 이에 대한 내 생각은 '할 수 있다'이다. 꼭 전쟁으로 해결해야 할 일이었을까?

어느 쪽이 이기든 지든 피해는 막심하고 죄 없는 사람들까지 희생되며 씻을 수 없는 아픔을 낳는 것이 전쟁이다. 전쟁은 단순한 게임이 아니다! 우리나라 역시 6·25 전쟁을 치렀고, 그 결과 남겨진 것은 분단과 이산가족, 그리고 아픔이었다. 혹자는 '희생이 없으면 전진도 없다' 하지만 글쎄, 그 '희생'이란 것은 과연 무엇을 뜻하는가.

예전에 학교 논술 동아리 시간에 '유대인과 펠레스타인들의 전쟁'에 관한 토론을 한 적이 있었다. 토론을 시작하기에 앞서 EBS에서 하는 '지식e' 동영상을 보았는데, 처음에는 미국에 일어난 9·11 테러 사건을 보여주고 그 다음에는 한 소년을 보여주었다. 팔레스타인인 이 아이는 전쟁 통에 가족을 다 잃고 오른팔을 잃어, 절망에 빠져 살아갈 의지가 없었다. 하지만 의사는 어떻게든 이 아이를 살리려 했고 결국 음식을 거부하던 아이가 다시 음식을 먹게 했다. 이 아이를 움직이게 한 의사의 한 마디.

"남은 왼손으로 총을 쥘 수 있어."

전쟁이 복수의 악순환을 낳는다는 메시지를 담은 이 동영상의 마지막 부분을 보며 정말 잔인하고도 슬픈, 하지만 어쩔 수 없는 저 의사의 한 마디에 울고 싶어졌다.

이미 세계는 제1차 세계대전과 제2차 세계대전을 겪고 그 피해를 고스란히 떠안고 있다. 그리고 세계 각지에서는 아직 전쟁이 끝나지 않은 현재 진행형이다. 내가 할 수 있는 것은 전쟁의 피해를 잊지 않고 조금이나마 도움의 손길을 내미는 것이다.

이렇게 되면 전쟁을 무서워하는 소피의 모습이 당연하게 느껴지고, 전쟁 때문에 유능한 마법사를 모은다는 소집장을 무시하는 하울의 모습도 이해가 간다. 그런데 어느 순간 하울은, 위험하다며 밖으로 가지 말라는 소피의 말에 이렇게 답한다.

"왜? 나는 이때까지 도망만 다녔어. 하지만 이제 지켜야 할 것이 생겼어. 바로 너야."

이 대사는 하울의 명대사로, 수많은 여자 팬들의 가슴을 설레게 하는 데 충분한 기여를 했으리라 생각한다.(^^;)

드디어 서로서로가 마음의 문을 열고 사랑을 시작하는 중! 이쯤 되니 하울과 소피의 마음뿐만 아니라 겉모습에도 많은 변화가 일어난다.

우선 소피는 작품을 보다 보면 젊어졌다가 다시 늙어졌다가 하는 것이 반복되는 것을 볼 수 있는데 이것은 무엇을 의미할까. 사실 나는 '하울의 움직이는 성'을 볼 때 둔해서 그런지 소피의 변화를 바로 눈치채지 못했다. 그러다가 2번, 3번 보면서 소피의 모습이 등이 굽고 주름이 많은 할머니 모습에서 허리도 별로 안 굽었고 주름도 적은 50대 아줌마에서 좀 더 젊은 노처녀, 그리고 원래 모습으로 돌아오기까지! 참 다양한 연령별로 나타나고 있었다. 도대체 왜 저럴까? 저주가 불안정해서 그런가 보다! 하고 얼렁뚱땅 넘어갔던 나는, 중학교 미술 선생님께서 말씀해 주신 덕분에 어렴풋이 그 이유를 짐작할 수 있게 되었다. 소피가 젊어 보일 때는 뭔가 기분이 즐겁거나, 하울을 생각할 때, 그리고 용감

해지거나 씩씩할 때도 그랬다. 반면에 체념하거나, 무언가를 속으로 부정할 땐 도로 늙어버리곤 했다. 소피가 젊어지고 늙어가는 이유는 마음의 변화를 표현하기 위함인 것 같다. 그것이 젊을 땐 긍정적 생각, 늙을 땐 부정적 생각이든 또는 하울을 사랑하면서 젊어지는 것이든 말이다.

마지막에는 소피의 머리색이 원래의 진갈색이 아닌, 그렇다고 할머니의 흰 머리도 아닌 푸르스름한 은발로 변하는데, 하울은 '별색' 으로 물들여졌다며 좋아라 한다. 확실히 사람들은 그 겉모습으로 판단되고 오해 받기 쉽다. 그리고 자신의 겉모습에 변화를 주는 것은 심경의 변화를 나타낸다. '남자친구와 헤어지고 여자들은 머리를 자른다' 하는 것도 이러한 관념 속에서 생겨났을 거다.

나 역시 여자라서 겉모습 꾸미기에 관심이 많다. 단지 학생이라 외모에 신경을 덜 쓰고 있는 탓이지만…… 예전의 하울이 외모에 지나친 관심을 기울인 것처럼 요즘에는 성형수술이 누구나 하는 것으로 보편화되어 있다. 나 역시 수술하고픈 마음이 없는 것은 아니지만 무섭다. 남의 손에 맡겨 인공적으로 가꿔진 내 얼굴보다는 매일 거울 보고 웃기, 천연비누 쓰기 등으로 나 자신이 가꾼 자연적인 내 얼굴이 마음에 든다.

하울의 겉모습도 몇 번 바뀌는데 금발의 머리칼이 나중에는 원래의 검푸른 색으로 돌아온다. 원래의 색으로 돌아오게 된 계기는 소피가 하울 전용 욕실을 청소하다 약품을 건드린 탓! 복잡한 마법이 깨지고 아무것도 모르는 하울은 목욕하다 말고 소피에게로 뛰어가 머리를 들이대며 소리 지르고, 절망한다. 이때 하울에 대한 고귀한 서양 왕자님의 이미지가 확 깨진달까. "아름답지 않으면 소용없어……."라고 말하는 하울의 머리에 알밤을 먹이고 싶을 정도로 얄미웠다. 몹시 절망해서 어둠의 망령들을 불러들이는 하울에게 화가 난 소피는 자신은 아름다웠던 적이 한 번도 없었다며 소리친 후 비가 오는 밖으로 뛰쳐나가 엉엉운다. 소리 내어 엉엉 우는 소피. 눈물과 함께 복잡한 마음을 내보내고, 소피는 다시 힘을 내어 하울 때문에 엉망이 된 집을 청소한다.

'울음'이 나왔음에 하는 말인데, 부모님의 말씀으로는 내가 아기 때부터 엄청난 울보였다고 한다. 나야 아기 때 이야기인데 기억날 리가 없지만 주변 어른들이 그렇게 말씀하시니깐, 아, 그랬나보다 하는 인식 정도? 아기 나은이(저자)가 왜 그렇게 울었냐는 말에 아빠께서는 허탈하게 웃으며 모르지 하셨다. 기저귀를 갈아줘도, 분유를 먹여봐도, 안아 봐도, 재워봐도 계속 울었다는 나에게 부모님께서는 두 손 두 발 다 들었을 것 같다. 심지어 내가 2살 되던 돌잔치 사진을 봐도 울고 있는 모습이 찍혀 있으니, 나를 키우느라 고생하셨을 부모님께 죄송할 따름이다.

17살이나 나이를 먹은 지금도 눈물이 많다. 울고 나서 바로 자고 일어나면 밤을 꼴딱 새도 안 붓던 눈이 퉁퉁 붓고 입술도 붓고 하여튼 보

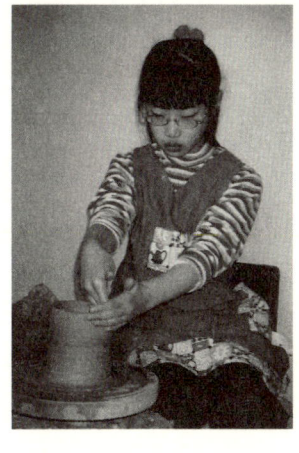

도자기 체험 중에 뭣 때문인지는 모르겠지만 울고 난 뒤의 모습. 한번 울면 좀처럼 멈추지 않는 것은 지금까지 미스터리다.

기 흉하게 붓는다. 그래도 울고 나면 안 좋은 기억이나 혼잡한 마음도 쑥 들어가고 스트레스 해소에 도움이 돼서 좋다.

얼마 전에 학교에서 '지식e' 동영상을 또 봤는데, 주제가 '눈물'이었다. 눈물은 눈에 들어오는 세균을 막을 뿐아니라, 항상 눈을 촉촉히 적셔주어 건강한 상태로 유지시켜주고, 무엇보다 눈물을 흘리면 스트레스 해소가 된다는 연구 결과! 어느 학자가 남긴 말이 인상이 깊은데, "여자가 남자보다 오래 사는 이유는 더 많이 울기 때문이다."(다시 깨달은 눈물의 깊이-) 우는 것을 굳이 참을 필요는 없는 건가 보다.

소피는 하울의 어머니라는 명목하에 하울을 대신해서 '설리반'을 만나러 궁궐로 가고, 가는 도중에 황무지마녀를 만난다. 그러나 그녀는 설리반이 쳐 놓은 함정에 빠져 마력을 다 잃어버리고, 원래의 모습으로 돌아간다. 우아한 왕비님 같은 설리반은 악마에게 마음을 빼앗긴 하울이 너무 위험하고 이대로 두면 황무지마녀처럼 스스로 망쳐버리게 된다. 말을 소피에게 해주고, 소피는 벌떡 일어서서 설리반의 말을 반박한다. 하울을 믿는다는 소피의 말에 그녀가 진심으로 하울을 사랑한다는 것을 알 수 있었다. 그 후 소피 뒤를 따라 변장해서 온 하울이 설리반에 의해 원래 모습이 나타나고 자칫하면 목숨을 잃을 수 있는 위험한 상황에 처했을때 소피의 도움으로 무사히 달아난다. 설리반의 개인 힌(소피가 하울로 오해했었다)과 황무지마녀를 덤으로 데리고. 하울의 본모습은 커다란 새인데, 새 모습으로 전쟁에 참가하고, 점점 전쟁이 심해지는 가운데 소피의 엄마가 찾아와 선물을 주고 간다. 하지만 그 선물은 설리반이 준 것이고, 소피의 새엄마는 미안해 하며 떠난다. 소피와 그 새엄마는 분명히 사이는 좋았지만 진짜 가족 같은 분위기는 나지 않았다. 소피의 진짜 가족은 하울, 마르클, 불의 악마 캘시퍼와 덤으로 같이 온 황무지마녀와 강아지 힌으로 이루어진 공동체.

소피는 자신의 머리카락을 희생해서 캘시퍼에게 힘을 주고 망가진 하울의 성을 다시 움직인다. 그러나 하울의 심장이 탐이 난 황무지마녀는 캘시퍼에게 손을 대고, 캘시퍼와 황무지마녀 둘 다 죽을 위기에 처하자 소피는 물을 끼얹는다. 황무지마녀는 끝까지 어린애 같은 떼를 써서 나를 화나게 했지만, 나이도 많고, 마법도 이제 못 쓰고, 힘도 약한 그저 한 사람의 할머니로서 다시 보니, 끝까지 황무지마녀에게 다정히 대하는 소피가 대단해 보였다.

가만 생각해 보면, 황무지마녀는 소피를 할머니로 만들고 하울의 심장을 노린 '원수' 아닌가. 소피 역시 처음에는 황무지마녀를 가만두지 않겠다고 방방 뛰다가 설리반에 의해 힘을 빼앗기고 모습도 초라해진 것을 보니 조금 불쌍해 보였을 테다. 결국 소피는 마치 황무지마녀를 용서했다는 듯, 할머니라 부르며 챙겨주고, 그런 소피의 마음을 아는 황무지마녀(이하 할머니)도 하울의 심장을 그녀에게 넘겨주었다.

살다 보면 우리는 정말 인생의 '원수' 같은 놈을 만날 수 있다. 그 어떤 용서를 구한다 해도 절대 용서할 수 없는 그런 상황이 발생할 수 있다. 나 역시 사소한 일에 신경을 많이 쓰고, 용서를 하는데 조금 인색하다면 인색하다. 그래도 나 역시 용서를 많이 받았고 늘 실수하면서 살아가기에 조금 더 너그럽고 여유 있게, 넓은 마음으로, 성인이신 예수께서 하신 '원수를 사랑하라' 라는 말처럼, 그런 관용을 좀 더 많이 실천한다면 좋겠다.

소피는 캘시퍼에게 담긴 하울의 심장을 도로 하울에게 돌려주고, 불의 악마 캘시퍼는 자유의 몸이 된다. 눈을 뜬 하울은 몸이 무거워졌다고 놀라고 소피는 "그래요, 마음은 무거운 것이거든요." 하며 답한다.

　결국 해피엔딩으로 끝난 두 사람을 보며 설리반은 어쩔 수 없지, 하며 그만 이 바보 같은 전쟁이나 끝내볼까요? 하며 퇴장한다. 그 후, 캘시퍼는 모두와 함께 있고 싶다며 돌아오고 하울의 움직이는 성은 정원도 만들어지고 날개도 만들어 하울과 소피를 비롯한 모두가 함께 살게 된다.

　이 작품은 우리에게 많은 것을 알려주지만 그 중 주목해야 할 것은 전쟁 따위, 사랑으로 이겨낼 수 있어! 아닐까. 하울과 움직이는 성은 단순히 잘생긴 마법사와 평범한 소녀의 러브스토리가 아닌, 자신의 일생에서 정말로 원하는 것을 찾아 결국 그것을 가진다는 이야기가 아닐까. 물론 그 바탕에는 사랑이 깔려 있고 말이다.

　나에게도 두근두근하는 사랑이 곧 찾아올 것만 같다.

5. 바람계곡의 나우시카

무너져 가는 자연 속에 반짝이는 작은 희망 '나우시카'

가로수만이 듬성듬성 서 있는 도시에서 자란 나에게는 시골에 대한 환상이 어느 정도 존재한다. 요즘 시골은 예전 같지 않고 무엇보다 도시와는 비교도 안 될 만큼 불편하다며 도시에서 사는 것을 선호하는 사람들이 대다수이다. 하지만 실제로 도시의 한 직장 내에서 잘 나가던 사람이 시골로 떠나 그곳에서 맑은 공기 마시며 농사짓고 아이 키우며 잘 사는 사례도 분명히 있다. 시골의 맑은 공기와 탁 트인 정경을 현재 내가 살고 있는 곳에서 무리하게 바라는 것은 아니다. 단지 근처에 매일 가기 좋은, 산 하나만 있어도 숨통이 트일 것 같다.

"애인이 생기면 바다로 놀러가겠습니까? 산으로 놀러가겠습니까?" 이에 대한 나의 대답은, "우선 산으로 놀러간 후 바다로 놀러갑시다."이다.

나의 옛 고향 울산에 살 때, 우리 아파트 뒤로는, 커다란 산이 손에 잡힐 듯 서 있었다. 그 산을 자주 올라갔는지 기억은 잘 나지 않지만, 사계절이 흐르면서 모습이 바뀌는 산이 왠지 모르게 정겹고 든든했다.

서울로 이사를 갔을 때 신기했던 것은, 우리 아파트에서 5분 거리에 청룡산이 있었는데 그 산 옆에 바로 나의 새 학교가 있는, 뭐 그런 전원적인 곳이라는 점이었다. 이렇게 도심 근처에 산이 함께 공존하다니, 그 앞산은 경사도 별로 높지 않고 코스도 간단해서, 우리 가족끼리 휴일에 산을 타다가 좋아하는 남자애네 가족이랑 만나서 당황했던 기억도 난다.

물론 대구로 와서도 가족끼리 휴일에 자가용을 타고 틈틈이 산 타러 오고가곤 했다. 내가 처음부터 산 타는 것을 즐긴 것은 아니었다. 동생이랑 싫다고 투덜투덜 하며 억지로 산을 올라가다가도 정상에서 공기를 마시는 기분이란. 그리고 산을 내려갈 때는 올라가는 것의 반 밖에 안 힘들다. 자꾸자꾸 산을 올라가다 보니 나도 모르게 산이 나에게 성큼 다가와 있었다. 산 공기가 달다. 하며 멋모르게 흉내 내곤 했는데, 한 발자국 한 발자국씩 힘들게 올라가 탁 트인 장경을 보면 아, 사람들이 이 맛에 산을 오르는구나, 하는 생각이 든다.

나와 산의 관계를 더욱 가깝게 만들어 주신 분이 있으니, 바로 큰고모와 한비야 씨다. 항상 밝고 기운찬 에너지를 마구마구 발산하고 계시는 큰고모는 둘째가라면 서러워할 산 애호가이시다. 어찌나 산에 자주 가시던지, 나는 고모께서 산의 수호신쯤이나 되신 줄 알았다. 우리 가족과 함께 산에 자주 올라가시기도 하고, 휴일에 빈둥거리는 우리 가족들을 산으로 향하게 해주신 것도 큰고모이다. 언젠가, 고모와 우리 가족이 산을 타고 내려올 때 고모는 자신의 애인을 소개하셨다. 고모의 애인은 쭉쭉 곧게 뻗은 잘생긴 푸른 소나무였다. 정말 옆에 있는 다른 소나무와는 달리 어쩐지 더 곧고, 더 높으며, 더 푸르게 느껴지는 고모의 소나무였다. 그 길로 나와 동생도 각자 옆에 있는 나무를 껴안고 애인이라며 한바탕 웃은 기억이 난다.

내가 존경하는 분 중 한 분인 한비야 씨. 한비야 씨가 쓰신 책들을 읽어본 사람들은 누구나 그녀가 산을 사랑한다는 말에 이의를 달지 않을 것이다. 심지어 한비야 씨의 이상형의 조건은 일단 산 타는 것을 즐겨야 한다는 거다. 정말 한비야 씨처럼 산을 가까이하고 산다면 죽을 병에 걸린 사람도 깨끗이 완치할 수 있을 것만 같다.

고등학생이 되고 나니, 마지막으로 언제 산을 올랐는지 기억이 나지 않을 정도로 산을 향한 발길이 뜸해졌다. 반갑게도 이번 주 휴일에 외가 친척들과 산에 간다. (야호!^.^) 산과 친하지 않으신 분이라면 우선 산 입구에 가만히 서서 공기를 마셔보는 건 어떨까. 덧붙여, 산과 관련된 어떤 간절한 메시지를 전달하고 있는 '바람계곡의 나우시카'를 소개한다.

제목에서 보이는 '나우시카'는 이 작품의 주인공인데, 미리 말하자면 약간 영웅적이고 신화적인 이미지를 갖고 있다. 한없이 상냥하며 또한 매우 강직한, 외유내강의 모습이 잘 드러나는 나우시카를 보면 나도 그녀를 닮고 싶다는 생각을 하게 된다. 그렇다면 제목을 아예 '나우시카'로 하지 어째서 '바람계곡의'라는 미사여구를 덧붙였을까. 그것은 물론 나우시카가 바람계곡에 자리 잡은 나라의 공주여서이기도 하겠지만, 또 다른 생각을 해 보자면 '바람계곡'은 우리를 둘러싸고 있으며 지구를 이루고 있는 자연환경을 대표하는 말일 수도 있다.

그렇다면 도대체 나우시카와 자연은 어떤 관계가 있을까. 이 작품은 시작부터 그 배경이 현실과는 다르다는 것을 여실히 보여준다. 이 작품의 배경은 현재 우리가 살고 있는 세계의 문명이 붕괴하고 천년의 세월이 흐른 후, 독기를 내뿜는 '부해'라고 불리는 것으로 황폐화된 지구 위이다. 그냥 몽글몽글 모여 있는 먼지의 집합체처럼 보이는 부해 때문에 마스크로 호흡을 보호하지 않으면 죽을 수 있는, 치명적인 산물인 것이다. 푸르른 풀포기는 한 잎도 안 보이고 그저 허허벌판과 회색빛의 부해의 숲만이 있는 것을 보고, 괜스레 마음이 울적해졌다. 지금의 자연환경이 전과 같지 않다는 것은, 누구나 알고 있는 사실이다. 그리고 환경이 점점 악화되고 있다는 사실을 알면서도 일반 사람들은 당장 시급한 조치를 취하지 않는다. 나 역시 마찬가지다. 왜냐하면 지금 당장 위험성을 느끼지 못하는 선진국의 시민(?)이기 때문이다.

부끄럽게도 나는 악화되어가고 있는 자연 환경을 보며 분개하고 걱

아마도 식물원인 듯… 자연의 아름다움을 인공적인 곳에서 느껴야 한다
니… 슬픈 일이다.

정하기는 하나, 실천하고 있는 것은 아무것도, 아무것도 없다. 길바닥에
쓰레기를 버리지는 않지만 놓여 있는 쓰레기를 못 본 척하고, 분리수거
는 제대로 할 줄 모르고, 휴지도 마구 쓰고 물도 아껴 쓰지 않는다. 이렇
게 고백한들, 내가 바뀔 인물도 아니고, 환경은 걱정이 되고, 참으로 모
순적인 상황이다.

　나우시카는 다 망가져버린 듯한 자연 속에서 희망을 찾아낸다. 사람
들의 목숨을 위협하는 부해도 깨끗한 물과 오염되지 않은 토양에서는
아무런 해를 끼치지 않는다는 것을, 나우시카는 자신의 비밀정원을 통
해 증명해낸다. 비밀정원이라니!!! 여담이지만 나에게 집이 생긴다면 꼭
작은 정원이 딸린 집이었으면 한다. - 그런고로, 나는 아파트를 선호하
지 않는다. - 동·식물을 키우는 경험은 성날 사람에 중요한 것 같다.
생명의 소중함과 책임감, 의무감 등등을 키울 수 있으니 말이다.

　나우시카가 살고 있는 바람계곡은 항상 불고 있는 바람 덕택에 부해
의 독성도 날리고 풍력을 써서 먹고 살아간다. 그러던 어느 날, 나우시
카의 스승이자 마을의 원로인 유파가 긴 여행에서 돌아온다.

부모님 결혼 사진. 두 분이 계시기에 오늘의 내가 있을 수 있었다.

　나에게 스승이란 어떤 존재일까. 내가 이때까지 만났던 수많은 학교, 학원 선생님들과 평생의 스승일 가족, 그리고 책들은 나를 '나'로서 인간답게 만들어준 스승들이다. 이 세상에 태어나 눈을 뜨자마자 만난 내 생애 첫 번째 스승은 이 세상을 살아가는 방법을 가르쳐준 엄마였다. 온갖 위험과 위협 속에서 나를 보호하고 나의 몸가짐과 어른들께 갖춰야 할 예의범절, 그리고 생활습관 하나하나를 가르쳐주신 부모님. 다행히도 나는 매우 훌륭하신 부모님을 만나 이분들의 사랑을 듬뿍 받으면서 곧게 컸지만, 세계에는 꼭 그렇지만은 않은 아이들이 있다. 이 아이들은 생애 첫 번째 스승인 부모에게서 공포와 좌절을 맛보고, 그 후로도 모든 사람들에게 쉽게 마음을 열어주기 어려울 것이다. 그래서 나는 결혼을 하고 아이를 낳아 가정을 꾸리는 데에 두려움이 있다. 내가 낳은 아이를 내 스스로 상처주지 않고 잘 키워낼 자신이 없는 것이다.
　그래도 이런 생각도 해 본다. 자식 잘 되기를 바라는 마음이 모든 부모들의 공통점일 것이고, 그 아이가 잘 되길 바라는 큰 마음에 아이에게 작은 상처를 준다 할지라도 언젠간 그 상처는 부모의 큰 사랑으로 치유

엄마♡
결혼식 복장이 매우 예쁘시다

아빠의 뒷모습
낚시를 하시는 듯……

될 거라고. 아, 여하튼 부모님은 여전히 나의 대스승이시다. 이건 세상 끝날 때까지 변하지 않을 사실이다.

내 생애 두 번째 스승님, 학교 선생님들. 참으로 고마우신 분들이다. 아무런 기초 지식이 없는 나에게, 공동체의 생활부터 시작해 수학의 삼각함수까지, 안 가르쳐 주신 것이 없을 정도다. ─ 너무 많이 가르쳐주셔서 상세히 기억을 하지 못할 정도이다. 사실 이미 상당수는 까먹었다고 본다. 인간은 망각의 동물이지 않은가? ─

초등학교 선생님들은 말투까지 다 기억나는 분들이 대부분이지만 망각의 저편으로 사라진 분들도 계신다. ─ 죄송해요. ─ 초등학교 때는 그야말로 선생님과 친구처럼 붙어 지냈다. 학교에 가면 단짝친구들 못지 않게 자주 만나는 사람이 선생님이었고, 선생님과 이야기하는 것은 친구들이나 부모님과의 대화와는 또 다른 것이었다. 어색하거나 무서운 선생님들도 계셨지만, 나는 정말 선생님들의 말이라면 부모님 말보다 더 잘 들었던 것으로 기억한다. 지금의 내가 학교를 다니는 것을 즐거워하는 것도 다 선생님들 덕분이다.

유치원 때의 선생님들은 정말 다들 천사 같은 분들이었다. 아님 내가 그런 순수한 눈을 가졌을 때여서 그렇게 기억하는지는 모르겠지만 분명 다른 반 선생님들보다 더 상냥하고 더 잘 웃으시고 더 예쁘셨다.(?) 초등학교 1학년 선생님도 굉장히 좋은 성격의 소유자였고 엄격의 '엄' 자는 찾아볼 수 없었다. 그래, 은연중에 나의 이상향 선생님이 상냥한 분이라는 것도, 이 때문에 성립된 것 같기도 하다. 초등학교 5학년 선생님은 조금 독특한 분이셨다. 분명 수업하는 것은 다른 선생님과 다를 것이 없으셨지만 스티커나 벌점을 준다든지, 노래를 많이 부르게 한다든지, 반 아이들을 속속들이 다 꿰뚫고 계신다든지…… 검사된 일기장에 적힌 선생님의 한 줄 한 마디에 감동받기도 했지만 정말 호되게 아이들을 혼내는 선생님의 모습은, 선생님을 향한 발걸음을 주춤하게 만들고 괜히 움츠러들게 했다.

선생님의 화나신 모습은 아직도 생생한데, 선생님께서 즐겨 쓰시는 처벌 중, 구레나룻 잡고 위로 흔들기 ― 나도 당한 적이 한번 있었는데, 끔찍하게 아팠다. ― 가 제일 기억난다. 그 외에 내가 당한 벌은 ― 그때 아마 공책을 두고 와서였다. ― 벽 보고 40분 수업 내내 서 있기. 처음엔 별거 아니라 생각했는데, 나중엔 속이 울렁거리고 눈앞이 하얘져서 눈물을 흘렸었다. 나와 같이 벌을 섰던 아이들 모두가 안색이 창백했지만 난 눈물을 주륵주륵 뽑고 있어서, 조금 한심스러웠던 기억도 난다. ― 지금 생각하면 선생님의 벌은 초등 5학년에겐 조금 공포스러웠다. ―

초등학교 6학년 때 선생님은 나이가 많으셨는데 이상하게도 반 친구들은 담임선생님을 좋아하지 않았었다. ― 내 생각엔 나이가 많으신 선생님이어서 아이들이 실망하지 않았나 싶다. ― 한창 혼란스러운 초등학교 6학년 시절, 선생님과 반 아이들 사이에서 항상 뭔가 거리감이 느껴졌었다. 그러다가 한번 선생님께서 신문에 실리셨는데, 반 친구들은 그 기사를 칠판에 붙여놓고 좋아라했다. - 어떤 의미에서 좋아했는지는 잘 모르겠지만. - 나의 초등학교 선생님들은 다른 먼 곳에 계셔서 한 번도 찾아뵙지 못한 것이 죄송하고 안타깝다.

나의 중학교 1학년 선생님(컴퓨터 담당)께서는 현재 다른 곳으로 전근 가셨고, - 아, 만나 뵙고 싶은데 - 2학년 선생님(영어 담당)께서는 중학교 교직 자리를 물러나셨다. - 선생님ㅠㅠ 보고 싶습니다. - 그리고 3학년 담임선생님(과학 담당)께서는 아마 내가 고등학교 졸업할 때까지 나의 중학교에서 수업을 하고 계실 거다. - 선생님, 계속 찾아뵐게요^^ - 중학교에 올라와서 제일 달라진 점이라면 과목별로 다른 선생님들이 매시간 우리 교실을 들락날락하는 것이었다. 중학교 선생님들도 좋으신 분들이 참으로 많으셨고, 나는 각 과목별 선생님들한테 많은 지식을 얻을 수 있었다.

고등학교 선생님들은 두말할 필요 없다! 초, 중, 고 시절을 통틀어 현재 경북여고 1학년 선생님들이 가장 좋으시다. - 진짜, 사탕발림이 아니라 - 정말 각 과목 수업을 훌륭하신 선생님들께 알차게 배울 수 있어서 난 행운아라고 생각한다.

나의 인격 수양에 도움이 된, 세 번째 스승인 책. 내가 책을 읽기 시작한 것은, 잘은 기억나지 않지만 유치원 때쯤 엄마께서 잠자리에 들 때나 심심할 때 짧은 동화책을 읽어주기 시작하면서였다. 엄마께서는 아직도 나에게 몇 번씩 읽어주었던 책들의 내용을 기억하고 계실 정도로, 나는 그렇게 책읽기에 빠졌다. 초등학교 땐 엄마 손 잡고 가까운 도서관에도 많이 갔었고 집에는 동화책부터 시작해 위인전까지 다양한 책들이 책장에 가득 꽂혀 있었다. 지금보다 나이가 훨씬 적었을 때의 나는 책을 읽으며 쉽게 감정이입해서는 씩씩거리며 아빠에게 내 울분을 토한 적도 있었고 펑펑 운 적도 있었다. - 지금도 잘 그러지만 -

책을 읽는다는 것은 내가 경험해 본 적이 없는 새로운 세계와의 소통의 순간인 것 같아 항상 두근거렸다. 위인전을 읽다 보면 지루할 때도 있지만 정말 존경스러워 내가 이런 선조들이 계신 우리나라에 태어난 것이 자랑스럽기도 했고, 판타지나 로맨스나 소설을 읽다 보면 어느새 등장 인물과 같이 걷고 있는 나를 발견할 수 있었다. 나는 특히 소설책을 많이 읽었는데, 나의 가치관이나 좌우명 등 나의 기본적인 마음가짐을 세우는데 많은 도움이 되었다. 그런 의미에서 책은, 내 마음의 또 다른 스승이다.

이 외에도 나의 스승은 너무나 많다. 우리 성당의 신부님과 수녀님들, 열심히 일하시는 이웃 할머니, 할아버지들. TV에서 볼 수 있는, 나보다 몇 배나 어려운 상황에서 희망을 잃지 않고 살아가는 지구 반대편 사람들. 훌륭하게 살다 돌아가신 위인들, 심지어 밝게 빛나는 태양과 고마운 물 한 방울. 온 세상이 나에게 온 몸으로 가르쳐주고 있는 스승이라는 생각이 문득 든다.

나우시카에게도 스승 유파는 매우 소중한 분이다. 또한 유파에게 나우시카는 소중한 제자이다. 나우시카의 모든 실력과 재주를 키워주셨고, 나우시카가 이성을 잃고 흥분했을 때는 그것을 진정시키기도 한다. 또한 나우시카는 유파가 찾고 있는 전설의 인물임이 드러나는데……
(전설에 관한 이야기는 「천공의 성 라퓨타」편 참고.) 가만 보면, 스승과 제자의 관계는 일방적인 것이 아니라는 생각이 든다. 물론 스승의 은혜는 하

늘을 찌를 듯이 높지만 제자를 생각하는 스승의 마음 또한 바다를 가를 듯이 셀 것 같다. - 나는 아직 제자가 없어서 잘 모르겠지만 - 앞으로 또 살아가면서 위대한 스승을 만날 것 같은 예감에 - 그에 부끄럽지 않은 제자가 되기 위해 열심히 살아야겠다.

나는 개미 한 마리의 목숨이라도 소중히 여겨야 한다고 생각한다. 개미 한 마리뿐만이 아니라 풀 한 포기처럼 살아 있는 생명이라면 존중해야 한다. 이렇게 부처님 같은 생각을 하다가도 막상 모기나 파리, 바퀴벌레 따위를 보면 죽여야 한다는 생각을 하니 참 모순적이다. 나는 동물을 좋아하기는 하지만 곤충들은 글쎄, 많이 좋아하는 편이 아니라 고슴도치를 보면 꺅꺅 하다가도 이구아나를 보면 뒷걸음질치는 나는, 약간 귀여운 걸 편애하는 문제점이 있는 것 같다.

이 작품 속에는 곤충들이 많이 나오는데, 특히 '오무' 라고 무슨 콩벌레를 자동차만하게 확대해 놓은 듯한 곤충이 있다. 오무의 눈은 여러 개로, 평상시에는 푸른색이지만 화가 나면 눈 색이 빨갛게 변한다. 나우시카의 마을로 들어온 거대한 날벌레(날 수 있는 곤충)가 화가 잔뜩 나서 자기 동료를 부르려 하자, 마을 사람들은 이 곤충을 처치하려 하고 나우시카는 그런 그들을 막으며 자신이 어떻게든 해 보겠다고 한다. 그녀는 추가 달린 실 끝을 잡고는 빙빙 돌리며 곤충의 날갯짓 소리를 내며 곤충이 기운을 차리게 돕는다. 그리고는 그 실과 추를 하늘로 던지고, 곤충은 무사히 하늘로 날아올라 나우시카의 도움을 받으며 돌아간다.

마치 이 생물을 어떻게 다뤄야 하는지 아는 듯한 나우시카의 행동은 나우시카의 애완동물이자 친구인 '테토' 를 길들이는 순간에도 발휘된다. 테토는 눈이 초록색이고 귀가 토끼만큼 긴, 고양이처럼 생긴 생물로 나우시카의 스승인 유파가 데려왔다. 잔뜩 겁을 집어먹고 으르렁거리는 테토를 향해 나우시카는 손을 내밀지만 콱 물리고 만다. 나우시카는 아픔을 참은 채, "괜찮아, 이리 오렴." 하고 상냥하게 대한다. "무서울 거 하나도 없어." 나우시카의 마음을 알았을까, 테토는 슬며시 이빨을 떼고 나우시카의 물린 손가락을 핥기 시작한다. 금세 테토와 친해진 나우시카는 유파에게서 테토를 받고, 유파는 그런 나우시카를 놀란 눈으로 바라본다.

나우시카의 그런 행동들은 정말로 내가 하고 싶은 일이 뭔지 생각나게 해 버렸다. 물론 나는 만화나 그림 같은 미술쪽 직업이라면 다 OK이지만, 현재 진로는 동물과 관련된, 그러니깐 수의예과쪽으로 굳혀져 있다. 나는 의사라는 직업을 조금 힘들게 생각한다. 자고로 의사란 직업은 머리도 차갑게 가슴도 차갑게, 그러니깐 이성과 감성이 다 냉철해야만 환자를 최대한 좋게 진료하고 치료 할 수 있는 것이다. 수술할 때는 한치의 오차도 없어야 하며, 환자의 감정에 이입되는 것은 그다지 좋은 것이라고 생각하지 않는다. 나는 아픈 동물을 보면 어떻게 해서든 고쳐주고 싶은 마음이야 굴뚝 같지만, 마취를 하고 메스를 들어 수술하는 것은 많은 용기를 필요로 할 것이다.

내가 과연 이 일에 적성이 있는 것인가는 아직 좀 더 시간이 지나봐야 알 것이지만 되도록 수의사보다는 - 그래, 나우시카 같은 - 동물조련사를 하고 싶다. 마땅한 용어가 없어 '동물조련사' 라고 썼는데 솔직히 나우시카는 동물을 길들인다기보다는 그들의 심정을 이해하고 친구가 되려는 쪽이 맞다. 나도 그런 일을 하고 싶다! 동물들이 지금보다 조금 더 나은 세상에서 살고 - 지구는 사람들만의 것이 아니다! 지금까지 약

몇 천 종의 동물들이 사라졌는지 아는가? – 사람들과 정서적 교류를 하며 양쪽이 서로를 꼭 필요로 하는, 나는 사람과 동물 사이의 다리가 되고 싶다.

평화롭던 나우시카의 마을에 저쪽 다른 나라의 토르메키아라는 군사국에서 보낸 대형 비행선이 거대한 곤충들에게 습격을 당한 채 추락하게 된다. 이로 인해 작품의 분위기는 180° 바뀌고, 불타버린 비행선 안에는 살아 있는 어떤 무언가가 발견되는데, 이것의 정체는 '불의 7일'이라는 전쟁 때 지구의 생명체를 태워버린 무시무시한 거신병의 알이라고! 알고 보니 그 거신병의 알은 토르메키아가 거신병을 부활시켜 부해를 태워버리고 지구상에 새로운 문명을 일으키기 위해 도시국가인 페지테로부터 빼앗아 온 것이었다. 참으로, 토르메키아 정부는 어리석은 생각을 하고 있다. 그 거신병을 부활시켜 지구에 새로운 생명이 싹튼다고 치자. 지구에 다시 푸른 숲과 하늘, 바다를 볼 수 있을까? 그것이 다시 만들어지려면 몇억 년이 걸릴까. 인류는 다시 자그마한 미생물에서부터 진화할 것이다.

어쩌면, 최악의 경우 지구는 재생 불가능이 될지도 모른다. 거신병으로 이 땅에 조금이나마 남아 있던 생명체를 다 휩쓸어버리고 도박을 시작하느니 차라리 조금 느릴 수도 있지만 지금의 자연을 좋은 쪽으로 바꿔나가는 쪽을 택하겠다.

애초에 지구가 황폐해진 탓은 전쟁을 일으킨 인간들에게 그 원인이 있다. 전쟁 당시 큰 활약을 보여준 거신병을 다시 부활시키는 것은 정말 무모한 짓이 아닐 수 없다. 작품을 보다 보면, 숲과 곤충들은 끊임없이 인간들에게 경고를 보내고 있다. 그 경고를 받아들이기는커녕 되레 공격하고 있는 인간들의 모습은 현대 사람들과 겹쳐 보여 가슴이 답답했다.

영화 중에서, 인간의 실수나 인간의 횡포로 일어나는 수많은 자연재해들을 다룬 것들이 많다. 우리나라에서는 '괴물' 이라는 영화에서 그 실태를 알 수 있다. 모르는 척하고 한강에 버려진 갖가지의 독하디 독한 독약 같은 화학품들이 괴물을 만들어내고, 이 괴물은 인간을 해치고 결국 한 가족에게 큰 슬픔을 남기게 된다. 괴물이 날뛰고 있는 이 상황에서도 바이러스라는 헛다리를 짚어 괴물과 접촉한 사람들을 다 잡아들이는 영화 속 정부가 매우 한심스러워 보였다. 이 괴물이 바람계곡의 나우시카 속에서 유독한 가스를 뿜어내는 부해와 다를 것이 뭔가.

때로는 나는 나의 미래의 모습을 그리며 기대하다가도, 내 미래에 과연 자연이 이만큼 보존되어 있을까, 하는 불안한 생각이 든다. 내가 좋아하는 만화, '우에키의 법칙' 에서는 주인공의 신기한 능력이 나오는데, 무려 '쓰레기를 나무로 바꾸는 능력' 이다. 쓰레기를 나무로 바꾸다니, 이 능력만 있으면 자연 걱정은 싹 사라질 것이 분명하다. 만화는 만화일 뿐. 어쩌면 나는 주인공의 저런 친환경적인 능력 때문에 이 만화에 푹 빠졌는지도 모르겠다.

이 작품을 보다 보면 페지테의 왕자 아스벨과 토르메키아의 왕녀 크사나가 나오는데, 이 두 나라의 왕족은 서로 적대감을 갖고 결과적으로 자연을 파괴하는 만행을 저지르게 된다. 과거에 곤충들의 습격으로 남편을 잃고 팔과 다리 한 쪽씩 잃은 슬픈 경험을 안고 있는 크사나는 거신병을 부활시켜 이 세계를 불태울 극단적인 결정을 내리고, 아스벨의 나라, 페지테국은 오무 새끼를 죽여 성난 오무를 이용해 바람계곡을 쓸어 거신병의 부활을 막으려 한다. 어떻게 보면 한 쪽은 지구의 남은 생명을 파괴하려는 것이고, 다른 한 쪽은 그것을 막으려는 것이나 이 두

가지 상황은 슬픈 공통점을 안고 있다. 바로 '복수'라는 것. 크사나는 자신의 운명을 기구하게 만들어버린 세상을 향해 복수하고 있고, 아스벨 역시 거신병의 알을 빼앗고 자신의 여동생을 죽인 토르메키아국을 향해 복수의 총을 겨눈다.

복수는 또 다른 복수를 낳고 또 다른 복수는 다시 또 복수를 낳는다. 악순환의 고리를 끊을 방법은 용서와 화해라는 방법이 아닐까. 당장 내가 손해 보는 것 같고, 어떻게든 소중한 사람들을 위해 앙갚음을 하고 싶지만 조금만, 조금만 더 내다본다면 우리가 어떤 방법을 취해야 할지 알 수 있을 것이다.

이 작품 속 인물 중 내가 가장 마음에 드는 인물은 당연 주인공 '나우시카'이다. 나우시카는 자연과 교감 능력이 특출하게 뛰어나다. 그녀는 인간과 자연이 공존하는 방법을 알고, 그것을 실천하려고 애쓴다. 물론 그녀가 언제나 착한 성품을 갖고 있는 것은 아니다. 자신의 아버지가 토르메키아 군사들에게 죽임을 당하자 분노한 나머지 칼을 들고 휘두른다. - 그리고 유파 스승이 그녀를 진정시킨다. -

내가 나우시카의 성품 중 이야기하고 싶은 것은, '희생' 정신이다. 나는 나를 희생하여 다른 사람들을 구하는 것은 무척 고귀한 일이고 멋진 선택이라고 생각한다. 그래서 자기 자신을 희생해서라도 모두를 구하려는 나우시카가 참 멋있어 보였었다. 그 예로, 하늘을 나는 제트기 위에서 사격을 중지하라며 맨 몸으로 총을 쏘는 격투기 앞을 막아선다거나, 허둥대고 있는 원로들을 진정시키기 위해 유독한 공기 속에서 산소마스크를 떼고 말한다든지, 성난 오무들을 진정시키기 위해 맨몸으로 오무 앞을 막아서며 자신을 희생시킨다. 그건 아마 나우시카의 천성인

탓이라, 아슬아슬한 상황에서도 살아남고, 작품의 마지막 부분들에서는 성난 오무의 무리와 충돌하지만 오무들의 힘으로 깨어난다.

잘은 모르지만, 희생에도 여러 종류가 있다고 생각한다. 어린 자식을 위해 자신의 많은 것을 희생하는 것은 어머니의 사랑일 것이고, 하느님의 말씀을 전파하기 위해 순교하신 순교자들도 희생하셨다고 할 수 있다. 나 자신의 목숨을 바쳐서라도 소중한 사람을 위해서라면 희생할 수 있다는 나의 생각은 '판도라 하츠' 라는 만화책을 읽고는 약간 바뀌었다. 그 책 속의 한 인물은 남주인공의 희생정신을 비웃으며 나 자신의 목숨도 소중하다는 사실을 가르쳐준다. 정말 어쩔 수 없는 상황이라 해도, 자신도 살고 남도 살 수 있는 방법을 택해야 한다고. 자신이 죽고 남이 산다면 그 희생에는 아무런 가치도 없다는 것을. 이 책을 통해 고맙게도 나는 나의 편협된 영웅적인 희생 논리에서 조금 벗어날 수 있었다.

물론 나우시카는 내가 생각하는 잘못된 희생이 아닌, 인간과 자연은 공생해야 한다는 것을 행동으로 몸소 보여준다. 나우시카의 고귀한 희생 덕분에 오무 무리들은 평화롭게 돌아가고, 거신병은 너무 이른 시기에 깨워서 부활하는 데 실패하고 만다.

'푸른 옷을 입고 황금의 들판에 내려서서 잃어버린 대지와의 끈을 잇고 사람들을 푸른 청정의 땅으로 인도할지니……' 라는 작품 속 전설의 주인공이 나우시카인 것처럼, 현재 우리 세상에서 인간과 자연 사이의 다리이자 전설 속 주인공이 각자 자연을 사랑하는 데 힘쓰는 우리네 사람들이었으면 한다.

6. 붉은 돼지

가슴이 탁 트이는 하늘과 바다,
그리고 멋진 '비행'을 꿈꾸는 사람에게

'하늘'을 보면서 우리는 어떤 생각을 할까. 내 경우에는 '하늘'하면 나의 모든 것을 받아줄 수 있을 것 같은, 끝없는 관용과 무엇이든 할 수 있을 것만 같은, 무한한 자유가 느껴진다.

어렸을 때는 공중을 날아다니는 꿈을 꾸곤 했다. 마치 우주의 무중력 상태에 놓인 것처럼, 허공 속을 헤엄치듯 날아다니다가 꿈에서 깨면 '아, 꿈이구나'하고 아쉬워하면서도 혹시나 해서 두 팔을 파닥거리며 뛰어보기도 했다. 우주로 가서 무중력을 체험하는 것도 나의 소망 중 하나인 만큼, 나에게 '난다'는 것은 아주 신비롭고, 신적이며, 신나는 무언가를 부여해 주는 것이다.

인간은 지구 위에서 사는 이상 중력으로 인해 두 발을 땅에 디딘 채 살아갈 수밖에 없지만, 새처럼 하늘을 날고 싶은 욕망에 열기구 같은 탈 것을 만들어 내기 시작했다. 지금의 우리는 얼마든지 비행기를 타고 구름 속을 누빌 수 있다. 물론 하늘을 날고 있다는 감동은 덜하지만 말이다. 예상치도 않게 내 나이 만 12세 때, 가족과 함께 약 10시간 이상 비행기를 탄 적이 있었다. 목적지는 멕시코 아래에 위치한 과테말라라는 외국인데, 중간에 미국의 로스앤젤레스에서 갈아타고 가기 때문에 매우 장시간의 비행을 하게 되었다. 처음에 비행기가 날아오를 때의 긴장감과 흥분감이란! 나중에는 영화도 보고 책도 읽었다가 잠도 자고…… 비행기의 아주 작은 창문 사이로 보이는 흰 구름만이 지금 내가 하늘 위로 떠 있구나, 하고 실감하게 해주었다.

비행기가 착륙할 시간이 다가올 때쯤, 지상을 향해 하강하는 비행기 안에서 나는 매우 조그맣게 옹기종기 펼쳐진 시가지를 볼 수 있었다. 손톱만한 자동차들이 보이고 반듯하게 네모진 길들도 보이고 난쟁이들이 살 법한 1층 집들이 앙증맞게 놓여 있었다. 높은 곳에서 내려다보는 지구 반대편 사람들이 사는 곳은 우리와 다른 점도 많겠지만, 이렇게 평화롭고 아름다울 수 있다는 점은 똑같았다. 점점 하강할수록 점점 더 커지는 도로와 집들. 마침내 비행기가 착륙했을 때, 나는 피곤한 것도 잊고 새로운 생활을 기대하며 내가 꿈꿔왔던 상공에서의 첫 비행을 끝마쳤다.

비행기 안에서 바라본 하늘.
하늘을 나는 것은 인간의 영원한 소망일지도 모른다.

미야자키 하야오가 사랑하는 하늘과 그 속에 파일럿들의 비행이 잘 드러나 있는 '붉은 돼지'는 어른들이 보아도 참 깔끔하고 흥미진진할 작품이라 생각한다. 현대문명의 문제점 개선이나 자연과의 공존을 외쳐온 미야자키의 전, 후 작품과는 달리 순수하게 비행의 풍경과 그 속의 이야기를 담은 작품이다. 작품의 제목 '붉은 돼지'는 언뜻 봐서는 도무지 비행과 관련 없는 것 같지만, 여기에서 '돼지'는 주인공 포르코를, '붉은'은 빨간색 돼지가 아니라 포르코의 붉은 비행기를 뜻한다.

이 작품 안의 배경은 이탈리아이고 한창 전쟁이 발발하던 시기, 그리고 하늘의 해적이 날뛰는 시대이다. 하늘의 해적, 즉 공적은 바다의 해적과 다를 것 없이 약탈을 일삼고 그 행동과 인격이 아주 못되었으나 이 작품 속 공적은 험상궂지만 왠지 모르게 어딘가가 모자란 듯한 어리숙한 순수함을 보여준다.

주인공 포르코는 돼지 얼굴을 한 파일럿이다. 원래는 마르코란 이름으로 공군인 평범한 인간이었지만, 마치 알 수 없는 저주에 걸린 듯, 돼지 얼굴을 하고 포르코라는 가명으로 불리며 자유분방하게 하늘을 누비며 산다. 이 작품에는 푸른 하늘과 푸른 바다가 참으로 많이 나오는데, 먼저 하늘 이야기를 해볼까 한다.

요즘 들어 하늘을 바라보는 횟수가 부쩍 늘었다. 생각해 보니 하늘을 가장 많이 바라볼 때는 우리 학교 운동장에 있는 트랙을 돌면서이다. 날씨가 그리 춥지 않고 시간의 여유가 있을 때, 특히나 요즘처럼 가을 하늘이 예쁠 때, 친한 친구 한 명을 옆에 두고 간식을 주섬주섬 먹으면서 트랙을 돌다 보면 제일 눈에 많이 보이는 것이 파란 하늘이다.

하늘만큼 여러 모습을 보여주는 것도 드물 것이다. 눈부시게 하얀 하늘, 구름 한 점 없이 새파란 하늘, 땅거미가 지고 어둑해질 무렵의 푸르스름한 하늘, 해가 지려는지 타는 듯한 붉은 노을이 예쁘게 물든 하늘, 구름이 잔뜩 끼어 햇빛조차 비치지 않는 하늘, 그리고 비온 뒤 청명한 하늘, 별 하나가 보일 듯 말 듯 새까만 밤하늘…… 내가 가장 좋아하는 하늘은 아침 등교할 때 올려다보이는 하늘이다. 흰 구름이 드문드문 있고 – 어쩌다 먹구름이 잔뜩 낄 수도 있지만 – 그 사이로 선명한 하늘색이 오늘 하루도 열심히 보내자! 하는 마음을 절로 들게 만든다. 발을 땅에 붙이고 저 멀리 하늘을 올려보아도 이렇게 벅찬데, 하늘 속을 자유로

이 비행하는 파일럿들은 분명 하늘을 사랑하는 자들일 것이다.

우리나라처럼 3면이 바다로 둘러싸인 반도국가 이탈리아. 이탈리아와
접하고 있는 아름다운 지중해 모습이 작품 속에서 내내 등장해주어 가슴이
두근거렸다. 바다에 자주 가지 않은 나로서는, 나중에 돈을 충분히 벌어 유
럽쪽의 아름다운 해변가를 가는 것도 하나의 꿈이다. 물론 우리나라의 바
다도 매우 아름답다. 특히 해가 바다 위로 솟을 때의 그 분위기는 참…….
'바다' 하면 생각나는 추억들이 있는데, 나와 동생이 꼬맹이였을 때
서해안으로 가족끼리 놀러 갔었다. 아직도 기억나는 것이, 숙소에 짐을
풀자마자 수영복으로 갈아입고 바다로 향해 뛰어든 것과, 몸에 바른 선
크림이 파도에 씻겨 온몸이 벌겋게 될 때까지 수영하며 놀았다는 것이
다. 그때 찍었던 사진을 보면 무슨 화상 입은 것처럼 발갛게 달아오른
나와 동생이 물에 젖은 채 환하게 웃고 있다. 물론 그 후에 직사광선에
노출된 피부에서 살갗이 벗겨져 잠시 고생했지만 말이다.

우와……. 부끄러운 사진. ^^;
여하튼 그날은 너무 신나게 놀아서 몸살을 앓을 정도였다.

그 이후로도 바다에는 항상 가족과 함께였다. 엄마, 아빠 친구 분들과 우리 가족이 만나 같이 놀기도 했고, 친척들과 우리 가족이 바다에서 함께 물놀이를 했다. 그런데 가장 최근에 간 바다는 가족과 함께 간 것이 아니라 학교 친구들과 갔다. 물론 보호자겸 선생님 한 분께서도 같이 가셨지만 부모님이 없으셔서 더 들떠 있었다. 우리가 간 곳은 광안리 해수욕장이었는데 아쉽게도 갈아입을 옷이라든가 시간이 없어서 바다에 들어가 수영하지는 못했다. 그러나 나는, 바다에 들어가 파도를 온몸으로 느끼지 않고 단지 이렇게 바다를 구경하는 것이 꽤 신나는 일이라는 것을 알았다. 바닷바람을 느끼고, 모래사장을 가볍게 거닐거나 푸른 바다를 배경으로 사진 한 컷……. 비록 바다에 들어가지는 못했지만 어쩐지 가슴으로 바다를 가득 맛보고 온 것 같았다.

작품 속에서 포르코 비행기의 여정비사인 '피오'가 나오는데, 그녀가 하늘의 해적(공적)에게 또박또박 말한 말은 아주 마음에 들었다.

"우리 할아버지에게서 들었어요. 비행을 하면 푸른 하늘과 푸른 바다 사이를 날기 때문에 하늘과 바다가 마음을 깨끗하게 씻어줘서 파일럿들은 순수하다고요."

자신만의 비밀 장소에서 휴식을 취하고 있던 포르코는 유람선에서 돈과 금품을 빼앗고 유치원생들을 인질로 세운 '맘마유토 해적단'을 처리하러 나선다. 척 보기에도 낡아 보이는 비행기를 몰고 있는 맘마유토 해적단원들은 귀여운 여자 유치원생들에게 시달리고 있었으니, 결국 겁 없는 유치원생들의 방해로 보기 좋게 붉은 돼지에게 당한 맘마유토 해적단. 이들은 붉은 돼지에게 꼭 복수하리라 길길이 날뛰며 사라지는

데, 포르코는 여유롭기만 하다. 맘마유토 해적단은 포르코를 철천지 원수라고 보는 것 같지만 글쎄, 내가 보기엔 겉으로는 원수일지 몰라도 미운 정이 단단히 든 사이 같다.

초등학교 3학년 때쯤이었다. 당시 나의 짝은 싸움짱에다가 성격이 뭣같은 남자아이였는데 날 괴롭히는 것을 아주 즐겨했다. 그래서 난 나름대로 반항도 해 보고 속으로 많이 미워했지만 어느새 미운 정이 들었는지 그 아이와 떨어지자 약간 섭섭하기도 하고 좋기도 했다. 학원 남자애들과도 투닥투닥 입씨름하면서도 잘 지냈는데, 그 아이들과 나 사이에는 우정이라기보단 그래, 미운 정 같은 것이 있었다. 지금은 딱히 미운 정이 들었다고 느껴지는 사람이 없어 약간 아쉽기도 하다.

나에게는 '10년지기 친구'라고 부를 만한 상대가 없어서 친구들 중에 유치원, 초등학교, 그리고 중학교를 거쳐 고등학교까지 서로 친구인 아이들이 좀 부러웠다. 서로를 오랜 기간 동안 친구로 지낸 만큼 안 좋은 점도 있겠지만 그래도 의지가 되고 편안한, 가족 같은 친구로 남아 있지 않나. 초등학교 친구들과는 아예 연락이 끊겼고 중학교 친구들과도 잘 연락을 하지 않으니 나는 십년지기가 아니라 일년지기도 찾기 어려울 지경이다.

그래도 웬만큼 알고 지내온 나의 단짝 친구 한 명이 있는데, 이 녀석을 처음 알게 된 건 중학교에 막 입학했을 때, 아니 그보다 좀 더 전에 전학 수속을 밟는다고 엄마와 함께 중학교 교무실에 들어서는 순간이었다. 교무실 안에는 내 또래 여자아이가 나처럼 엄마를 대동하고 앉아 있었는데 그 인상이 머리에 남았고, 우연히도 같은 반이 되어 친해지게 되었다.

솔직히 말하자면 – 이건 내 단짝한테는 비밀 이야기이다. – 내 단짝을 처음부터 마음에 들어 한 건 아니었다. 오히려 그 친구를 피했고, 밀어내었다. 내 단짝 J양은 시원 털털한 성격에 맡은 일을 잘 완수하는 믿음직한 친구였지만 자신의 마음에 조금이라도 안 드는 사람한테는 욕을 쉽게 했고, 무엇보다 입이 조금 거칠었다. 그리고 약간 고집스러운 면도 있었는데 이상하게도 나한테는 매우 잘해 주고 상냥했다. 나는 J에게 그렇지 못했지만. 내가 J에게 마음을 연 것은 정확히 언제부터인지는 잘 기억나지 않지만 중 2때쯤이었다. 그 아이의 어떤 면을 보고 내가 좀 더 다가섰는지는 잘은 모르겠지만 아마 나를 끔찍이 챙겨주는 행동 때문이었을 거다.

사람은 누구나 단점과 장점이 있는데, 나는 J에게 너무나 큰 실수를 한 것 같아 아직도 미안한 마음이 남아 있다. 중 3때는 J와 다른 반이 되었는데, 그제야 나는 매우 안타까워했고, 만나는 횟수는 줄었지만 J를 향한 내 우정은 그대로였다. 그러다 고등학교마저 갈라지고 – 다행히 J의 고등학교는 우리 집에서 5분이 채 안 된다. – 나는 내 단짝친구를 잃는 게 아닌가 싶어 순간 아찔했지만 다행히도 내 핸드폰이 생겨서 아직까지 연락을 주고받으며 친하게 지낸다. 나는 꼭 이 친구와는 아낌없이 주고받는 십년지기 사이가 되었으면 한다.

포르코에게도 십년지기라 부를 만한 친구가 있는데, 바로 파일럿들에게 유명한 바다의 마돈나, 지나이다. 지나와 포르코는 한때 비행클럽을 같이 세운 친구로, 매우 가까운 사이로 보였다. 지나는 친구들이었던 파일럿들과 총 3번의 결혼을 했는데 다들 죽었고, 옛 친구는 돼지로 변한 포르코만이 남은 채였다. 포르코 주위의 여자는 딱 두 명이 있는데, 지나와 피오이다. 피오는 포르코가 즐겨가는 단골집인 비행기 정비소의 주인, 피콜로의 손녀딸이다. 지나가 우아하고 지혜로운 카리스마를 가지고 있다면, 피오는 야무지고 명랑한 카리스마를 지니고 있다. 지나와 피오의 공통점이 있다면 포르코를 좋아한다는 거다. 어느 쪽이 포르코와 어울리는지는 나로서는 비교할 수 없었다. 둘 다 착하고 괜찮은 아가씨들이었고, 둘 다 포르코에게 소중한 사람이기 때문이다.

그러다 포르코는 피오를 구하기 위해 커티스와 결투를 벌이게 된다. 커티스는 미국물을 먹고 온 파일럿으로 근사한 파란 비행기를 갖고 있으며, 아름다운 여자를 보면 절로 "저와 결혼해 주십시오."란 말을 하는 이 남자는 허영심으로 가득 찬, 좋게 보면 어린아이 같은 사람이다. 그는 포르코를 골려주기 위해 공적들이 불러서 왔으므로 엄밀히 말해 포르코가 커티스의 적인 셈이었다. 커티스는 포르코의 비행기가 고장났을 때 공격을 해서 포르코의 비행기를 아주 작살을 내버리는 비겁하고 야비한 인물이지만, 지나 앞에 서서 자신이 대통령이 되어 그녀를 영부인으로 만들어주겠다고 다짐하는 커티스의 모습에서 절로 웃음이 나왔다. 아아, 이 캐릭터는 왠지 얄밉지 않구나. 좋아하는 상대 앞에서 자기 자랑을 하는 이 남자는 어떻게 보면 순수해 보였다. 본성은 착하지만 하는 행동이 서투르기 때문일 거다.

언젠가 동생이 우스갯소리인지 진심으로 하는 소리인지 "언니는 이중인격자야."라고 말했고, 나는 그에 맞서 "그럼 넌 다중인격자야."라고 응수했던 적이 있었다. 곰곰이 생각해 보니, 동생이 한 말에 약간 수긍할 것도 같았다. 다름이 아니라 나는 집 안에서의 모습과 집 밖에서의 모습이 다르기 때문이다. 그래도 이런 모습은 누구나 다 그렇잖아? 하는 생각에 아무렇지도 않았는데 동생을 보니 또 그런 것 같지는 않았다.

동생은 집에서도 넉살 좋고 명랑한 성격인데 밖에 나가서는 그 정도가 심하면 심했지, 내숭을 떤다든지 덜하지는 않았다. 그에 반해 나는 집에서는 동생보다 실없는 소리를 많이 하고 행동거지도 마구잡이인데 이상하게도 밖에, 특히나 학교에 가면 조용하고 얌전해진달까? 아니, 난 솔직히 밖에서도 내 성격 그대로 행동하는데 남들은 날 보고 쾌활하다거나 명랑하다는 말은 하지 않는다. 쳇, 이래 봬도 학교에서도 난 꽤 적극적인 편인데, 아, 물론 학교선생님들께 내숭을 떤다든지, 착한 척한다는 것쯤은 나도 자각하고 있다. 그런데 그건 선생님께 잘 보이고 싶은 순수한 마음에서이다. 뭐, 언젠가는 자연스러워지겠지, 난 굳이 어느 쪽이 나의 진짜 모습이라고 못박을 수 없다. 둘 다 나의 진짜 모습이기 때문이다. 솔직히 이 정도로 이중인격자라고 불리는 것은 진짜 이중인격자에게 실례되는 말이다.

포르코는 걸레짝이 된 비행기를 이끌고 피콜로가 운영하는 정비소로 간다. 심각하게 망가진 비행기를 보며 피콜로아저씨는 새로 하나 만드는 것이 낫겠다고 권유한다. 포르코는 돈이 너무 많이 들잖아, 하고 투덜대면서 비행기를 새로 만들려다가도 설계자를 보고는 딱 거절한다. 설계자는 피콜로의 손녀 피오인데 여자인데다가 17살이어서 포르코에게 믿음을 주지 못했나 보다. 피오는 붉은색 말총머리가 귀여운 나와 동갑인 아가씨로, 결국 포르코를 설득하여 설계를 맡게 된다. 피오는 어린 나이에도 불구하고 포르코를 깜짝 놀라게 할 만한 설계도를 완성하는데, 설계도를 보니 이런 걸 잘하려면 수학도 잘해야겠지? 하는 생각이 잠깐 들었다.
잠깐 이런 생각이 든 김에, 나의 수학 이야기를 조금 해야겠다. 내가 수학과 만나게 된 건 일, 이, 삼,…… 해서 십까지 배운 데서부터 시작한다. 엄마의 교육열 덕분에 나는 엄마의 잔소리를 매일같이 들으며 수학을 풀고 풀었다. 처음엔 엄마와 나, 둘이서 기탄수학을 하다가 눈높이 수학을 시작하면서 나는 점점 숫자와 친해졌다. 아주 오랫동안 아무런 기초가 없는 어린 나에게 인내심을 가지고 수학을 가르쳐주신 눈높이 수학선생님의 모습이 생생하다. 담배를 많이 피우셔서 짙게 배인 담배 향에 기침을 많이 하시던 선생님. 눈높이 수학 덕분인지 나는 수학에 대한 기초를 잡고 '수학'이란 과목에서 자신감을 갖게 되었다.

그런데 항상 수학과 사이좋은 것은 아니었다. 초등학교 2학년 때 배우는 구구단이 왜 그리 외우기 싫던지, 결국 나는 집에서 두 손 들고 맞아가면서 구구단을 외웠다. – 이 꼴을 지켜보던 동생도 초 2가 되어 나와 똑같은 절차를 밟았다. – 그리고 수학 문제집을 풀기 싫을 때가 있었는데, 그 때마다 집안이 난리였다. 엄마께서 집어던지셔서 날아가 버린 애꿎은 내 문제집이 퍽 안쓰러웠다. 그렇게 반강제적으로 수학을 공부하던 시기도 있었지만 어느새 수학 공부가 습관으로 자리잡아 수학을 괴롭게 공부하는 날은 거의 없었다.

수학은 명쾌하고 논리적이다. 공식의 유도 과정을 충분히 이해하고 유제를 몇 번 풀고 나면 공식은 자연스레 외워지고 새로운 문제에도 적용시킬 수 있는 것이다. 수학이 영어, 국어와 차이를 나타내는 것은 수학은 기초부터 튼튼하게 시작해서 균형을 유지하며 계속 쌓아올리는 데에 있다. 그래서 수학은 '천릿길도 한 걸음'처럼 자신이 취약한 부분, 사칙연산 같은 기초 부분에서 하나씩 차근차근 나아가야 한다. 그리고 안 풀리는 문제를 만나면 답지를 던져버릴 것!! 이렇게 저렇게 끙끙대다가 한 문제를 풀었을 때의 성취감은 수학을 계속해서 공부할 수 있는 밑

거름이 된다.

　아, 어쨌거나 피오의 명석함으로 만들어낸 설계도를 바탕으로 본격적인 비행기 공사를 시작하는데, 비행기 공사를 돕는 일손들이 전부 여자들! 여자꼬마들을 비롯해 꼬부랑 할머니들까지 전부 피콜로 아저씨의 여자 친척분들이었다. 남자는 오직 피콜로 아저씨와 포르코이고, 비행기 만드는 것은 전부 여자들이 해내었다. 이런 공사는 남자들이 하는 것이라는 고정관념을 유쾌하게 깨뜨렸다. 이런 고정관념은 무의식중에 남녀 차별이 바탕에 깔려 있기 때문일 것이다.
　지금은 21세기, 남녀 차별은 어느 정도 사라졌고, 정치계에는 여성부라는 부서도 생겨서 여성의 인권이 존중되는 사회이다. 남녀 차별이 심하지 않은 때에 태어난 나는 아직 사회생활을 겪어보지 못했고, 집안 환경도 남녀 차별하는 분위기가 아니었기 때문에 차별당하는 설움을 아직 잘 모른다. 그러나 신문을 보거나 뉴스를 볼 때, 그리고 역사를 배울 때 같은 여자로서 여성차별에 분노를 느낀다. 우리나라는 고려 때만 해도 남녀 구별이 없는 평등한 사회였다. 그러다 조선시대 때 유교가 널리 보급되면서 조선시대 여성들은 숨죽여 지내게 되었다. 남자와 여자를 명백히 구분짓는 유교 때문에 지금까지도 우리나라 사람들의 무의식에 남녀 차별이 뿌리깊게 박혔는지도 모른다. 지금 선진국에서는 남녀 구분이 거의 소용없게 되었지만 이슬람이나 이라크 같은 중동국에서는 그렇지 않다. 달리 보면 그 나라들의 문화라고도 할 수 있어 섣불리 바꿀 수도 없는 노릇이다. 남자나 여자나 다 똑같이 존중받아야 할 존재라는 것은 변함없는 사실이다.
　드디어 포르코의 빨간 비행기 완성!! 포르코는 공군에게 쫓기는 몸이

어서 비행테스트도 하지 않고 떠나려 한다. 그러나 야무진 피오가 어차피 정비사 한 명은 필요하다며 비행기 안에 어떻게 자리를 만들어 동행하려 한다. 포르코는 그녀를 말리지만 단호한 그녀의 고집에 피콜로 아저씨한테 이대로 괜찮겠냐며 투덜거린다. 피오는 좋은 애라며 호탕하게 웃는 피콜로아저씨의 태도에서 포르코에 대한 신뢰를 엿볼 수 있었다.

무사히 비행기를 타고 빠져나온 포르코와 피도. 지나에게 잠깐 들렀다가 포르코의 아름다운 별장에 도착하나, 잠복해 있던 공적들에게 둘러싸이고 만다. 포르코에게 복수한다며 빨간 비행기를 부수자!!라고 외치는 공적들에게 피오는 자신의 작품을 망가뜨릴 수 없다며 당돌하게 따진다. 그 와중에 피오에게 반한 커티스가 "나와 결혼해 주시오."라고 청혼하고 – 바람둥이 같으니! – 결국 포르코와 커티스의 일대일 대결로 모든 것을 해결하기로 한다. 포르코가 이기면 포르코의 새 비행기를 만든다고 진 빚을 커티스가 다 갚기로 하고, 커티스가 이기면 피오가 커티스의 청혼을 받아들이기로 하는 규칙이었다.

시합 당일– 포르코와 커티스의 시합이 열리는 작은 섬은 공적들과 일반인들로 가득 붐볐다. 그리고는 – 시합 시작! 포르코와 커티스가 벌이는 숨 가쁜 비행 추격전은 아슬아슬하고 매우 아름답기도 했다. 한참을 비행하다 비행기가 지치고 마찬가지로 지칠 대로 지친 두 사람은 지상으로 내려와 육탄전을 벌인다. 마치 슬로우 모션을 보는 듯이, 느릿느릿하게 주먹질을 주거니 받거니 하던 두 사람은 각자 큰 한 방을 맞고 뻗어버린다.

이 둘의 싸움은 그닥 심각성이 느껴지지 않고 오히려 약오른 꼬마들이 싸우는 것처럼 우스꽝스러웠다. 나도 저렇게 일대일로 싸워본 적이 있었던가. 일대일 싸움은 아니었지만 서로를 상처 준 어릴 때의 싸움이 스치듯 떠올라 씁쓸해졌다. 초등학교 2학년 때였나 3학년 때였나, 어느 쉬는 시간에 남자애들이 내 필통을 갖고 장난을 치기 시작했다. 아! 초등학교 때의 파란 천 필통. 너덜너덜해질 때까지 몇 년을 쓴 소중한 필통이었다. 당시 이유 없이 남자애들이 나를 자주 괴롭혔었고 내 필통이 공중으로 여기저기 날아다니자 드디어 폭발해 버린 나는, 이 장난을 시작한 내 짝을 마구 패기(?) 시작했다. 내가 사람을 그렇게 칠 수 있다는 것이 무서웠고, 슬펐다. 그땐 분노에 미쳐 울고 악을 써대며 때렸다. 음, 생각해 보니 내 짝이 일방적으로 맞고 있었는데 타이밍 좋게도 선생님이 들어오셨고 나와 짝은 나란히 '엎드려뻗쳐'를 했다. 우리 둘 다 훌쩍거리며 울고 있었고, 그 이후로 남자애들의 괴롭힘이 멎었으며 내 짝은 나와 한 마디도 하지 않았다. 지금 생각하면 짝에게 많이 미안한 생각뿐이다. 그 때 좀 더 참을 걸…… 사과를 할 걸…… 하는 후회만이 속을 맴돌 뿐. 내 짝아, 미안해.

포르코와 커티스의 결투가 벌어질 때, 지나는 공군들이 나타날 것이라는 소식을 듣고 이를 전하러 간다. 마침 땅 위에 쓰러져 있는 포르코를 보며 지나는 이렇게 말한다.

"일어나요. 당신, 저 아가씨를 불행하게 만들 생각은 아니죠?"

포르코는 간신히 일어서고, 마침내 포르코 승! 울긋불긋 화려하게 멍이 든 얼굴로 씩 웃는 포르코를 피오가 기쁨에 겨워 껴안아준다.

공군을 피해 떠나라는 지나의 말에 모두들 뿔뿔이 흩어지고, 포르코는 다시 평소의 무뚝뚝한 모습으로 지나에게 피오를 맡긴다. 지나는 별

수 없다는 듯 포르코와 작별하고, 출발하는 지나의 비행기 안에서 피오가 포르코에게 기습키스를 해준다. 새빨갛게 달아오른 포르코를 흘끗 쳐다본 커티스는 갑자기 무엇을 알아차렸는지 포르코에게 "얼굴을 보여줘!"라며 달라붙고 포르코는 얼굴을 감춘 채 커티스를 밀어낸다. 순간 피오가 포르코에게 개구리왕자가 공주의 키스를 받아 돌아온 것처럼 포르코도 키스를 받으면 원래 얼굴로 돌아오지 않을까!라고 말하다가 면박을 받는 장면이 떠올랐다.

피오는 지나와는 달리 적극적인 아이였다. 특히나 누굴 좋아하는 감정을 표현하는 데에 있어서, 지나는 자신의 비밀정원에서 이번에 포르코가 오면 그를 사랑해야지 하는 내기를 하는 반면, 피오는 적극적으로 나, 포르코가 좋아요. 하고 본인에게 말하기도 하고 기습뽀뽀, 기습키스를 하는 등 애정 표현도 훨씬 솔직했다.

이런 면에서 나는, 지나를 조금 닮았다. 중학교 때 좋아하고, 친해지고 싶은 친구가 있었는데 실상 입 밖으로 꺼내거나 내색을 한 적은 없었다. 단지 그녀의 모습을 캐릭터화해서 책갈피를 만들어준 것이 다였다. 누군가에게 적극적으로 다가서는 것은 할 수 있었다. 그러나 내 안의 감정을 보여주는 것은 너무나 힘들고 어렵다. 내가 고백하면 그 사람이 거부할까 봐 두려워서였다. 그래서 혼자 안절부절 하다가 시간이 지나면 포기하는 스타일이었다. 그렇게 해서 떠나보낸 사람이 몇이나 되는지……

포르코도 그런 용기가 없었을까. 아님 단지 혼자가 좋았던걸까. '붉은 돼지'의 마지막 부분은 피오의 내레이션으로 끝이 나는데, 잔잔한 목소리로 지나씨와 친해졌다든지, 커티스와 계속 연락한다든지, 그리고 포르코씨는 얼굴을 보여주지 않았다는 소식을 전해준다. 포르코의 저주는 풀렸을까. 아니, 그 이전에 왜 돼지 얼굴로 변했을까. 잘은 모르겠지만 포르코는 혼자 있는 것을 즐기는 것 같았다. 나도 혼자 있는 걸 유난히 좋아하는데 그러면서도 한편으론 누군가 곁에 있었으면, 하는 모순적인 생각을 자주한다. 친구들과 요란 벅적하게 여행을 하고 싶다가도 나 혼자 나만의 여행을 즐기고 싶다는 생각을 한다. 혼자 있다는 건 외롭다는 것이고, 외로운 것은 곧 고독과 연결되지만 포르코가 고독한 남자라는 생각은 안 든다. 포르코를 생각해 주는 사람은 많이 있고 포르코 역시 하늘과 바다 사이를 멋지게 비행하며 그들을 생각할 것이기 때문이다.

나는 아직 비행을 시작하지 않았다. '비행' 하면 낭만적인 음악이 흐르고 로맨스가 생각나지만, 비행을 하다가 회오리바람이나 버뮤다 삼각지대 같은 곳에 빠질 수도 있다. 어쩌면 땅으로 추락할 수도 있을 것이다. 하지만 추락하더라도 날개만 있으면 다시 비행할 수 있다. 지금 나는 저 푸른 하늘 위로 비행할 준비의 날갯짓을 하고 있다.

7. 천공의 성 라퓨타

하늘 위에 떠 있다는 환상 속 나라.
두 명의 아이들이 밝혀나가는, 그 진실은?

내가 이 책을 쓰게 된 계기? 음, 설명하자면 길다. 중학교 3년을 무사 졸업하고 우연하게도 경북여고 신입생으로 들어와서 특별활동으로 글 쓰기 실력을 높이고 싶어 글쓰기반에 들어왔고, 자신만의 '책'을 만든다 기에 책쓰기 동아리에 들어왔다. 사실 이건 책쓰기 동아리에 들어오게 된 과정이고, 진짜 이 책을 쓰게 된 계기는 미야자키 하야오의 작품을 보 게 하기 위해서이다. 나 혼자 보고 감동받기엔 아까운 일본 애니메이션 의 명작들. 그 속에 담긴 미야자키 하야오의 특유의 해학적 유머라든가 친환경적 사고관, 그리고 그가 원하는 따스한 세상과 그 속의 끈끈한 인 간관계. 이러한 목소리가 녹아 있는 그의 작품이 너무 좋아서, 그리고 이 주제라면 자신 있어서 책을 쓰게 된 것이다. 왜 느닷없이 이런 걸 말 하냐고? 미야자키 하야오가 「천공의 성 라퓨타」를 만든 계기 중 하나가 '걸리버 여행기' 여서이다. '걸리버 여행기' 3장의 제목은 「공중성 라퓨 타 제국」. '라퓨타'라는 이름을 여기서 따왔다는 것을 알 수 있다.

이 작품 속에서 '라퓨타'는 전설 속에 존재하는 미지의 나라로 등장 한다. 미신이나 귀신을 안 믿는 탓일까, 나는 전설도 잘 믿지 않는다. TV에서 나오는 '전설의 고향' 같은 것은 볼 마음이 요만큼도 들지 않는 다. 전설은 전설일 뿐이고, 현실과는 다른 거다.

음? 내가 틀림없이 무신론자일 거라고? 아니, 틀렸다. 우리집 식구들 은 모두 성당에 다니고 있고, 나도 3년 넘게 성당을 다니는 천주교 신자 이다.

우리집 친가쪽은 대체로 천주교이고 외가쪽은 불교이다. 어쨌거나 우리 집안은 종교 문제로 시끄러운 적은 한 번도 없었고 오히려 자유로운 종교 분위기에 우리 집은 오랫동안 무교였다. 다만 나와 동생은 초등학교 때 친구들 손을 잡고 일요일마다 교회로 가서 예배 보는 착실한(?) 개신교 신자였다. 그러다가 대구로 이사 오면서 친할머니와 큰고모의 권유로 우리 가족은 세례를 받고 하느님의 자녀가 되었다.

첫 영성체 때의 사진. (맨 오른쪽이 나^^)
저때의 순수한 마음을 늘 간직하면 좋으련만……

이런 말 하기는 좀 그렇지만, 나는 예나 지금이나 신앙심이 턱없이 부족하다. 지금이야 주말마다 기꺼이 성당에 가지만 예전에는 가기 싫어서 안 간 적도 있었고 봉헌금을 빼돌린 적도 있었다. 예수님이 사신 삶은 너무나 존경스럽고 십자가를 보면 가슴이 뭉클하지만 내가 성경책을 읽거나 기도를 하는 것은 매우 드물다. 나에게 종교에 대한 가치는 아식 희미하다. 좀 더 시간을 두고 볼 일이다.

이 작품의 주인공은 시타와 파즈. 파즈는 전설의 라퓨타를 찾는 것을 꿈꾸는 광산촌의 기계보조공이자 해맑은 소년이다. 시타는 라퓨타의 후손이자 라퓨타를 찾을 수 있는 비행석을 갖고 있는 신비한 소녀이다. 파즈는 시타를 참으로 특별하게 만난다. 정신을 잃은 채 하늘에서 천천히 떨어지는 시타를 파즈가 '공주님 안기' 포즈로 받은 것이다. 시타는 선녀도, 천사도 아니고 날개도 낙하산도 없었는데 어떻게 그렇게 부드럽게 착지(?)했을까. 그 이유는 바로 시타의 목에 걸려 있던 작은 펜던트 때문.

이 작은 펜던트는 '비행석'이라고 하늘을 날 수 있는 힘의 원천이다. 라퓨타가 공중에 떠 있을 수 있었던 이유도 어마어마한 크기의 거대 비행석 덕분이었다. 파즈처럼 라퓨타에 대한 순수한 열망과 호기심을 가진 사람만 있다면 얼마나 좋을까. 늘상 선과 악은 따라다니는 것. 시타는 라퓨타의 장소를 알 수 있는 비행석을 노리는 자들로 인해 비행선에 붙잡혀 있다가 일이 잘못되어 땅으로 추락하게 된 것이었다.

중력으로 인해 급속도로 추락하다가 갑자기 비행석에서 뿜어져 나오는 푸른빛으로 천천히 하강하는 시타. 그 장면을 보며 나는 순간적으로 번지점프를 떠올렸다. TV에서나 보던 번지점프. 지상과 멀리 떨어진 상공에서 뛰어내려 스릴감을 맛보는 일종의 스포츠인데, 보는 것만으로도 아찔하고 오금이 저린다. 땅으로 추락할 때의 그 공포감과도 같은 스릴…… 어떤 사람한테는 쾌락이겠지만 나에게는 공포쪽이 더 가까운 느낌이다. 물론 나는 번지점프를 해본 적은 없고 놀이기구를 타본 느낌을 말하는 거다. 나는 젊고 건강하고 혈기 왕성한 10대치고는 놀이동산을 너무 안 가봤다. 정식으로 놀이동산에서 여러 기구를 타며 논 경험은 아주아주 어린 꼬맹이였을 때 한 번, 중학교 때 소풍으로 우방랜드 간 것 한 번, 그리고 가장 최근에 용인에버랜드에 간 것 해서 총 세 번이다. 우방랜드 가서는 놀이기구의 재미에 눈을 뜨고 그 날 자유이용권을 사지 않은 것을 후회하며 끝났다. 서울 용인에버랜드는 공짜로 자유이용 권 4매를 얻었는데, 내가 조선일보 스도쿠 퀴즈에 당첨되어 온 상품이 었다. 스도쿠로 일주일에 5명만 뽑는 거라서 혹시나 하는 마음에 아빠 이름으로 추첨했는데, 지면에 아빠 이름이 실릴 줄이야. 우리 가족은 그 야말로 방방 떴고, 예전에 우리 가족이 살던 동네도 볼 겸 중3 여름방학 에 서울로 떠났다. 비가 쏟아질 것 같이 흐린 날씨였지만 의욕이 가득한 우리 가족은 용인 에버랜드에서 즐겁게 놀았다. 실상 다들 의욕만 높았 지 놀이기구를 잘 못타는 가족이라서 나는 나 혼자서 트위스트(공중에서 빙빙 돌고 흔드는 놀이기구)를 탔다. - 옆에는 웬 외국인이 타셨다. - 용 인 에버랜드에는 최고의 길이와 경사를 자랑하는 목재 롤러코스터가 있는데 그 규모를 보고, 멀리서도 들리는 사람들의 비명소리에 질겁했 다. 사실 나도 바이킹 한 가운데 앉아서 두 눈을 꾹 감고 있는, 놀이기구 를 잘 타는 사람이 아니라서 마음껏 즐기지는 못했다. 청룡열차를 타고 하강할 때의 내 심정을 생각하면 비행선에서 떨어지는 시타의 심정을 십분 이해할 수 있었다.

파즈의 아버지는 파일럿으로 직접 라퓨타를 본 적이 있는 사람이었 고 사람들은 라퓨타의 존재 여부조차 잘 몰랐다. 아버지를 존경하는 파 즈는 언젠가 꼭 라퓨타를 자신의 두 눈으로 확인할 것이라는 꿈을 갖고 있다. 그러던 차에 라퓨타를 향한 열쇠를 쥐고 있는 시타를 만나지만 파 즈는 우선 시타의 쫓기는 몸을 생각하며 그녀를 안전하게 지켜주고 싶 어한다.

파즈와 시타는 미야자키 하야오 작품의 전형적인 캐릭터들이다. 가 녀리지만 속은 깊은 어린 소녀와 초인적인 힘을 가진 순수한 어린 소년.

이 두 명의 아이들은 곤경에 처할 때도 있지만 결국 자신들 몸집의 2배나 되는 악인들을 넘어뜨리는데 성공하는 해피스토리이다. 뻔히 드러나는 캐릭터상일 수 있지만 나에게는 그 아이들이 또 새롭게 느껴지고 무엇보다 둘의 예쁜 관계가 사랑스럽다. 뭐랄까, 시타와 파즈는 호흡이 척척 맞는다고 해야 할까? 파즈는 시타를 지켜주고 시타 역시 파즈를 지켜주는 모습 속에서 우정도 사랑도 아닌, 순수한 소년, 소녀들 간의 끈끈한 유대감 같은 무엇이 느껴진다.

시타를 잡으러 파즈의 탄광마을까지 찾아온 이들을 마을사람들이 단단히 막아준다. 생판 남인 시타였지만 그녀가 아무런 죄가 없는 소녀라는 것을 알고 그녀를 지켜주려는 이웃사람들의 모습이 매우 따스하고 정겨웠다. 시타는 남장을 한 채 파즈와 빠져나가지만 결국 무스카에게 잡히고 만다. 알고 보니 시타는 라퓨타의 후손이자 왕녀로 그 작은 비행석은 가문 대대로 물려 받아온 것이었다. 무스카 역시 라퓨타의 왕족으로 시타의 비행석을 노리고 라퓨타 성 전체를 노리는 악인이다.

파즈는 붙잡힌 시타를 만나러 오지만 시타는 거절하고 무스카는 파즈에게 돈을 쥐어주며 그만 가보라고 한다. 아니!!! 돈을 쥐어주다니? 순수한 파즈에게 무슨 생각으로 돈을? 시타는 절대 돈으로 맞바꿀 수 없는, 소중한 가치를 지닌 한 인간이다. 집으로 돌아가는 길에 돈을 내팽개치려던 파즈는 결국 돈을 꾹 쥔 채 울분을 삼킨다. 새삼 파즈가 한낱 무력한 어린아이에 지나지 않는다는 것을 보여준다. 그리고 한편으로 욕심과 이기의 산물인 돈이지만 사람이 생활하는데 꼭 필요한 것임을 알려준다.

나의 용돈은 일주일에 5,000원이다. 그리고 동생은 일주일에 2,500원이다. 나는 나의 용돈 액수에 불만이 없는 반면 동생은 돈 액수가 일주일 쓰기엔 모자라기도 하고 나에 비해 상대적으로 불만을 느낄 수 있다. 그래서 같이 만화책 빌리러 갈 때는 항상 나에게 비용을 지불할 것을 요구하는 동생이다. 그래 봤자 결국 자기 돈을 내지만. 나도 처음엔 용돈 액수가 적었지만 점점 올라서 고등학생이 되자 오천 원이 되었고 이것을 꼬박 모으면 한 달에 2만 원 정도! - 음, 많은 액수는 아니군. - 나는 딱히 돈 쓸 데도 없고 그렇다고 꼬박꼬박 저축하는 것도 아니라서 용돈의 대부분은 준비물 사거나 만화책 빌릴 때, 그리고 군것질하는데 쓴다. 지갑에 1,000원 있는 것보단 10,000원 있는 것이 왠지 더 든든하고 마음이 편해서 나는 웬만하면 돈을 잘 안 쓰려 하고, 학교 매점에서 쓰는 돈을 줄이기 위해 학교에 아예 돈을 잘 가져오지 않는다.

학생의 신분인 나로서는 정말 경제에 대해 무지한 편이었다. 혼자서 쇼핑도 잘 하지 않으니 더더욱 그랬다. 그래서 학교의 사회시간에 요즘 한창 경제파트를 배우고 있기에 더욱 열심히 듣고 있다. 그래도 뭔가 이론으로 듣는 경제는 피부로 와 닿지 않았다. 돈을 이롭게 쓰려면 경제를 잘 알아야 하기에 좀 더 신문을 많이 읽고 부모님의 경제 돌아가는 이야기에도 귀를 기울여야겠다.

무스카가 순 논을 쉬고 벌레털네 집으로 돌아간 파즈는 자신의 집에서 죽치고 눌러앉은 도라 일당과 딱 마주친다. 도라 일당은 공중해적, 즉 하늘의 해적으로 무스카처럼 라퓨타로 갈 기회를 노리고 있었다. 도라 일당의 대장은 '도라'로, 할머니 해적이었는데 무척 당당하고 고집센 분이다. 나머지 남자 해적은 전부 도라의 아들로 대단한 해적 가족이 도라 일당이다. 이들은 전설의 라퓨타 성에 있을 보물과 보석 같은 부를 원했다. 그래서 처음에 나는 무스카만큼이나 시타를 원하는 도라 일당을 싫어했으나 뒤로 갈수록 그들에 대한 나의 시선이 차츰 변했다. 파즈네 집의 의자에 앉아 도라는 시타를 구해내지 못한 채 돈 몇 푼 받고 온 파즈를 힐난한다. 파즈는 시타를 구출시키리라 마음먹고 도라 일당과 손을 잡는다. 비록 언행이 거친 도라이지만 기본 성품은 착한 사람이다.

한편 시타는 비행석으로 몇 백 년 동안 잠들어 있던 라퓨타 로봇을 깨우게 된다. 이 라퓨타 로봇은 일본의 지브리 박물관의 잔디에 세워져 있는, 팔이 긴 거대 로봇이다. 이 로봇은 레이저 빔을 쏘아대며 주위를 마구잡이로 파괴하다가 "안 돼!! 그만둬!!" 하는 시타의 외침에 행동을 멈춘다. 라퓨타 로봇은 원래 대량으로 생산되었으나, 지금은 그 수가 극히 적다. 로봇의 횡포를 보고는 정부쪽 군대가 로봇에게 폭격을 퍼부었고 로봇은 시타를 감싸준다. 이 로봇은 왜 시타를 감싸주었을까? 단순히 시타가 그 로봇을 깨운, 라퓨타의 공주이자 주인이라서?

21세기의 과학 판타지 속에는 로봇이야기가 빠지지 않는다. 나는 로봇에게 아주 관심이 없는 것은 아니었지만 그렇다고 지대한 관심을 갖고 있지도 않다. 인간과 거의 흡사한 로봇들이 나오는 영화를 보면 솔직히 오싹하고 무섭다. 로봇을 만든 것은 인간이지만, 지능 수준이 높은 로봇이 언제 배신하고 인간의 적이 될지 아무도 모르기 때문이다. 이러한 내 생각 속에는 인간과 로봇의 관계가 상하 주종 관계라는 것이 성립되어 보인다. 인간과 로봇은 친구 관계가 될 수 없는 걸까. 주인과 신하라는 관계가 무의식중에 성립한다 해도 도무지 마음에 안 드는 관계다. 로봇을 만든 것은 인간이지만 인간이 그 로봇을 마음대로 해도 되는가 하는 문제까지 나아가면 너무 복잡하다. 단순히 말해, 우리는 로봇이 필요해 만들었고 로봇 역시 인간의 명령이 있어야 한다. 인간과 로봇은 서로에게 도움을 주는 이로운 관계다.

라퓨타의 로봇에 의해 무사히 지켜진 시타는 마침 구출하러 온 파즈와 도라의 비행기에 몸을 싣고 부서지면서도 손을 흔드는 로봇을 향해 같이 손을 흔들며 인사한다. 무스카는 비행석을 빼앗아 벌써 라퓨타를 향해 떠났고, 도라는 시타와 파즈를 합류시켜 라퓨타로 함께 향한다. 단, 조건으로 시타는 궂은 집안일을 해야 했고, 파즈도 이것저것 잡무를 해야 했다. 그 순간부터는 도라가 하늘의 해적이 아닌, 속이 따뜻한 욕쟁이 할머니로 보였다.

집안일이라는 거, 생각보다 만만치 않더라. 나는 중학교에 올라오면서 본격적으로 엄마를 도와 집안일을 하기 시작했는데, 금방금방 끝날 줄 알았는데 아니었다. 우선 제일 기본적인 내 방 닦기부터 설거지, 빨래 널기, 빨래 거두기, 쓰레기 비우기……, 내가 하는 집안일은 고등학교 들어오면서 확 줄었지만 그만큼 어머니께 부담되어 죄송스럽다. 어쨌든 성가시고 귀찮은 집안일이지만 피할 수 없으면 즐겨라! 최대한 즐겁게 집안일은 하나씩 해치우는 거다.

시타 역시 즐겁게 비행선 집안일을 한다. 정말 이 비행선에서 이때까지 누가 다 집안일을 한 거지? 라는 생각을 할 정도로 어마어마한 집안일을 시타는 하나씩 해낸다. 도라의 자식들인 - 어쩜 양자가 대부분일지도. - 해적 아저씨들은 척척척 해내는 시타를 처음엔 호기심을 갖고 신기하게 바라보다가 나중엔 시타에게 빠져버린 해적 아저씨들이 부엌에 들어와 요리하는 것을 돕겠다며 서로 싸우는 것은 매우 우스꽝스러워 보이면서도 순박해 보였다.

나는 밥상 위의 행복을 아주 잘 알고 있다. 무슨 소리냐고? 별 거창한 게 아니라, 가족이 다 모여 이런저런 이야기를 하면서 다정하게 밥을 먹을 때, 행복이 느껴진다는 소리다. 우리 가족만큼 이렇게 자주 모두 모여 얼굴을 맞대고 밥을 먹는 집은 드물 것이다. 우리 집은 밥 먹을 때 TV도 잘 틀지 않아서 서로의 이야기를 말하고 듣다 보면 어느새 시간이 훌쩍 지나간다. 꼭 가족뿐만이 아니다. 국적이 각각 다른 사람들도 둘러앉아 함께 밥을 먹으면 유대감 비슷한 것이 느껴진다.

외국에서 나, 동생 그리고 몰리와 함께. 잠옷을 입은 채 막 즐거운 아침 식사를 끝낸 모습이다.

초등학교 6학년 때쯤 성당의 주일학교에서 방학마다 하는 여름신앙 캠프에 간 적이 있었다. 집에서 반찬을 약간 싸와서 식사시간에 같은 또래 애들과 밥을 짓고 각자가 들고 온 반찬을 함께 나누어 먹었는데, 그때도 그런 유대감을 느꼈다.

또 중학교 2학년 때 달성공원에서 무료로 식사를 제공하는 봉사활동을 한 적이 있었다. 중학교 친구들과 같이 갔었는데 우리 말고도 여러 곳에서 온 봉사자들이 많았다. 둘러보니 학생들은 우리들뿐이었다. 자원봉사자들의 소개가 끝나고 모두들 바쁘게 움직이기 시작했다. 천막을 바로 세우고, 수저를 씻고, 채소를 썰고, 물을 끓이고……. 내가 한 일은 그저 배식할 때 줄을 잘 서도록 돕는 것이었다. 줄을 선 사람들은 대부분이 할머니, 할아버지였지만 때때로 젊은 사람들도 보였다. 줄이 어느 정도 줄어들자 나와 친구들도 밥을 먹을 수 있었는데, 그날 메뉴가 뭐였는지는 기억이 안 나지만 따뜻한 밥과 국이었다.

밥을 먹는 순간, 여기에 같이 밥을 먹고 있는 모든 사람들에게 애정을 느꼈다면 말이 될까. 그저 같은 밥과 국을 먹고 있는 그 자체로 느껴지는 유대감 같은 것. 이런 모습은 도라 일당과 파즈, 시타에게도 보였다. 시타가 만든 음식을 먹으며 맛있다고 말하는 파즈, 밥 더 달라고 서로 소리 지르다가 결국 도라까지 소리치는 모습, 앞치마를 두른 채 주걱을 들고 환히 웃는 시타의 모습 등등이 어우러져 행복한 식사시간으로 채워준다. 그러나 행복한 시간도 잠시, 거대한 회오리바람 속에서 시타와 파즈만 태운 작은 열기구가 끊어져 나가고 도라 일당을 뒤로 한 채 라퓨타에 도착하게 된다.

옛날 옛적, 인간들은 하늘에서 살고 싶어 했고 그들의 뛰어난 기술력과 과학력을 이용해 떠오르는데 성공. 지상의 국가들을 괴롭히며 하늘에 머무르다 홀연히 멸망했다는 전설의 국가 라퓨타.

파즈와 시타가 라퓨타 땅 위 잔디밭에 도착하나, 사방은 고요하고 주위엔 꽃과 나무들만이 무성할 뿐이다. 그 뒤로 커다란 성 같은 건물도 있었고, 저 멀리서 라퓨타 로봇 한 대가 비척비척 걸어왔다. 라퓨타 섬의 주민들과 이 섬의 지배자들은 예전에 다 죽고 아무도 없었을 텐데 그 기나긴 시간 동안 라퓨타 로봇 한 대는 무엇을 하고 어떤 생각으로 이

섬에 남아 있었을까.

내가 개를 좋아하는 이유 중 하나는, 그들이 주인에게 맹목적인 사랑을 보내는 데에 있다. 그 때문일까, 개들은 유독 주인에게 충성을 다하는 동물로 알려져 있다. - 특히 진돗개 - 서양에서는 '플란더스의 개'가 동양에서는 '하치 이야기'가 인간과 개의 관계를 잘 보여주는 유명한 동화이다. 특히 TV에 방영된 '하얀 마음 백구'는 진돗개 백구와 그의 주인의 눈물겨운 애정이 돋보이는 감동적인 만화이다. 홀로 남아 꿋꿋이 라퓨타를 지키고 있는 라퓨타 로봇의 모습 위로 다른 곳으로 팔려가면서도 끝끝내 자신의 원래 주인을 잊지 못하는 백구의 모습이 오버랩되었다. 라퓨타 위로 자라는 꽃과 나무에 물을 주며 동물들과 사이좋게 지내고 있는 로봇이 왜 라퓨타 주민을 기다리고 있는 것처럼 느껴졌을까. 어쩌면 시타와 파즈도 로봇을 보고 이것을 느꼈을지도 모르겠다.

라퓨타를 이용해 예전의 악명 그대로 세계를 좌지우지할 꿈을 갖고 있는, 라퓨타의 또 다른 계승자인 무스카. 그는 라퓨타 통제실에서 라퓨타를 하늘 위로 둥둥 뜰 수 있게 하고 있는 거대한 비행석을 보며 감탄한다. 라퓨타를 이용해 세계를 자신이 지배하려는 어리석은 짓은 과거 라퓨타가 멸망해 버린 어리석은 행동. 무스카는 그 점을 모르고 있는 걸까, 아니면 자신은 그렇게 할 수 있다고 착각하고 있는 걸까. 한 가지 분명한 것은, 무스카는 시타와 달리 '반성'을 하고 있지 않다는 것이다.

앞서 말한 대로 나는 천주교 신자인데, 천주교에는 자신의 죄를 고백하고 참회하며 하느님께 용서받는 '고해성사'라는 것이 있다. 음, 난 주로 자발적으로 가기보단 매년 의무적으로 하는 날에 이끌려 가지만. 아직까지 고해성사라는 걸 몇 번 해보지 않았는데 신부님과 단 둘이 말하는 거라 좀 쑥스럽고 그…… 좀 주춤하게 된다. 고해성사 하기 전에 나의 잘못을 생각해 보면 처음엔 없는 것 같은데 나중이 되니까 내 죄가 꼬리에 꼬리를 물고 줄줄이 쏟아져 나오더라. 그런 걸 보면 내가 참 얼마나 실수 투성이고 허점 투성이에다가 나쁜 인간인가라는 생각이 든다.

사람은 어느 누구나 완벽하고 완전할 수는 없는 것 같다. 더더욱 나는 하루하루 잘못된 행동과 생각을 많이 저질러서 요새 좀 뜸해진 '반성'을 자주자주 해야겠다. 더불어 나 자신이 잘못한 언행뿐만 아니라 우리 가족, 우리 고장, 우리 나라- 확대해서 반성해 보았으면 한다. 우리는 역사를 배울 때, 과거 선조들의 억울한 일이나 자랑스러운 일 등을 배우지, 선조들의 잘못 반성하기 따위는 배우지 않는다. 선조의 잘못을 의도적으로 만들어내어 반성하자는 것이 아니다. 후손이라고 해서 그 나라의 선조들이 이루어낸 모든 일들을 책임질 수는 없겠지만 조금씩이나마 짊어지자는 이야기다.

일본은 옛날 역사 속에서 우리나라 사람에게 못할 짓을 많이 했다. 우리나라 사람들이 일본 사람들을 싫어한다면 그것은 과거에 그들이 한 짓 때문이 아니라 현재 그들의 태도 때문이다. 선조들이 저지른 행동 때문에 아직까지 고통스러워하는 사람들이 있다면 그 후손들이 응당 반성하고 공식적으로 사과문을 발표해야 하는 것이 아닐까. 그런 점에서 독일은 참 멋있는 나라라고 생각한다. 비록 제 1, 2차 세계대전에서 많은 사상자를 내었고 나치의 대학살은 도저히 용서 못할 짓이지만, 독일의 정부와 그 주민들은 정말 참된 반성을 하고 피해자들에게 적극적으로 사과를 하고 보상을 해주는 등의 박수 받을 만한 행동을 하기 때문이다. 이러한 독일의 자세와 태도가 세계대전의 패전국임에도 불구하고 다시 일어서 강대국으로 도약할 수 있었던 원인 중 하나가 아닐까.

무스카의 원대한 꿈은 시타와 파즈의 노력으로 물거품이 된다. 시타와 파즈가 손을 마주잡고 함께 외친 멸망주문 덕에 라퓨타가 무너져 내리기 시작한 것이다.「천공의 성 라퓨타」를 보기 전에는 라퓨타에 대한 동화적 환상과 신비로움, 그리고 약간의 동경도 갖고 있었으나, 실상은 지나친 기술 우월주의에 스스로 무너져버린 안타깝고 슬픈 하늘의 섬이라는 생각이 문득 들었다.

라퓨타는 아래에서부터 조각조각 떨어져나가고 결국 조그맣게 남은 채 저 하늘너머로 사라진다. 전부 다 소멸될 줄 알았던 라퓨타는 아이러니하게도 자연의 일부인 나무뿌리가 감싼 부분이 무너지지 않고 보존되었는데 여기서도 미야자키 하야오 감독의 주제의식이 엿보인다.

"라퓨타 사람들은 깨달은 거야. 아무리 뛰어난 과학을 가지고 하늘 위에 떠 있어도, 땅에 발 붙이고 살지 않으면 결국 멸망한다는 것을." 스스로 라퓨타의 멸망을 선택한 시타의 이 한 마디는, 앞으로 커다란 뭉게구름을 볼 때마다 스르륵 귀에 들릴 것만 같다.

8. 모노노케 히메(원령공주)

늑대 소녀와 인간 남자,
그리고 그들을 둘러싼 '숲'의 이야기

미야자키 하야오 작품 중에 제일 진지하고 감독의 목소리가 강한 작품은?

　이에 대한 나의 답은 '원령공주'이다. 참고로 '원령공주'는 원작 「모노노케 히메」를 우리나라에서 번역해서 개봉한 것이다. 이 작품을 부르는 이름이 2개나 되어버렸는데 둘 다 같은 뜻이니, 어느 것으로 불러도 상관없다.

　원령공주라? 원한이 있는 귀신을 부리는 공주인가? 또다시 멋대로 제목을 해석했지만 딱히 감이 오는 것은 없었다. 다만 한 가지, '원령공주'가 이 작품의 주인공 아닐까 하는 어렴풋한 짐작을 해볼 뿐이다. 제일 진지하고 감독의 목소리가 큰 작품. 이런 생각을 한 것은 이 작품이 처음부터 끝까지 긴장감이 넘치고 파워풀한데다가 어떻게 보면 잔인하다고 볼 수 있는 장면도 심심찮게 나오기 때문이다. 이 작품의 주제 역시 인간과 자연간의 관계에 대한 것인데 「바람계곡의 나우시카」가 '중'이라면 「천공의 성 라퓨타」는 '하'이고 「원령공주」는 '상'쯤 된다. 뭐가 상, 중, 하냐고? 자연 파괴에 대한 경고성. 그만큼 「원령공주」는 인간과 자연의 대립과 갈등이 잘 드러나는 작품이다.

　「정글북」이나 「타잔」 이야기를 누구나 한 번쯤 들어본 적이 있을 것이다. 이 두 이야기의 공통점은 주인공들이 인간의 손에 키워진 것이 아니라는 것이다. 그리고 「원령공주」에서도 그 공통점이 적용된다. 「정글북」의 모글리는 표범들 사이에서 길러졌고, 「타잔」의 타잔은 고릴라에 의해 키워졌으며, 「원령공주」의 여주인공, '산'은 늑대들 속에서 자라났다.

일본어로 '산'에 어떤 뜻이 있는지 잘 모르겠으나 우리말에는 '산'이라는 단어가 존재한다. 산에서 늑대와 함께 생활하는 '산'에게 아주 잘 어울리는 이름이다. '산'은 분명 선이 고운 인간 여자이지만 늑대 등 위를 타고 다니고 행동이 거친 것을 보면 짐승을 닮았다. 인간이면서 동시에 늑대의 자식인 '산'은 나에게 묘한 이질감과 동질감을 주었다.

'질풍노도의 시기' 이것은 흔히 생명력이 넘쳐나는 10대 청소년들의 특히, 사춘기 때를 일컫는 말이다. 질풍노도라 하면 매우 시끄럽고 변덕이 죽 끓듯 심하여 자제력이 없는 모습이 떠오르는데, 꼭 모든 청소년들의 사춘기가 질풍노도 같다고는 할 수 없다. 사춘기 때뿐만이 아니라 언제든 삶이 지치고 힘들 때, 또는 모든 게 지긋지긋해질 때 질풍노도와 같은 모습을 보일 수 있는 것이 아닐까. 나에게는 중2 때 '질풍노도'의 시기가 찾아오지 않았나, 하는 생각이 든다.

중학교 2학년이 되자 1학년 때와는 다른, 소소한 변화가 일어났다. 일단 내가 중학교에서 처음이자 마지막으로 반장을 맡게 되었다. 초등학교 때도 반장, 부반장을 한 경험은 있었지만 별 기대는 하지 않았다. 그러나 참으로 고맙게도 반 친구들은 나를 자신들의 반 대표로 뽑아주었다. 문제는 별로 고마워하지 않는 나의 부모님들이셨다. 초등학교 때도 그랬지만, 부모님의 반응은 가혹했다. 가뜩이나 엄마 힘든데 고생 더 시킨다면서, 왜 반장 자리는 맡아 와서는, 하는 분노와 원망의 잔소리를 잔뜩 들었다. 생각해 보니, 그때만큼 부모님과의 마찰이 많을 때가 또 있었을까 싶다. 아니, 보통 자식이 무슨 단체의 리더가 되면 그의 부모는 당연히 기뻐해 주고 격려해 주지 않나? 그런데 중학교 반장의 '엄마'는 마냥 좋아라 할 수는 없나보다. 일단 반장 엄마는 반 전체에 뭔가 맛있는 걸 돌려야 한다는 초조함에 시달리게 되고, 그 반의 담임선생님의 성향에 따라 궂은 일을 부담할 위험도 크다. 나의 어마마마께서는 시험기간이 되어서, 우리 반 엄마들 중 시험 감독 하실 분을 찾는 것을 제일 부담스러워하셨다.

엄마께서 전업주부이신 것도 아니어서 나도 죄송스러운 마음은 한가득이었지만, 일 년 내내 반장 이야기로 잔소리를 들을 지경이라면 그 미안함도 반발심으로 바뀔 수 있을 것이다. 아직 몇 년 밖에 되지 않았지만 그 당시엔 생생했던 감정들은 지금은 빛바랜 사진들처럼 희미하게 남아서 상당히 왜곡스럽게 자리잡고 있다.

학교보다 집이 더 좋다는 친구들을 많이 만나보았지만, 집보다 학교가 더 좋다는 친구는, 글쎄. 나 말고는 본 적이 없는 것 같다.

내가 학교를 더 좋아하는 이유는 간단하다. 집이 학교보다 더 싫었을 뿐이다. 그래도 집 나가면 고생이라고, 집은 나의 영원한 안식처이지만 부모님과 사이가 안 좋을 때면 그보다 더한 감옥은 없는 것 같다. 물론 부모님께선 내가 걱정되셔서 날 돌보고 챙기시려는 마음에서겠지만, 난…… 정말 기숙사 달린 학교로 전학가고픈 정도였다.

중 2 땐 집에서 많이 울기도 울었다. 나 자신이 문득 미워 보이고 마음에 안 들어서 그렇게 잘 울었다. 날 힘들게 하고 부모님의 잔소리를 배가한 것은 '반장'이란 내 지위 때문에 내가 공부를 소홀히 한 것이었다. 사실 '반장' 역할뿐만이 아니라 우리 반의 한 친구 때문이기도 했지만. 이 친구에 대해서는 말을 하고 싶지 않지만, 어쨌든 이 녀석도 나의 성적 하락에 결정적 원인을 제공했으니…… 그래. 지금 생각하면 우습고 부끄럽고, 짜증날 정도로 한심한 이야기이긴 하지만 말이다.

한 마디로 말하면 중 2 때의 난, 그 아이에게 빠졌다. 중 1 때도 좋아하는 친구가 있었는데, 중 2 때는 그 정도가 더 심각했다. 얼마나 심각했나 하면, 그 친구 보려고 아침 6시에 일어나 7시에 학교를 갔다. 그 아이는 매일 아침 학교 교문 앞에서 학주 선생님과 만나는 것이 달갑지 않은 모양인지, 정말 일찍 학교에 오곤 했었다. 뭐 여차저차해서 그 친구랑 많이 가까워지긴 했는데 그만큼 공부에 대한 나의 열정은 줄어들고 결국 최하 성적을 받기까지 이르렀다. 참, 이 친구와는 3학년 때도 같은 반이 되었는데 그땐 내가 그 애와 좀 거리를 두었었다. 하이파이브를 잘해 주고 교복 치마를 무척 싫어하는 내 친구야! 지금 무슨 학교 다니고 있는지도 모르겠는데, 어딘가에서 잘 지내고 있겠지! 대학 가면 넌 찾고 싶은 친구 Best 5위 안에 들 것 같아. 나중에 꼭 다시 만나서 같이 수다나 떨자.

그렇게 집이나 학교에서 갈팡질팡하던 나의 사춘기는 중 3이 되면서 일단락되었다. 나는 안 좋았던 경험이나 슬픈 기억들은 상당히 빠른 속도로 지워버리는 재주가 있어서, 질풍노도와 같던 중 2 때의 그때가 과연 사춘기일까? 하는 의구심이 든다. 하지만 솔직히 사춘기 따위 아무~ 상관없다. 아이도 아닌, 그렇다고 어른도 아닌 그 어중간한 중간 시기, 청소년기. 청소년들이 조금만 달라 보인다 하면 '사춘기'라는 병명을 붙일 수 있고, 청소년들이 '사춘기' 운운하며 핑계를 댈 수 있으므로, 사춘기 박사가 아닌 대한민국의 평범한 청소년인 나로서는 '사춘기'가 뜬구름처럼 느껴진다.

내가 청소년이구나 하고 실감할 때는 당연 명절날이다. 기저귀를 한 아기부터 호호백발 할머니까지 온 일가 친척이 다 모이는 명절날이 되면 나는 나의 위치를 자각하게 되는 것이다. 몇 년 전만 해도 사촌동생들과 함께 낄낄거리며 놀았는데 왠지 지금은 그럴 수 없었다. 그렇다고 세상 돌아가는 이야기나 덕담을 주고받는 어르신들 사이에 앉아 있을 수도 없었다. 결국 한쪽 구석에서 책을 읽고 있으면 나 자신이 철이 들지 않은 아이도 아니고 그렇다고 성숙하고 책임 의식이 있는 어른도 아닌, 청소년이라는 걸 직시하게 된다. 나는 분명 이러한 깨달음을 '산'을 보며 다시 떠올리고 있었다. 인간도 아니고 늑대도 아닌 그녀. 산은 자신을 무엇이라고 생각하고 있을까.

산에게 이런 생각을 하게 만든 장본인이 있는데, 바로 「원령공주」의 남주인공 '아시타카'이다. 그는 장래가 유망하고 심성이 착한 젊은인데 어느 날 이상한 검은색 악령(저주의 신)한테 한쪽 팔을 물리고 만다. 아시타카의 한쪽 팔은 저주를 받고 시커멓게 변하고, 그는 이 저주를 풀기 위해 서쪽 마을을 향해 길을 떠난다.

알고 보니 시커먼 덩어리, 소위 저주의 신이라는 것은 인간이 숲 속에서 살던 멧돼지를 죽였고, 그 죽은 멧돼지의 상처에서 악령이 피어난 것이었다. 그리고 이 악령으로 뒤덮인 멧돼지는 아시타카를 공격해 상처를 남긴다. 결국 인간의 아무렇지 않은 무고한 생명의 살생이 도로 되돌아와 인간에게 해를 입힌 것이다. 멧돼지는 자연의 일부로 볼 수 있으니, 여기에서 미야자키 하야오 감독의 자연 파괴에 대한 첫 번째 경고 메시지를 볼 수 있다.

뉴스를 보다 보면 종종 산 속에 살던 멧돼지가 인근 마을에 내려와 피해를 입힌다든지, 도로변에서 갑자기 튀어나온 노루와 자동차가 충돌했다는 섬뜩한 소식을 듣게 된다. 인간들에게만 필요하고 유용한 곳을 개발하면서 동·식물이 마음 놓고 살 수 있는 공간이 점점 줄어드는 것 같아서 많이 안타깝고 정부와 시민단체들이 나서서 해결책을 논의해야만 한다. 인간을 다치게 한다는 이유만으로 숲 속에 사는 동물들을 해코지할 수는 없다. 동물들도 엄연한 지구의 주인이기 때문이다.

경북여고에 배정되었다는 결과를 받은 뒤, 우리 가족 모두가 겸사겸사 나의 모교가 될 경북여고에 미리 답사를 갔다. 경북여고의 첫인상은 마치 어제 일인 양 아직도 생생하게 기억난다. 서울권 대학에 합격한 3학년 졸업생들의 이름이 적힌 현수막을 한번 바라본 뒤, 교문을 통과했다. 야트막한 언덕 옆으로 넓은 테니스코트가 보였고 몇몇 사람들이 테니스를 즐기고 있었다. 순간 내 눈 앞에 확 드러나는 것은 광활한(?) 트랙과 담쟁이 넝쿨로 물결치는 오래된 교정이었다. 우선, 흙모래가 아닌 잔디밭 – 겨울이라 누렇게 시들었지만 – 이 나를 기쁘게 했고 육상달리기 대회를 연상시키는 트랙은 나를 들뜨게 했다. 비록 구질구질(?)해 보이는 매점과 여기저기서 공사하고 있는 듯한 흔적을 보여주는 모래언덕, 그리고 전체적으로 건물은 낡았지만 나무와 풀들이 많고 무엇보다 고개를 들면 하늘만 훤히 보이는, 탁 트인 교정이 너무나 마음에 들어버렸다.

경북여고 천연잔디 운동장과 트랙. 시인 문인수 님은 이 트랙을 보고 "운동장이 붉은 립스틱을 바른 것 같다"고 하셨다.

121

경북여고에 1년 가까이 다니면서 느낀 것은 우리 학교가 참 전원적이라서 공부하다가 눈을 들어 창 밖으로 자연의 장관을 보면 피로가 싹 가신다는 것이다. 단, 나무나 꽃 등 식물이 많으니 벌이나 모기 같은 곤충도 많아서 애를 먹는다. 어느 날은 하루에 벌이 4번이나 들어와서 그때마다 수업에 지장이 생긴 적이 있었고, 무더운 여름날 야간자습 시간에 나무 위에서 들리는 새들의 울음소리로 모두들 공부하다 말고 함께 웃은 적도 있다. 봄에는 연두빛깔 새싹들이 눈물겹게 고개를 내밀고 여름에는 잎이 무성한 초록빛 나무가 하늘하늘 리듬을 탄다. 가을에는 은행잎이 노랗게 지고 단풍잎이 붉게 지는 아름다운 자태를 뽐낸다. 겨울에도 푸른 소나무는 꿋꿋이 그 마음가짐을 유지한다. 주위에 식물이 있다는 것만으로 사계절 내내 돈 주고 볼 만큼의 멋진 풍경과 조우할 수 있으니, 이 얼마나 예쁜 자연의 선물인가! 역시 인간과 자연은 조화를 이루어야 한다. 인간들이 편리하기 위해 동·식물을 이용한다고? 동·식물을 있는 그대로 보존하는 것이 인간세상을 이롭게 하는데 이득이 된다고 본다.

경북여고의 사계
(四季).
아름다운 정원은
사계절을 맘껏
느끼게 한다.

아시타카는 홀로 여정을 계속하다가 한 마을에 당도한다. 그 마을은 기계를 이용한 산업화가 막 진행 중인 상태로, '에보시'라는 여성이 이 마을의 총책임자이다. 에보시는 무엇보다도 자신의 마을의 번영을 위해 자연을 파괴하는 일쯤은 아무것도 아니라고 생각한다. 급기야 에보시는 숲속을 지키고 있는 산과 늑대 무리와 전쟁을 하게 되는데 양쪽 모두 피해를 꽤 입는다.

어렸을 때 상처를 입어보지 않은 사람은 거의 없을 것이다. 상처를 입고 나면 딱지가 남는데, 그것을 건드리고 잘 관리하지 않는다면 흉터가 남게 된다. 다행히도 나는 지금까지 살면서 수술 하나 받지 않고, 팔·다리가 부러진 곳도 없었다. 제일 심하게 다친 것을 고르라면 넘어져서 양 무릎이 다 까진 것? 이것 외엔 육체적인 상처는 거의 없다. 하지만 정신적인 상처는……? 육체적인 상처는 푹 쉬고 잘 먹고 잘 관리하면 뚝딱 낫지만 정신적인 상처는 어떻게 치료할까. 아마 육체적 상처의 치료보다는 배로 걸릴 것이다. 그렇기에 나는 의사들 중에서도 정신과 의사가 제일 대단하고 멋있어 보인다. 나는 정신적인 상처도 크게 없다. 순간순간 마음에 상처를 입어도 웬만한 것은 시간이 지나면서 저절로 치유된다. 어쨌거나 순간순간 내 마음에 상처를 제일 많이 준 사람은 다름 아닌 부모님이라고 생각한다. 어린 마음에 부모님께 혼이 날 땐 확 가출해 버릴까 하는 극단적인 생각도 했지만 실제로 가출해 버린다면 상황이 좋은 방향으로 바뀔 것 같지 않아서 관두었다. 물론 부모님이야 날 사랑하는 마음에서라지만, 어린 나이에는 꽤 상처를 많이 받았던 것 같다. 하지만 부모님들은 자식들에게 정신적 상처를 주는 것만큼 그 치유력이 무시무시할 정도로 거대하다. 나도 남에게 무심코 던진 말 한 마디로 정신적 상처를 주진 않았는지, 깊이 반성해 볼 때이다.

아시타카의 상처는 작품의 끝부분에 삶과 죽음의 신 '사시가미' 덕분에 치유되지만, '산'은 알게 모르게 인간에 대한 불신감이라는 정신적 상처를 받는다. 결국 그녀는 같이 마을로 내려와 살자고 말하는 아시타카의 제안을 거절한다. 산은 아직까지 인간을 용서하지 않았지만 언젠가, 아시타카와 다시 만날 것을 기원한다. 이를 통해 자연과 인간의 화해가 신호들의 노란불에서 파란불로 넘어가려는 조짐을 보이는 것이다.

한편, 자연을 등한시하고 문명의 개발에만 힘쓰던 에보시는 산의 수호신이자 죽음을 관장하는 신, 사시가미를 죽인 후의 처참한 말로를 보고는 자신의 생각이 틀렸음을 깨닫는다. 「바람계곡의 나우시카」의 '크사냐'와 비슷한 양상을 띠는 '에보시', '크사냐'가 '나우시카'에게서 자연과 공존하는 법을 배운 것처럼 에보시 역시 아시타카가 추구하는 인간과 자연의 조화를 배운다.

산의 수호신이자 곧 생명과 죽음을 관장하는 신, 사시가미. 순록 같은 모습을 하고 숲 속에 살고 있는 사시가미가 발걸음을 땅에 디디면 그 땅에서 풀과 새싹이 자라고, 발걸음을 땅에서 떼면 곧 자란 풀이 시들어 버린다. 삶과 죽음을 자연 속에서 결부시켜 탄생한 사시가미는 왠지 가까이 하기 힘든 신비롭고, 무서운 존재로 느껴졌다. 에보시에 의해 사시가미가 죽자, 그와 동시에 온 죽음의 기운이 숲 속을 집어삼키고 더 나아가 마을을 덮치려 한다. 다행히 아시타카와 산이 다시 사시가미를 살려내는데, 가만 생각해 보면 삶과 죽음이 자연과 연결되는 것은 지극히 자연스럽고, 어찌 보면 당연한 일이다.

나는 '죽음 이후의 삶'을 믿지 않는다. 죽고 나서 기억을 잃은 채 환생한다는 설은 쬐금 믿지만 난 천주교 신자임에도 불구하고 죽으면 그냥 모든 게 '끝'이라고 생각한다. 이런 생각 때문일까, 나는 오래 살고 싶다. 아무리 사는 게 힘들어도, 상황이 정말 '지옥' 같이 괴롭다 해도 살아 있는 한 바뀔 수 있다는 희망을 버릴 수 없기 때문이다. 물론 나는 더 이상 이보다 나빠질 수 없는 최악의 상황을 겪어보지 않아서 태평한 소리를 하고 있을 수 있다.

게다가 인간은 정말 나약한 존재라는 것도 이 세상에 증명된 것으로 충분히 알고 있다. 우리나라가 자살률 1위 국가라는 것도 기억하고 있다. 그런데도 내가 감히 희망을 가지세요! 라고 말하는 것은 인간이 나약해 빠졌지만 그에 상반되는 초자연적인 힘을 가졌기 때문이다. 우리가 소위 말하는 '기적'이란 것도 저 초자연적인 힘 안에 들어간다고 본다. 어쩌면 우리가 이렇게 하루하루를 살아가는 것이 초자연적인 힘을 계속 방출하는 것 아닐까. 나를 이 세상에서 살아갈 수 있게 만드는 그 무엇, 그 초자연적인 힘은 무엇일까?

나는 '삶'이란 단어를 좋아해서 상대적으로 '죽음'에 대해선 많이 생각해 보지 않았다. 죽음은 아직 나와는 거리가 먼 것이라 생각했다. 그러나 모든 인간은 죽는다. 난 정말 아둔한 생각을 하고 있었던 것이었다. 2009년 5월 22일 금요일. 이날도 날씨는 참 맑고 깨끗했다. 누가 그러지 않았던가, 5월의 신부. 결혼하기 좋은 달 5월. 이날도 나는 어김없이 학교에서 기분 좋게 돌아와 집 문을 열고 들어갔다. 집 안 분위기는 평소와 비슷했다. 다만 엄마께서 안 계실 뿐이었다. 아빠의 표정은 착잡했고 목소리는 조용조용했다. "나은아, 할머니께서 돌아가셨다." 마치 "내일은 비가 올 것 같구나, 얘야." 하듯이 아무렇지도 않게 차분한 목소리로 아빠는 말씀하셨다. 나는 속으로 '아아' 신음하며 잘못 들은 것도 아니고 아빠의 말이 농담이 아님을 알면서도 허망하게 물었다. "뭐… 뭐라고요? 외, 외할머니요?" 우리 외할머니께서는 암환자셨다. 내가 초등학교 때만 해도 흰머리 하나 없으시고 정정하셨는데, 어느 순간 폭삭 늙으셔서 이젠 병원에 가야만 할머니를 뵐 수 있었다. 손녀인 내가 보기엔 외할머니는 순하시고 착하신 분이셨다. 물론 엄마한테서 들어서 익히 외할머니의 단점도 알고 있었으나 할머니 험담은 엄마께서만 할 수 있는 일이었다. 내가 보기엔 엄마는 외할머니한테도 나에게 말하듯 반말하고, 잔소리하고, 투덜거리셨다. 하지만 그러면서도 엄마는 죽과 외할머니께서 좋아하시는 찹쌀떡같이 단 간식들을 꼬박꼬박 챙겨 가시고는 목욕도 시켜드리고 파김치가 되어 돌아오셨다. 외할머니의 힘없는 손목에 꽂혀 있는 주사를 보고 링거를 보며 나는 안타까웠다. 뭔가 해드릴 수 있는 일이 아무것도 없는 것 같아 죄송스러웠다.

외할머니는 새벽에 병원에서 주무시듯이 숨을 거두셨다고 한다. 나는 아빠한테서 소식을 듣고, 얼마 안 있어 울컥하는 기분에 그냥 눈물 몇 방울을 떨구었다. 외할머니, 우리 할머니. 장례식장에 가니 먼저 와 계신 엄마께서 붉게 충혈된 눈으로 우리를 맞이하셨다. 장례식은 토, 일, 월 이렇게 3일을 걸쳐 진행되었고, 나와 동생, 그리고 외가의 사촌 동생은 게임을 하거나 장난을 치며 긴 시간을 보냈다. 아빠께서 우시는 것은 한 번도 못 보았지만 엄마께서는 자꾸자꾸 우셨다. 외할머니와 같이 살고 많이 보살펴드린 큰 외숙모도 많이 우셨고, 작은 외숙모도 우셨다. 마지막에 외할머니의 묘를 외할아버지 묘 옆에 만드는 중 관을 땅속으로 넣을 때, 엄마께서는 통곡하셨다. 외할머니가 돌아가셨다는 것은 너무나 슬프고 힘든 일이지만 엄마께서 우시는 것을 보니 더 괴로웠다. 엄마께서 혼잣말하듯이 말씀하신 것이 내 뇌리에 턱 박혀 있다. "……이제 엄마라고 부를 사람이 없구나."

외할머니의 장례식도 끝나고 다시 일상으로 돌아갈 때 제일 힘들어 하신 분은 역시 엄마셨다. 엄마는 몇 분에 한 번씩 땅이 꺼질 듯한 긴 한숨을 내쉬곤 하셨다. 이젠 괜찮아졌지만 아직도 성당에 가서 미사 볼 때면 엄마께서는 훌쩍훌쩍 눈물을 훔치신다. 외할머니의 죽음은 나에게 죽음을 한층 더 가까이 마주서게 만들었다. 외할머니의 죽음과 마주하면 역시 '자주 병문안 가고, 좀 더 잘 해드릴 걸……' 하는 후회와 함께 했던 추억뿐이다.

지구과학 시간이었다. 선생님께서는 뜬금없이 수업과 관계없는 심오한 질문을 하셨다. "만약 여러분이 3시간만 더 살고 죽는다면, 그 3시간 동안 뭘 하겠어요?" 무작위로 아이들에게 물어보지만 영 대답이 신통치 않다. 고작 3시간 동안 뭘 해요? 하는 친구들도 있었고 여행을 간다든지, 쇼핑을 한다는 둥 건설적인 답을 말하는 친구도 있었다. 선생님께서는 다른 사람의 답을 이야기하셨는데, '은행을 털어서 돈을 확보, 그 돈으로 쇼핑하고 여행하고, 아예 슈퍼마켓을 다 턴다.' 하는 약간은 황당한 대답이었다. 정답은 없기에 나는 진지하게 고민하기 시작했다. 나는 과연? 이것저것 하고 싶은 것이 두서없이 떠오르고 또 사라졌다. 의외로 대답은 쉽게 나왔다. 3시간, 이건 길다면 길수도 있겠지만 보통 하루를 24시간으로 봤을 때 턱없이 짧은 순간이다. 그렇다면 나는 당연히 보고 싶은 사람 곁에 있을 것이다. 내가 사랑하는 사람들과 함께 아무 일 없는 것처럼 수다나 떨 것이다. 아님 같이 차를 마셔도 좋고 드라이브도 괜찮다. 잠을 자도…… 뭐, 어쩔 수 없지. 중요한 건 '곁'에 있다는 것이다. 1시간은 세상에서 제일 사랑하는 가족과 함께 떠들고, 또 1시간은 우정 두터운 단짝 친구와 웃으며 즐기는 거다. 그리고 마지막 1시간은, 지금 이 순간 마음속으로 가장 많이 생각나는 사람과 같이 있는 거…… 어떨까. 비록 뒤통수만 본다 해도 행복해지는 그런 사람과 함께 말이다.

지구과학 선생님께서 뜬금없이 이런 질문을 한 것은 '죽음'에 대해 한번 생각해 보자는 이유에서였다. 우리는 지금 영원히 살 것처럼 웃고 있지만 내가 두 시간 후에 죽을지, 아님 대학에 합격하고 죽을지, 그건 아무도 모르는 일이다. 그리고 보면 삶과 죽음은 동전의 양면처럼 항상 붙어 다니는 것이다. 그러한 양면성을 '사시가미'라는 자연의 신에 빗댄 것처럼, 자연이 있고서부터 인간이 태어났고, 인간은 죽고 나서 다시 자연으로 돌아간다. 자연과 인간의 관계는 삶과 죽음의 관계처럼 뗄래야 뗄 수 없는, 서로가 서로에게 꼭 필요한 존재 아닐까.

책쓰기를 끝내며

"Boys, be ambitious!"

이 말은 윌리엄 클라크라는 미국 교수가 일본에서 학생들을 가르치고 나서 떠날 때 말한 것으로, 이젠 하나의 관용어구로 쓰이는 아주 유명한 말이다.

"나은아, 책 쓰기 해보지 않을래?"

지금 와서 생각해 보니, 그때 선생님께서 스쳐가듯이 물은 말은 클라크가 말한 '야망을 가져라!' 와 비슷하게 다가왔고, 나는 별다른 고민 없이 호기심과 모험심을 가지고 그 질문에, 그 기대에 기꺼이 예스! 라고 대답했다. 결국 나는 '책쓰기' 라는 커다란 야망을 가지고, 당당히 도전했고 이루었다. 책 쓰는 순간순간은 나에게 색다른 경험이자 새로운 갈등의 연속이었다. 어떤 날은 한 자도 못 쓰고 마음속으로 수없이 지웠다 썼다를 반복하고 더 최악인 날에는 머릿속에서 아무것도 생각이 나지 않은 적도 있었다. 그런가 하면 새벽 2, 3시까지 술술 – 마구잡이로 – 써내려가서 기어코 한 편의 끝을 맺고 쓰러지듯 잠에 빠진 적도 있다.

이 '책쓰기' 라는 현실은 생각했던 것보다 더 힘들고, 괴롭고, 험난했지만, 한 편으로 이런 고난을 이겨낼 수 있을 만큼의 매우 즐겁고 신나는 추억들을 만들어주었다. '책쓰기' 라는 같은 목적으로 만난 동아리 친구들과 사귈 수 있었고, 책 쓰기 과정에서 한 친구의 인터뷰를 위해 책쓰기 동아리 친구들, 선생님과 부산에 갈 수 있었으며 책쓰기 동아리 모임과 정기적으로 만나면서 맛난 것을 먹고, 우리들만의 카페도 만들어 나갈 수 있었다. 뭐니뭐니 해도 책 쓰는 과정 중의 즐거움은, 자신만의 글을 많이 써본 사람만이 알 수 있을 것이다. 책 원고를 써내려가다가 입가에 미소가 그려질 때, 그 순간 책을 읽는 것만의 즐거움이 다가 아님을 확신할 수 있을 것이다.

솔직히 고백하건대, 나는 이 책에 '나'의 90% 정도를 담았다. 나, 김나은 한 사람의 현재 모습과 덧붙여 그 구질구질한 과거의 모습까지. 이건 뭐 말로 표현할 수 없을 정도로 부끄럽지만 이렇게 털어놓고 나니 후련하고 상쾌하기까지 하다. 나머지 10%는 뭐냐고? 사실 이 10%는 미지수다. 당신 역시 지금 당장 자신의 껍질부터 저 밑바닥까지 모든 것을 한 권의 자서전으로 담아냈다고 하자. 그럼 이 자서전에 당신의 100%가 들어갔다고 말할 수 있는가? 아니다. 미지수 x 가 남아 있다. 과거, 현재가 아닌, 책의 원고를 끝마친 후의 당신의 모습은 책 속에 멈춰 들어 있는 자기 자신의 미래의 모습이다. 그러니까, 어쩜 그 책은 당신의 1%밖에 보여주지 못한 거라고 할 수 있다. 당신이 책을 쓰고 난 후, 더 멋진 모습으로 변화할 가능성이 99%쯤 될 수 있기 때문이다.

처음으로 시도하고 도전해서 세상에 나온 나의 첫 책인 만큼 잘못투성이에 부족한 점이 너무 많지만, 나 자신이 그걸 잘 알고 있기에 많은 비판과 격려의 말을 건네주시면 달게 받겠다. 이것으로 이 책은 끝이지만, 나의 책은 '끝'이 아닌 '시작'이다. 아기로 치자면 이제 막 엄마의 치맛자락을 붙잡고 일어서는 것에 성공한 셈이다. 부지런히 걸음마를 연습해 멋있게 걷는 모습을 보여드리고 싶다.

이 책이 존재할 수 있도록 해준 미야자키 하야오에게 바다 건너 깊은 감사의 말씀을 전한다. 넘어질 때마다 나의 손을 잡고 일으켜 세워주시고, 처음부터 끝까지 함께 해주신 책쓰기 동아리 담당 김소연 선생님께 이 책을 바칩니다. 나의 하나뿐인 여동생, 내가 널 얼마나 사랑하는지 알지? 땡큐. 수 개월 함께한 책쓰기 동아리 친구들, 각자 우리들의 책 들고 파티나 하러 가자. 마지막으로 17살의 나은아, 잘했어. 그리고 이 책을 읽는 독자들에게 클라크 씨의 말을 살짝 바꿔, 주문을 건다.

"Boys, be authors!"

(청소년들이여, 작가가 되어라!)

기말고사 준비로 한창 바쁜, 일요일 늦은 밤에.

2009. 11. 29. 日

잃어버린 나의 별,
여우별을 찾아서

글 · 김별아
그림 · 최정은

작가로부터의 편지

　저는 요즘 '고맙습니다' 라는 말을 입에 달고 삽니다. 단순히 저에게 고마운 일이 많이 생겨서가 아닙니다. 겉으로 보기에는 별 것 아닌 것 같은 이 조그만 속삭임이 저에게 엄청난 변화를 가져다주었기 때문입니다.

　'잃어버린 나의 별, 여우별을 찾아서' 속의 김별아와 소설 밖의 진짜 김별아는 원래 별반 차이가 없었습니다. 항상 모든 일에 확신이 없었고, 자아 존중감도 전혀 없었기에 그저 뚜렷한 목표 없이 바로 앞에 닥치는 일만 생각하고 대처했습니다. 똑같이 반복되는 하루, 학교-집-학원-집으로 이어지는 이 답답한 일상 속에서 벗어나고 싶은 마음이 굴뚝같았습니다. 하지만 저는 그냥 참아야 했습니다. 용기가 부족했습니다. 있는 그대로 현실을 받아들이기가 싫었지만 그렇다고 저에게는 그것에 대항할 힘조차 없다고 생각했습니다.

　하지만 이 소설을 기획하고, 글을 써 나가기 시작하면서 저는 바뀌기로 굳게 마음 먹었습니다. 하고 싶은 일을 하기에도 짧은 삶을 불평하고 짜증내기에는 너무 아깝다는 생각이 들었습니다. 제가 진정으로 원하는 일을 하면서 삶을 알차게 살아보고 싶다는 욕심도 생겼습니다. 그때부터 저는 무슨 일이 닥치든 간에 항상 긍정적으로 받아들이기 시작했습니다.

　"잃어버린 나의 별, 여우별을 찾아서"는 그러한 성장을 그려낸 소설입니다. 그렇다고 해서 자전적인 소설은 아닙니다. ^^ 너무나도 진지해서 자칫 지루해질 수 있는 주제를 좀 더 경쾌하게 그려내기 위해서 약간의 환상, 그리고 흥미 요소를 가미했습니다.

　이 책의 책장을 덮으면서 삶에 지친 당신이 조금이라도 더 희망을 얻길 바라면서 이 글을 줄입니다.

2009. 11. 20. 이름 모를 별이 희미하게 반짝이는 새벽녘

김별아

〈제 1부〉

잃어버린 나의 별, 여우별을 찾아서

여우별 : (순우리말)[명사] 궂은 날에 잠깐 나왔다가 숨는 별

Prologue

꿈. 장래 희망. 진로. 미래. 직업. 내가 되고 싶은 것?

이따위 것들이 다 무슨 소용이야. 공부해서 대학이나 가면 되지.

새로운 일 없이 그저 평범하기만 했던 1학년 생활을 마치고 드디어 2학년이 되었다는 알 수 없는 기쁨에 새 교실로 행복하게 발을 들여놓았던 난, 어김없이 적어내야 하는 자기소개서를 받아들고 끙끙거린 지 벌써 15분째다.

"자, 시간 이 정도면 충분하지? 각 줄 맨 뒷사람이 걷어가지고 오도록."

에라, 모르겠다. 없는 걸 어떡하라고 날더러. 결국 난 장래 희망 란 한가운데에 ×자를 커다랗게 그려놓고는 종이를 걷으러 온 우락부락하게 생긴 아이에게 종이를 건네주고야 말았다. 솔직히 하는 말로 장래 희망 정해놓는다고 해도 그게 어디 현실로 이어지기나 해? 그건 다 어릴 때 이야기지. 결국 수능 치고 나서는 다들 성적 따라 대학 가는 거지 뭐.

＊　　＊　　＊

"야, 김별아!!"

함박웃음을 지으며 내 팔짱을 잽싸게 끼는 아이. 혜란이다. 중학교 1학년 때부터 줄곧 같은 반이 되어온 내 친구지만 정말로 존경할 수밖에

136

없는 아이. 예쁘고, 싹싹하고, 어른들께는 깍듯하고, 게다가 공부까지 잘 한다. 이런 애를 보고 소위 '엄친딸'이라는 말이 생긴 것이 아닐까라는 생각이 저절로 들 정도로 완벽하다. 100% 인정할 수는 없지만 또다시 내 마음 깊숙한 곳에서 비루한 질투심이 일어났다. 난 귀찮은 듯 슬그머니 혜란에게서 손을 뺐다.

"어, 야~ 몇 번이나 불렀는데 모른 척하고 그냥 가기냐?"

"아, 됐어-"

"너 무슨 일 있었구나, 그치? 또 뭐가 우리 별아님의 심기를 불편하게 했을까요~"

"아, 치우라니까!!"

"그러지 말고 뭔데~ 빨리 말해 봐."

또 시작이다. 오지랖. 아무도 막지도 못하고 말리지도 못하는 저 오지랖. 내가 아무리 시덥잖은 이유로 짜증을 내도 화 한번 내지 않는 저 아이, 혜란이한테는 고민 같은 게 과연 있긴 한 것일까.

"야, 넌 장래 희망 같은 거 있냐?"

"장래 희망? 물론이지~ 난 경영학과에 당당히 합격해서 나중에 우리나라를 대표하는 CEO가 되고 싶어."

"하긴…… 넌 당연히 있을 줄 알았어. 그래. 없는 게 더 이상한 거지."

"아~ 너 장래 희망 때문에 그러는 거야? 말해 봐. 내가 상담해 줄게."

"아니야. 그냥 물어본 거야."

간신히 혜란이를 떼어내고 집에 도착한 나는 가만히 침대에 누워 있었다. 째깍 째깍 째깍. 얼마나 시간이 흘렀을까. 시계 초침 돌아가는 소리에 문득 일어난 나는 멍하니 허공을 바라보았다. 아무런 할 일이 없다. 설사 할 일이 있더라도 그것을 할 의욕마저도 없다. 매일매일 반복

되는 똑같은 하루. 지겹도록 책상에 앉아 머리가 터지도록 공부만 해야 하는 현실. 그리고 누구를 위해서, 무엇을 위해서 공부를 하는지조차 모르는 우리. 꼬리에 꼬리를 물고 나오는 절망적인 현실에 환멸을 느낀 나는 또다시 머리가 아파왔다. 컴퓨터를 켰다. 머리 아픈 일들이 있을 때마다 습관적으로 하는 행동이었지만 나는 개의치 않았다. 인터넷을 켜고 메일을 열어 보았다.

'고수중학교 35회 정기 동창회'

한숨을 푹 내쉬며 들고 있던 오렌지 주스 컵을 소리 나게 내려놓았다. 벌써 동창회 할 때가 되었나. 하루는 느리게도 가지만 1년이란 세월은 참 빨리도 간다. 사실 나의 전성기는 중학교 시절이었다. 중학교 때 유난히 활발하고 친구들과도 잘 어울렸더랬다. 말괄량이었던 탓에 말썽도 많이 피우고 선생님께도 많이 혼났지만 나름대로 인기도 좀 많던 나였다. 중학교 졸업 후 2번째 동창회. 첫 회에는 그 시절에 대한 그리움을 이기지 못해 무턱대고 찾아갔지만 다시 1년이 흐른 지금은 약간 망설이는 마음이 들었다. 아니. 그건 핑계일 뿐이다. 그냥 가기가 싫다. 그냥 쉬고 싶다. 지금쯤 다른 아이들은 분명 뚜렷한 목표를 가지고 앞만 향해서 열심히 달려 나가고 있을 터였다. 일종의 열등 의식이랄까. 왠지 모를 두려움과 거부감이 나를 엄습해 왔다.

Chapter 1: My Destiny

가기 싫다는 나의 억지를 기어이 꺾은 혜란이의 손에 이끌려 동창회 장소에 도착한 건 오후 3시쯤이었다. 조금 늦게 도착한 터라 이미 아이들은 많았고, 그렇지 않아도 패배 의식에 위축되어 있던 나는 아이들의 활기찬 분위기에 더욱 짓눌려 할 말을 잃어버리고 말았다.

"별아야~ 너 3학년 6반 김별아 맞지? 정말 반갑다! 너 1년 새 더 예뻐진 것 같아~"

"어, 어…… 안녕 지윤아. 오랜만이네."

"야~ 네 말대로 정말 오랜만인데 왜 이렇게 기가 죽어 있어? 이리로 와 봐. 여기 너 아는 애들 다 있을 걸?"

울음 반, 웃음 반인 내 어색한 인사를 알아차렸는지 금세 뽀로통해진 지윤이는 막무가내로 내 소매를 잡아끌었다. 당황한 나는 손사래를 쳤지만 이미 저만치 보이는 한 무리의 아이들은 나의 존재를 인식했는지 아주 천천히 다가오기 시작했다. 이게 아닌데. 정. 말.

"얘들아~ 여기 별아 왔어! 완전 오랜만 아니냐?"

기다렸다는 듯이 아이들을 부르는 지윤이의 큰 목소리에 나도 모르게 얼굴이 붉어졌다. 나는 포기한 듯이 고개를 푹 숙였다.

"별아야!! 고개 좀 들어 봐. 애 기억나지? 준수. 그 때 너 좋아했던 거 전교에 소문 쫙 나고~ 이야~ 그때 참!"

준수? 김준수……? 한동안 쪽팔려서 얼굴도 제대로 못 들고 다녔던 일을 생각하면 다시는 기억하고 싶지 않은 아이다. 외모도 평범하고 성적도 평범한 그저 그런 아이였지만 그래도 성격 하나는 좋았었는데. 어쩌다 그렇게 엮이게 되었는지 정말 알다가도 모를 일이었다. 그건 그렇고 작년 동창회에 없어서 다른 지역으로 이사라도 간 줄 알았더니. 웬걸. 드디어 올 것이 왔구나. 하아.

"지윤아, 그만 좀 해줘. 별아야, 고개 좀 들어 봐."

준수라고 하기엔 너무나도 낯선 목소리에 의심의 눈초리로 가득 차 있는 얼굴을 천천히 들어보았다. 내 앞에 서 있는 웬 키 큰 남자. 적당히 흘러내린 검은 샤기머리에 샤프해 보이는 얼굴선을 가진 괜찮은 남자. 순간적인 수줍음에 다시 주눅이 든 내가 준수를 비로소 알아볼 수 있었던 건 나와 눈을 마주치자 얼굴이 약간 붉어지며 혀끝을 살짝 깨무는 그 아이의 오랜 버릇 때문이었다. 준수는 나를 향해 코를 찡그리며 살갑게 싱긋 웃고는 반갑다는 듯 말을 이었다.

"진짜 오랜만이다~ 너, 키는 그대로구나?"

"어, 넌 많이 변했네."

"정말? 그건 분명 칭찬이겠지?"

지난 1년간 교환교수인 어머니를 따라 프랑스에 잠깐 유학을 다녀왔다는 준수. 그간 얼굴도, 행동도 몰라보게 달라져버린 준수는 자연스럽게 대화를 이어나갔다. 무언가를 감지한, 눈치 빠른 지윤이가 그 동안 다른 아이들을 몰고 어딘가로 떠나버리고, 단 둘이 남아버린 우리는 뭔가 어색해진 분위기에 말없이 얼굴을 붉힐 수밖에 없었다.

정말 싫다. 이런 껄끄러운 분위기. 뭐라고 말을 꺼내야 이야기가 자연스럽게 이어질까. 화끈거리는 얼굴을 간신히 진정시킨 나는 잠자코

140

있는 준수를 향하여 용기 있게 말을 꺼냈다.

"저……."

"저기……."

이건 정말 아니야! 무표정으로 생각에 잠겨 있는 듯했던 준수도 기다렸단 듯이 말을 꺼내는 바람에 우린 동시에 서로에게 말을 건넸고, 준수는 멋쩍은 듯 웃으며 머리를 만졌다.

"너 먼저 말해."

"아냐. 레이디 퍼스트니까 너 먼저 말해."

자신이 신사라도 되는 듯한 제스쳐를 취하며 준수가 씩 웃자 그제서야 나는 입을 열었다.

"아, 뭐 별 건 아니고. 너 이제 그럼 한국 고등학교 다니는 거야?"

"응. 원래는 1년 유급해야 되는데 내가 거기 있는 동안 열심히 해서 그런지 난 괜찮다나 뭐라나. 하하."

"그랬구나."

내가 어색하게 웃으며 고개를 끄덕이자 준수는 픽 웃더니 거리낌없이 내 머리를 쓰다듬었다. 놀란 나는 움찔 뒤로 물러났다. 준수는 배를 잡고 웃었다.

"싱거운 건 여전하구나, 너."

"너야말로 너무 변했어, 김준수."

골난 얼굴을 한 내가 그의 팔을 시비 걸듯이 툭툭 건드리자, 준수는 별안간 무릎을 약간 구부려 나와 눈높이를 맞추고는 내 얼굴을 뚫어지게 쳐다보았다.

"그래서 말인데, 네가 내 친구 좀 돼주라."

"그게 무슨 소리야?"

"나 외로워. 친구도 없고. 1년 갔다 온 것뿐인데 그새 애들이 전화번호가 바뀌었더라고."

"새 학교 가서 친구 사귀면 되잖아."

"야, 그냥 친구 좀 돼 주면 안 되나? 내가 그렇게 싫어?"

"아니, 내가 그런 말을 한 건 아니잖아."

또다시 얼굴이 사색이 된 나를 본 준수는 언제 따졌냐는 듯 금방 표정을 바꾸더니 만지작대고 있던 핸드폰을 내밀었다.

"번호 찍어. 내가 문자 보낼게."

"어……."

이윽고 내 번호가 찍힌 핸드폰을 받아든 준수는 만족스럽다는 듯 미소를 지었다.

찰칵. 방심하고 있는 사이에 사진을 찍은 준수. 다분히 짜증이 난 얼굴로 눈을 흘기자 그는 개구진 표정으로 깔깔댄다.

"네 얼굴 까먹을까 봐~"

뭐라구? 대체 무슨 말을 하고 있는 거야. 어리둥절한 눈으로 준수의 눈을 응시하자 그는 멋쩍은 듯 등을 돌렸다. 한 발짝 두 발짝 걸음을 내딛던 준수는 갑자기 무언가가 생각난 듯 고개를 들었다.

"우리 내일 같이 도서관 가자!"

"도서관? 야, 주말은 푹 쉬라고 있는 거야."

으이구, 못 말려 라는 표정으로 입을 쩍 벌리고 아주 잠깐 동안 나를 보던 준수는 내 머리를 콩 쥐어박았다.

"아, 왜!!!!!!"

"너 그래가지고 원하는 대학은 가겠냐?"

"뭔 상관이야. 네가 내 엄마야?"

거침없는 나의 반격에도 상관없다는 듯 준수는 하하 웃더니 별안간 돌아서서 내 이마에 가벼운 입맞춤을 했다. 순간적으로 싱그러운 시트러스 향기가 확 풍겨왔다. 부드러운 그의 입술을 미처 느끼기도 전에 준수는 이미 손을 흔들며 저만치 가고 있었다.

"너무 놀라지 마! 프랑스에서는 이게 인사니까!!"

싫진 않았지만 왠지 부끄러워진 나는 오히려 큰 소리를 쳤다.

"야!! 여기가 무슨 프랑스냐?!"

내 목소리를 듣긴 한 건지. 얼굴이 발개진 내가 가까스로 정신을 차렸을 땐 이미 그 아이는 사라지고 없었다.

＊　＊　＊

"미쳤어!! 아무리 그래도 그렇지, 어떻게 2년 사이에 애가 그렇게까지 바뀔 수가 있지?"

벌써 1시간째. 괜히 죄 없는 베갯잇을 뜯으며 준수 생각을 하던 나는 고개를 절레절레 흔들었다. 나한테 좋아한다고 고백 한 마디 제대로 못해서 어쩔 줄 모르던 애가 내 이마에 뽀뽀까지? 말도 안 돼. 이건 꿈일 거야. 꿈. 다시 벌러덩 침대에 드러누운 나는 이불을 뒤집어쓰고 기억을 지우려고 애를 썼다.

지잉– 때마침 울리는 핸드폰 진동소리. 타이밍도 참 좋으셔. 난 떨리는 손으로 핸드폰 폴더를 열어 봤다.

별아야!! 나 준수 ^.^
낼 아침 9시에 우리 아까 만난 곳에서 만나자~

피식. 아무렇지 않은 척 폴더를 닫았다. 핸드폰을 반쯤 흘겨보던 나의 속눈썹이 가늘게 떨렸다. 어울리지도 않는 이모티콘을 마구 넣은 그 아이의 문자메시지는 내 마음을 이상하리만치 두근거리게 만들었다. 도대체 무슨 수작이지?

그래도 성적은 유지해야겠다는 일념에 책상에 앉아 무심히 수학책을 펴는데 아무렇지도 않은 듯 내게 살갑게 대하는 이 아이가 문득 궁금해졌다. 샤프하지만 귀여운 구석이 있는 얼굴. 큰 키. 똑똑하고 밝은, 남부러울 것 하나도 없는 아이. 이런 아이한테도 고민이란 것이 과연 있을까. 물론 없겠지? 내가 무슨 바보 같은 생각을 하고 있는 거야.

픽 웃은 나는 공책을 펴고 샤프를 집어 들었다.

*　　*　　*

헐레벌떡 일어나 무작정 달렸지만 시계는 이미 9시 20분을 가리키고 있었다. 엑. 만나고 처음 약속인데 20분이나 늦다니. 이게 다 야속한 잠 탓이다. 땀을 뻘뻘 흘리며 도착한 그곳엔 어떤 사람이 우두커니 나무에 기대 서 있었다. 김준수? 얼굴을 확인하느라 잠시 주춤하자 잠시 후 그는 내가 있는 쪽을 향해 손을 붕붕 흔들었다. 맞구나. 다리가 풀려버린 내가 그만 땅에 주저앉아 버리자 준수는 곧 내 쪽을 향해 달려왔다.

"에고, 화도 못 내겠네. 넌 어쩜 사람이 약속에 20분이나 늦을 수 있나?"

자리에 주저앉아 숨을 헐떡대던 내가 기어들어가는 목소리로 대답

144

했다.

"너야말로 정말 너무 하는 거 아냐? 주중에 학교 집 학교 집 하면서 공부만 하던 사람을 주말에 잠도 못 자게 이렇게 아침부터 불러내고."

거짓말을 보태 살짝 부풀려 불평하자 준수는 황당하다는 듯 나를 쳐다보았다.

"거짓말 하지 마. 넌 학교에서도 잘 것 같은데."

장난기가 발동한 준수가 나를 놀려대자 발끈한 나는 간신히 주먹을 들어 있는 힘껏 그를 내리쳤다.

"아아!! 무슨 여자가 이렇게 힘이 세냐?"

"그러게 나를 왜 놀려, 이 나쁜 자식아."

"아ー 진짜 너무 한다."

"너야말로!!"

한참동안 나와 실랑이를 벌이던 준수가 졌다는 듯 한숨을 쉬며 손을 내밀었다. 그래도 끝까지 자존심을 버리지 않았던 나는 그 손을 무지막지하게 뿌리치고 혼자 일어섰다. 준수는 아까보다 더 넋이 나간 표정으로 무시당한 자신의 손을 바라보다가 허탈하게 웃었다.

우리가 만난 장소에서 그리 멀리 떨어져 있지 않은 곳에 위치한 도서관은 이른 아침에도 불구하고 학구열에 불탄 학생들로 북적거렸다. 사람 많은 곳에만 가면 현기증이 곧잘 일어나곤 했던 나는 몰래 그 곳을 빠져나오려고 했지만 이내 준수에게 딱 걸리고 말았다.

"준수야, 우리 다른 곳 가자. 여기 어차피 꽉 찼잖아."

"그렇다고 여기까지 와서 그냥 가나? 조금만 기다려 봐. 자리 찾아줄 테니까."

"그럼 내가 돈 내줄 테니까 독서실 가자. 응?"

"아, 성질도 급하긴."

못 이기는 척 내 손에 이끌려 나온 준수가 헛기침을 큼큼 하며 내 눈치를 슬쩍 보았다. 이 자식, 내가 독서실비 내준다는 말에 귀가 솔깃한 게 틀림없다. 못 본 척 지나치자 이내 꼬리를 내리고 내 뒤를 따라오는 준수. 문득 그가 어떤 표정으로 내 등 뒤를 쫓아오고 있을지 궁금해졌다. 나는 야릇한 호기심에 흥분한 나머지 혼자 숨을 죽이고 쿡쿡대다가 무심코 고개를 획 돌렸다.

"야!! 깜짝 놀랐잖아!!!"

갑작스런 나의 눈길에 당황한 준수가 화를 냈다. 이번에도 벌개진 얼굴을 하고선 나랑 눈을 마주치지 못한다.

"어? 너 왜 웃어!!"

숨이 넘어갈 듯 깔깔대는 나의 어깨를 부여잡고 나를 다그치는 준수의 얼굴이 더욱 새빨개졌다. 사과. 잔뜩 골이 난 그의 얼굴은 마치 가을 햇살에 반짝이는 잘 익은 사과를 연상케 했다.

십 분 후. 공원 벤치에 앉아 웃음을 겨우 가라앉힌 나에게 준수는 음료수 캔 하나를 건네주었다.

"고마워."

"이제야 정신이 들어? 대체 왜 웃은 거야, 너."

"그냥. 네 얼굴이 너무 웃겨서."

"뭐?"

"왜 그렇게 정색해? 그냥 있는 그대로 받아들여. 너 정말 웃기게 생겼어."

내 한 마디에 또다시 뾰로통해진 준수가 기분이 나쁘다는 듯 눈썹을 씰룩거리며 나를 흘겨보았다. 나는 따가운 그의 시선을 있는 힘을 다해 무시한 뒤 잠자코 음료수 캔을 들이켰다. 그런 나를 보고 "허!"라고 짧은 감탄사를 내뱉은 준수는 한참 뒤 말문을 열었다.

"근데 참 이상하지."

"뭐가?"

"내가 너 좋아했던 건 사실이었지만 너하고 나, 중학교 때도 그렇게 친한 편은 아니었지."

"응. 그랬었지."

"그런데 진짜 이상해."

"아, 그러니까 뭐가 이상한데?"

원체 성질이 급한 내가 참다못해 짜증 섞인 말투로 되묻자 준수는 미묘한 눈길로 나를 바라보았다.

"우리 원래 많이 친하지도 않았었고, 거기다가 우리 다시 만난 지 하루밖에 안 되었는데도 이상하게 난 네가 편해."

응? 그게 무슨 말이지. 곰곰이 생각하던 나는 그냥 그의 말에 맞장구를 쳐주기로 마음먹었다.

"어, 나도 그렇게 생각해."

하지만 그는 진지해 보였다.

"너한텐 내 모든 걸 다 말할 수 있을 것 같아."

"어, 어…… 나도 그래!"

새삼스러운 준수의 발언에 멋쩍어진 내가 나도 모르게 말을 더듬거리며 수긍을 하자 별안간 손을 내밀었다.

"우리 친구할래?"

"친구?"

우린 이미 친구 아니었던가? 아마 이 아이에겐 아니었나 보다. 또 나 혼자 너무 앞서간 건가 보다.

"응. 친구."

"그…… 그래."

무심코 손을 내밀자 곧 따스한 온기가 내 손에 전해졌다. 준수는 내 손을 꼭 잡고 있었다.

"그럼 우리 잘 지내보자, 친구!"

"으응."

내 말이 끝나기도 전에 준수는 잡은 손에 힘을 더 꽉 주었다.

Chapter 2: Break Up the Shell

"이게 아니지. 또 틀렸잖아. 다시 해봐."

문제를 연습장에 적고 그 밑에 몇 줄을 적자마자 준수의 불호령이 떨어진다. 지금은 행렬부터 시작하는 수Ⅰ 처음 부분 복습 중. 내 기초가 부족했던 탓일까. 배운 지 1년도 채 되지 않았건만 벌써부터 내용이 머릿속에 가물가물하다. 문제를 풀었다가 지우고 다시 푼 게 벌써 다섯 번째다. 성격이 급한 나는 얼굴을 최대한 찡그리며 잡고 있던 볼펜을 신경질적으로 던졌다.

"대체 왜 자꾸 틀렸다고 하는 건데? 설명을 좀 해봐. 도저히 이해가 안 가."

두 팔을 휘저으며 소리를 마구 질러대자 당황한 준수가 내 입을 막무가내로 틀어막았다.

"쉿, 조용히 좀 해! 공공도서관에서 지금 뭐하는 거야?"

"그러니까, 이게 왜 틀렸는지 설명을 좀 자세히 해보라고. 뭐가 뭔지 하나도 모르겠어."

내가 뾰로통하게 볼을 부풀리며 답답하다는 표정을 짓자 그제서야 준수는 다시 자세를 가다듬고는 연습장에 뭔가를 쓰기 시작했다.

"잘 봐. 넌 지금 중간에 곱해야 하는지 더해야 하는지 헷갈리고 있잖아. 이걸 이렇게 나눠보면 덜 헷갈리겠지?"

준수는 마치 모 인터넷 강의에 나오는 유명 강사들처럼 막힘없이 술 술 문제를 풀어주었으나 정작 내 관심은 다른 곳에 가 있었다. 가까이서 보는 준수는 나에게 전혀 새로운 느낌을 가져다주었다. 그가 지우개를 잡으러 내 쪽으로 허리를 구부렸을 땐 숨이 턱턱 막힐 정도였으니까. 나 는 재빨리 어지러운 정신을 추스르고 침을 꼴깍 삼켰다. 아무것도 모른 채 열심히 설명하고 있던 준수가 별안간 나를 쳐다보았다.

"너 집중 안 해?"

"지금 하고 있잖아. 큼큼, 계속해."

못 말린다는 듯 준수는 절레절레 고개를 흔들고는 다시 강의를 시작 했다. 나는 한숨을 푹 쉬었다. 미안해 준수야. 오늘만 수학이 아닌 너한 테 집중할게. 펜을 입에 물고 넋이 나간 채로 한참동안 그를 응시하던 나는 불쑥 생뚱맞은 말을 꺼냈다.

"넌 과연 이 다음에 뭐가 될지 정말 궁금해."

"외교관."

짧게 대답하고는 아랑곳하지 않고 책들을 정리하는 준수. 이미 날 포 기한 듯 저만치 돌아앉아 사회 교과서를 펴기 시작한다. 그런데 외교 관? 귀가 솔깃해진 나는 호기심어린 눈으로 그에게 더 바짝 다가갔다. 이 아이도 나랑 같은 꿈을 꾸고 있는 건가. 이거 정말 인연인데?

"나도 외교관이 꿈인데."

빠르게 필기를 하던 준수의 손이 일순간에 멈추었다. 심각한 얼굴로 그는 몇 초간 사색에 잠기더니 이윽고 무엇인가를 빈 종이에 휘갈겨 적 기 시작했다. 뭐 하는 거지? 토끼눈을 하고 이상하다는 듯이 멀뚱멀뚱 준수를 보자 그는 내 앞에 글자가 빼곡하게 적힌 목록을 내놓았다. 언어 영역 1등급, 수리영역 최소 2등급, 외국어영역 무조건 1등급? 자신의 수능 목표 점수를 적은 것일까. 흰 것은 종이요, 검은 것은 글씨라 했던가. 이게 다 무엇인지 도통 이해를 할 수 없었다.

마치 혼란스러운 내 마음을 읽기라도 한 것처럼 준수는 의기양양하게 설명해 주었다.

"네 계획표야."

"내 계획표라니. 그게 무슨 소리야? 그리고 여기 가득 적혀 있는 문제집 이름들은 다 뭐야?"

"네가 남은 1년 6개월 동안 풀 문제집들."

"뭐라고?!"

말이 좋아 1년 6개월이지, 대체 어떻게 이 많은 문제집들을 다 푼단 말이야? 한 영역당 10권쯤 해서 족히 40권은 되어 보였다. 나는 입을 쩍 벌린 채로 더 이상 아무런 이야기도 꺼낼 수 없었다.

"수시는 안 될 것 같고, 넌 정시에 올인 해야지. 이건 그냥 1차 계획표일 뿐이야. 나중에 내가 2차 계획표도 마저 써 줄게. 열심히 해라!"

내가 벌린 입을 미처 닫기도 전에 준수는 혼자 이 말을 한 번 숨도 쉬지 않고 내뱉더니만 보조개가 과도하게 드러날 정도로 활짝 웃으며 내 머리를 쓰다듬고 있었다. 안 돼. 이건 정말 아니야! 내가 눈물이 맺힌 채로 원망스럽게 준수를 노려보자 그는 뻔뻔스럽게 눈썹을 씰룩였다.

"너 나 좋아하냐?"

완전 가관이다. 지금 이 상황에서 어떻게 그런 말이 나올 수 있을까? 대답해 봤자 내 입만 아프겠다고 판단한 나는 입을 꾹 다물고 녀석의 부담스러운 눈을 피했다. 준수는 가증스럽게도 계속 웃고 있었다.

"어떻게 외교관이 되겠다고 생각을 했어? 혹시 내가 되고 싶어 하니까 너도 따라서 되고 싶은 게 아닐까 해서."

"원래 어릴 때부터 외교관이 꿈이었어. 한국은 나한테 너무 좁았다고."

갑자기 심각해진 내 모습에 준수는 내심 놀란 눈치였지만 나름 진지한 태도로 듣고 있었다.

"그냥 답답하고 지긋지긋했어. 모든 걸 성적으로만 판단하는 학교도 싫었고, 나와는 다르게 너무나도 잘난 언니들과 은근히 비교하면서 압박하는 부모님도 미웠어. 그냥…… 지금 내가 살고 있는 이 나라 밖의 또 다른 세상을 경험해 보고 싶었어."

"근데 왜 하필 외교관이야? 네가 별로 좋아하지도 않는 우리나라를 대표하는 사절단 역할을 하는데 말이야."

나는 대답을 할 수가 없었다. 사실 나도 그 부분이 가장 혼란스러웠다. 아직 내 안에 확고히 자리를 잡지 못한 무언가가 꿈틀대며 나를 괴롭히고 있었다. 이 좁디좁은 나라를 벗어나고 싶다. 하지만 난 외교관이 되어 전 세계에 우리나라를 알리고 싶었다. 크나큰 모순이었다. 하지만, 아이러니하게도 난 이것을 원하고 있었다. 그것도 아주 간절히.

대답을 기다리고 있던 준수는 굳이 말 안 해도 다 이해한다는 듯 내 등을 가볍게 토닥였다. 그리고는 자리로 돌아앉아 잠시 접어두었던 사회책을 다시 폈다.

"바보 아가씨, 일단 그것부터 생각해 봐. 네가 진짜로 원하는 게 뭔지, 무엇이 널 외교관이 되고 싶게 만들었는지 기억을 떠올리며 차근차근 곱씹어보라고. 공부에는 동기 부여가 제일 중요하니까."

내가 말없이 고개를 끄덕이는데 곱지 않은 시선으로 한참동안 우리를 흘겨보고 있던 도서관 사서가 다가왔다.

"저기요, 연애를 할 거면 밖에 나가서 하세요. 공공장소에서 어린 학생들이 대체 뭐하는 짓입니까?"

당황한 내가 준수를 툭툭 치자 그는 한 번의 망설임도 없이 바로 가방을 싸더니 사서를 향해 싱긋 웃고는 내 손을 잡아끌었다.

"죄송합니다. 별아야, 공부도 안 되는데 우리 그냥 나가자."

＊ ＊ ＊

준수랑 외교관에 대해서 실컷 수다를 떨다가 집에 왔는데도 왠지 마음 한 구석이 구름이 낀 것처럼 막막했다. 엄마가 주말마다 차려주는 맛난 저녁상도 몇 숟갈 뜨지 못하고 시무룩한 얼굴로 방으로 들어온 나였다. 이대로 넘어가면 정말 안 될 것 같았다. 내 인생이 달린 문제인데! 밤을 새워서라도 이 문제를 오늘 꼭 해결하기로 마음먹은 나는 괜히 죄 없는 베개를 물어뜯으며 침대를 이리저리 굴러다녔다.

준수가 아까 말했었지. 현실이 별로 마음에 들지 않는다고. 그런데 바꿔보겠다고 했어. 자신의 힘으로 세계를 움직여보고 싶다고 했어. 그럼 나도 혹시……? 아냐, 내 꿈은 그렇게까지 크지는 않았는데. 대체 뭘까. 내가 외교관이 되고 싶은 진짜 이유……!

문득 중학교 다닐 때 썼던 일기가 생각이 났다. 혹시나 하는 마음에 나는 마치 무언가에 홀린 듯이 일기장들을 뒤적거렸다. 내가 그런 이야기를 언제 썼더라. 툭. 어질러진 일기장들을 책장에 다시 꽂는데 그 사이에 작은 종이꾸러미가 떨어졌다. 나는 꼬깃꼬깃 접혀진 종이들을 조심스레 펴 보았다.

"이게 뭐지?"

롤링 페이퍼였다. 중3 때 친구들이 돌아가면서 나에 대해서 써 준 글들. 5명의 친구들이 써준 그 주옥 같은 글들 중에는 낯익은 아이들의 이름도 어렴풋이 보였다. 나는 흥미롭다는 듯이 종이들을 하나하나 찬찬히 훑어보았다.

별아야~ 넌 조리 있게 말을 잘 하는 것 같아. 부러워! -혜란-
사람을 잘 다룬다고 해야 하나? 넌 참 너그러우면서도 카리스마가 있어. -지윤-
항상 잘 웃어서 보기 좋아. 앞으로도 더 친하게 지내자! -애리-
논리적으로 설명도 잘 해주고 상식도 많은 것 같아. -승원-

내게 이런 시절이 있었던가. 그때의 나를 돌이켜보면 지금의 나는 비교할 수 없을 정도로 작아져버렸다. 그리고 글씨체만 보고도 누가 썼는지 금방 알아차릴 수 있었던 마지막 쪽지.

넌 사람을 끌어들이는 특별한 구석이 있어. -JS-

순간 나도 모르게 자리를 박차고 일어섰다. 바로 이거였어. 이제 내가 왜 외교관이라는 꿈을 꾸었는지 알게 되었다.
고등학교라는 입시지옥에서 잠시 내 진짜 모습을 저 아득한 기억 속에 묻어두고는 잊어버렸었다. 외교관이 꼭 되고 싶었지만 정작 그 이유를 몰랐던 나.
순수의 말이 옳았다. 난 정말 바보였다. 이렇게 쉬운데, 이렇게 단순한데 난 왜 이제까지 방황했던 걸까. 차마 말로 표현할 수 없는 환희에 가득 찬 나는 준수에게 짧은 메시지를 남겼다.

이제야 알겠어. 고마워.

몇 분 후, 영어 독해를 하고 있는데 울려대는 문자 알림 음.

이제야 알겠냐? 바보 ^.^

"이게!! 보자보자 하니까 날 정말 바보로 아네??!!!!"
치밀어오르는 분함에 발을 동동 구르고 있었지만 이제야 비로소 내
갈 길을 찾았다는 기쁨에 차오른 나는 눈물을 글썽인 채 함박웃음을 짓
고 있었다.

Chapter 3: Bolero

준수가 메말랐던 나의 가슴에 조그만 희망의 싹을 틔워준 후, 내 모습은 하루가 다르게 바뀌어 갔다. 더 이상 열등감에 사로잡혀 시험 때마다 징징댔던 예전의 김별아가 아니었다. 중학교 때 우연히 꾸기 시작했던 나의 소박했던 꿈은 어느새 내 키만큼 무럭무럭 자라 부지런하고 활기찬 미래 외교관으로 나를 탈바꿈시키고 있었다.

내가 이번에 고치게 된 여러 가지 잘못된 습관 중 제일 뿌듯했던 것. 바로 '수업시간에 잠자기'. 하루가 멀다 하고 수업시간만 되면 머리가 돌덩이처럼 무거워져 그 다음 순간 사뿐히 책 위로 착지했던 적이 한두 번이 아니었다. 하지만 이 지긋지긋한 버릇을 고침으로써 내 내신 성적이 얼마나 올랐던가. 수업시간에 빠릿빠릿하게 깨어서 선생님 말씀을 열심히 들은 것뿐인데, 1학기 동안 평균 3.7등급을 벗어나지 못한 내신이 단번에 2.6등급으로 올라 있었다. 세상에 이런 일이. 거기다 무려 반 석차 5등, 전교 석차 59등?! 꾸준히 반 1등을 유지해온 혜란이가 내 성적을 받는다면 분노의 눈물을 터뜨릴지 모르나 고등학교 올라온 이래로 100등 위로 올라와 보지도 못한 나는 감격의 눈물을 흘렸다. 기뻐서 운다는 게 바로 이런 거구나. 성적의 가파른 상승세에 힘을 얻은 나는 큰 맘 먹고 준수에게 전화를 걸었다.

"여보세요?"

"준수야~ 학교 마치고 시간 돼?"

"응. 토요일인데 뭐. 근데 갑자기 무슨 일이야? 뭐 좋은 일 있어? 네가 전화를 다 하고."

"히히히. 티 나?"

"어. 목소리만 들어도 다 알 것 같은데? 성적 올랐구나. 그치?"

"그런 기념으로 내가 오늘 독서실 쏠게~ 어때?"

"나 뭐 자료 찾아볼 것 있는데. 오늘은 독서실 말고 도서관 가자."

"또 도서관이야? 거기 사서 무섭잖아."

"지난번처럼 시끄럽게 떠들지만 않으면 되지 뭐."

"알았어."

그렇게 해서 울며 겨자 먹기 식으로 끌려온 구립도서관. 다행히 지난번 우리에게 타박 아닌 타박을 주었던 도서관 사서는 알아보지 못한 듯했다. 안도의 한숨을 푹 내쉬고는 메일을 체크하겠다는 둥 여러 가지 핑계를 대며 컴퓨터 앞에 앉았다. 아, 이게 도대체 얼마만이냐? 시험 끝나고 처음이니까 컴퓨터 안 한 지도 1달 조금 더 넘었구나. 오랜만에 그럼 게임이나 한판 할까? 싱글벙글 웃으며 온라인 게임 사이트에 접속하자 자료를 한창 프린트하고 있던 준수가 가만히 나를 흘겼다.

"너, 성적 올랐다고 또 이러는 거야?"

"오늘 성적표 받았잖아. 나 이때까지 공부하느라 너무 스트레스 쌓였어. 한 판만~"

"안 돼."

한 치의 망설임도 없이 마우스를 빼앗고는 창 닫기 버튼을 눌러버리는 준수. 원망이 가득 담긴 눈으로 노려보자 그 아이는 곤혹스러운 표정을 짓고는 이내 좋은 생각이 났다는 듯 두 눈을 반짝였다.

"너 컴퓨터 하고 싶지?"

"응."

"그럼 오늘 외교관에 대한 정보를 검색해 보는 게 어때? 네 꿈이 외교관이라며. 너 외교관이 뭐하는 직업인지는 알아?"

"당연히 알지. 우리나라를 대표해서 국제 정치를 하는 사람들이잖아."

"또."

"음, 뭐가 있더라? 그러니까 그게……."

준수는 그것 보라는 듯 고개를 한 번 가볍게 까딱이고는 다시 자신의 자료에 열중했다.

"장차 우리나라 대표 사절단이 되실 분이, 자기가 무슨 일을 하는지조차 모르면 말이 되겠어?"

"알았어, 알았다구."

뾰로통해진 내가 툴툴거리며 아무렇게나 대답하자 준수는 그런 내가 우습다는 듯 한쪽 입 꼬리를 씰룩였다.

"내가 하는 말들을 잔소리라고 받아들이지 말고, 그대로 한번 실천해 봐. 분명히 너 나중에 나한테 고마워 할 일이 있을 거다."

"잘난 척이 너무 심한 거 아냐?"

"하하, 그럴지도."

사실 준수의 말은 100% 맞는 말이었다. 이때까지 이 아이의 조언을 의심 없이 모두 따른 결과, 좋은 성적과 평판이 나에게 돌아왔다. 솔직히 다 옳은 말이긴 한데, 그래도 왠지 인정하기기 싫은 긴 나의 알량한 자존심 탓일까. 나는 한숨을 푹푹 내쉬며 검색창에 무턱대고 '외교관'이라는 단어를 쳤다.

뭐 이렇게 정보가 많은 거야? 고작 세 글자를 쳐서 검색했을 뿐인데 외교관이 되는 방법, 외교학과에 가려면, 외교관은 누구인가 등등 일반적인 질문에 대한 답변부터 시작해서 외무고시 과목, 응시자 경쟁률, 관련 대학 등 세부적인 사항들에 대한 정보도 다양했다. 어, 이건 뭐야. 경제학? 외무고시에 이런 것도 쳐? 난 그저 외국어만 잘하면 다 되는 걸로 알았는데.

"봐, 검색해 보길 잘했지?"

어느 틈엔가 준수가 내 옆에 서서 모니터를 같이 보고 있었다.

"적을 알고 나를 알면 반드시 싸움에서 이긴다고 했어. 넌 일단 주제파악은 잘 돼 있는 것 같으니까, 이제 외교관에 관한 정보나 일반 외교사 같은 상식 부문을 많이 알고 있다면 충분히 승산이 있지 않을까?"

"듣고 보니 칭찬이 아니라 욕 같다?"

"오해하지 마. 칭찬이었으니까!"

준수가 내 머리카락으로 장난을 치며 활짝 웃어 주었지만 기분은 더 이상 좋아지지 않았다. 그래, 내가 주제파악은 좀 잘 하지. 그래도 잘난 척하는 것보단 훨씬 낫다구!

"에이~ 화났어? 근데 나 정말 너 칭찬한 거야. 진짜야!"

"알았어. 누가 뭐래?"

"네가 지금 화내고 있잖아."

"그래. 그만하자. 이제 너 할 거 해. 난 계속 검색 할 테니까."

나보고 토라졌냐며 계속 물어보던 준수는 내 쌀쌀맞은 한 마디에 금세 행동이 바뀌어서는 콧방귀를 뀌며 다시 자료에 집중했다. 그런 준수를 보니 연민의 한숨과 너털웃음이 절로 나왔다. 네가 아무리 공부를 잘한다고 하지만 너도 아직 철들려면 한참 멀었어, 김준수. 나는 픽 웃으며 고개를 흔들고는 외교통상부 사이트를 클릭했다.

"혜란아, 안녕~ 좋은 아침!"

"너 요즘 계속 기분이 좋아 보인다? 뭐 좋은 일 있어?"

"그러게. 좋은 일도 없는데 그냥 즐겁네!"

"요즘 너 뭐 잘못 먹은 것 같아. 뜬금없이 성적이 오르질 않나, 이유도 없이 콧노래를 부르질 않나. 가끔 보면 너 무섭다니까?"

"내가 그랬었나?"

"너만 몰랐던 거야. 너 혹시 남자친구 생겼니?"

"아, 아니야~ 내가 그럴 리가 있냐? 말이 되는 소리를 좀 해."

"뭔가 수상한데……."

박혜란. 내가 요즘 계속 성적이 오르고 있으니까 위기의식을 살짝 느끼는 건지 나를 보는 눈빛이 예전처럼 살갑지 않다. 하긴 그럴 만도 하다. 내 성적이 좀 올랐어? 내신 성적도 그런데다 모의고사 평균까지 3.5등급에서 갑자기 2.3등급으로 수직상승 해버렸으니. 거기다가 내가 고등학교 올라온 이래 한 번도 보지 못했던 1등급을 받기까지 하고…… 그래. 하루 24시간 동안 공부에 파묻혀 사는 혜란이에 비해서 너무 짧은 시간에 성적이 올라갔으니 충분히 샘이 날 만도 하다. 내 성적이 이대로만 계속 올라가 준다면…… 오랫동안 잊고 있었던 꿈. 외교관이 될 수 있을 것 같다는 확신도 부끄럽지만 조금이나마 생겼다. 외교관이 별거냐? 나 같은 애도 마음만 먹으면 얼마든지 할 수 있어. 나라고 못할 게 뭐야?

"뭐, 외교관? 말도 안 되는 소리 좀 하지 마."

"그게 어째서 말도 안 되는 얘기야?"

탁. 내 얘기를 잠자코 듣고만 있던 혜란이가 신경질적으로 펜을 던졌다. 그리고는 눈을 치켜뜨고 있는 힘을 다해 나를 응시한다.

"너, 외교관 되기가 그렇게 쉬운 줄 아니?"

"나도 마음만 먹으면 할 수 있어. 이번 모의고사 성적도 충분히 올랐구. 마음 먹으니까 다 되는 거야."

어린 아이의 궁색한 변명을 듣고 있는 어른처럼 다리를 꼬고 삐딱한 시선으로 다른 곳을 보고 있던 혜란이가 쿡 하고 웃음을 터뜨렸다.

"아직 뭘 잘 모르나 보구나."

상황이 이쯤 진전되니까 나도 슬슬 화가 치밀어오르기 시작했다. 그럼 자기는 얼마나 잘 한다고 저러는지 모르겠다. 전교 1등도 아니고 기껏해야 반 1등 주제에. 아무리 공부를 나보다 잘한다고 해도 저 아이가 나를 이렇게까지 짓밟을 수 있는 권리는 전혀 없었다. 나는 입술을 꼭 깨문 채로 중얼거렸다.

"내가 보기엔 '네가' 뭘 잘 모르는 것 같은데."

"뭐라고? 너 말 다 했어?! 이게!!!"

화가 머리끝까지 난 채로 씩씩대던 혜란이가 별안간 내 뺨을 때리려는지 손을 높이 쳐들었다. 물론 그대로 당할 내가 아니다. 어릴 때부터 유난히 맷집이 셌던 나는 간단히 그녀의 팔을 꺾어버렸다.

"아!! 이거 안 놔?!!!"

너무나도 손쉽게 내 팔에 잡힌 혜란이는 빠져나가려고 버둥댔다. 방금 전과는 너무나도 다른 처량한 모습에 나도 모르게 차가운 미소가 지어졌다.

"내가 사람 한참 잘못 본 모양이다. 네가 처음부터 이런 애일 줄 알았으면 너랑 친하게 지내지도 않았어."

"너, 말 다 했어?"

"그리고, 너 그렇게 말 함부로 하는 거 아니다. 10년 뒤에 우리 둘 중 누가 웃고 누가 울지 그건 아무도 몰라. 혹시 아니, 그때는 내가 UN 사무총장이 되어 있을지."

속이 다 후련했다. 하지만 왠지 모르게 가슴이 답답해져 왔다. 내가 정말로 뭘 잘 모르고 자아도취에 빠져 있는 건지, 한번 운 좋아서 성적 잘 나온 것 가지고 속단하는 건지. 너무나도 혼란스러웠다.

집으로 돌아와서도 상황은 그렇게 달라지지 않았다. 모의고사 성적표를 자랑스럽게 엄마와 두 언니들에게 보여주니 표정이 내가 생각했던 것만큼 그다지 밝지가 않다. 처음엔 그러려니 하고 내 자신을 다독였지만 시간이 흐르니 점점 섭섭해졌다. 긴 침묵이 흐른 끝에 엄마가 무거운 표정으로 말을 꺼냈다.

"모의고사 성적이 많이 올랐구나."

"네. 이제 동기 부여가 좀 된 것 같은 느낌이에요."

"며칠 전에 담임 선생님께서 전화를 하셨더구나. 학기 초에 제출한 자기소개서 장래 희망 칸이 비어 있다고 말씀하시던데."

"그땐 미래에 대한 확신이 없었는데, 이제 생겼어요."

"그래. 너는 커서 무엇이 되고 싶으냐?"

"외교관이요."

품. 순간 둘째 언니가 참던 웃음을 터뜨렸다. 첫째 언니는 그런 둘째 언니의 허벅지를 지그시 꼬집었고, 엄마의 얼굴은 바뀌지 않았다.

"왜 외교관이 되고 싶으냐?"

"이제 깨달았어요. 전 자유롭게 세계를 돌아다니면서 사람들에게 우리나라를 알리고 싶어요."

"애, 그게 가당키나 하니?"

"김윤아, 입 다물어."

한심하다는 말투로 빈정거리는 둘째 언니를 이번엔 엄마가 제지했다. 언제나 이성을 잃지 않는 엄마는 차분한 목소리로 다시 말을 이었다.

"별아야."

"말씀하세요."

"난 네가 행복하길 바란다. 그저 평범하게, 네 분수에 맞게 사는 걸 난 바래."

결국 이거였다. 난 안 된다고. 외교관, 그거 아무나 되는 거 아니라고. 소위 SKY라 불리는 우리나라 최고 명문대 들어가서도 모자라 또 큰 시험을 치르고 합격해야 비로소 되는 것이 외교관이라고. 학·석사 학위는 물론이고 최소 2개 국어에 능통하며 정치, 경제, 사회, 문화 등 모든 면에 밝아야 하는 엘리트는 난 절대 못 된다고. 불가능하다고.

"엄마가 무슨 말씀을 하시려는지 전 이미 알고 있어요."

"이것 봐라. 너도 이미 알고 있잖니."

"난 안 된다, 그러니까 아예 엄두도 내지 말라는 말씀이시잖아요."

꾹 참고 있던 눈물이 볼을 타고 뺨을 적셨다. 차오르는 서러움에 숨을 헐떡거리며 눈물을 닦아내자 그때까지 차분하게 앉아 있던 윤경 언니가 나를 달랜다.

"별아야, 진정해. 엄마 그런 뜻 아니신 거 너 다 알잖아."

윤경 언니가 내 어깨를 살며시 잡고 눈물을 닦아 주었지만 나는 언니의 손을 차갑게 뿌리쳤다.

"다 필요 없어. 날 제발 가만히 내버려 둬. 내가 무슨 꿈을 꾸든 무슨 상관이야! 그러는 엄마랑 언니들은 나 힘들었을 때 따뜻하게 손이라도 한 번 잡아줬어?"

"야, 다 집어치우고 그냥 현실을 봐."

윤아 언니가 조소를 띠고 차갑게 나를 노려보았다. 나도 씩씩거리며 잡아먹을 듯이 쏘아보았다. 언니는 거들먹거리며 콧방귀를 뀌었다.

"네가 말한 대로, 명문대 학생들도 경쟁에 시달리면서 헉헉대는 게 외무고시야. 자, 이제 하나하나 현실을 직시해 보자. 우선, 너 명문대 갈 성적은 되니?"

나는 할 말이 없었다. 지방 국립대를 겨우 턱걸이로 들어갈 수 있을 정도로 낮았던 게 원래 내 성적이었다. 그나마 이번에 오른 성적도 서울의 중위권 대학을 아슬아슬하게 들어갈 만한 정도였다. 그런데 내가 외무고시라니. 터무니없는 소리였다. 사실 언니의 말이 옳았다. 내가 잠자코 고개를 숙이고 있자 언니의 독설은 계속되었다.

"이봐, 정신 차려. 너 2학년이야. 네가 지금 1학년도 아니고, 작년에 망쳐놓은 내신 성적은 또 어떻게 만회할 건데? 너 지금부터 전 과목 1등급 받을 수 있어?"

"그만 해. 너무 심하잖아. 별아, 넌 네 방에 가 있어."

사태가 점점 심각해짐을 눈치챈 윤경 언니가 윤아 언니의 팔을 잡아 끌었다. 독기가 오를 대로 오른 윤아 언니는 손을 뿌리쳤다.

"이거 놔, 언니. 쟤도 알 건 알아야 한다고. 지금 가만있으면 나중에 또 우리만 욕 먹는다고."

"이 정도면 별아 충분히 알아듣고도 남아. 나머지는 별아가 알아서 결정할 일이야."

우리의 실랑이를 말없이 지켜보기만 하던 엄마는 방 밖으로 나가 버린 지 오래였고, 윤경 언니도 억지로 윤아 언니를 끌고 방을 나가 버렸다. 다시 나 혼자 남았다. 또다시 난 혼자 남아 외로이 이 고통을 감내해

야 하는 것이다. 홀로 감내하기엔 너무나도 깊은 상처. 누군가가 필요하
다. 이 아픔을 치유해 줄 누군가가. 한참 동안 멍하니 앉아만 있던 나는
떨리는 손으로 준수의 번호를 눌렀다.

뚜르르르. 통화 연결음이 들리고 오래 지나지 않아 들리는 준수의 밝
은 목소리.

"여보세요?"

"……."

"별아?"

"준수야, 나 너무 힘들다."

꽤나 심각한 상황임을 눈치챈 준수가 돌연 착 가라앉은 목소리로 넌
지시 물었다.

"무슨 일이야?"

"나도 잘 모르겠어. 근데…… 나 너무 슬프다. 그냥 너무 슬프다. 어
쩌면 좋냐?"

그리고 몇 초간의 침묵. 숨소리조차 들리지 않았다. 이내 준수는 한
숨을 푹 쉬었다.

"일단 만나자."

*　　*　　*

모든 자초지종을 듣고 난 준수는 고개를 끄덕였다. 나는 소리 없이
눈물을 흘려대고 있었다. 사실 내가 위로받아야 할 입장은 아닌데. 헛된
꿈을 꾸고 있었던 나도 잘못인데. 모든 것이 뒤엉켜 있는 느낌이었다.
준수는 자상하게 내 어깨를 감싸 주었다.

"너 충분히 잘 한 거야. 넌 최선을 다 했어."

"나 이제 어떡하면 좋니, 준수야."

나를 물끄러미 바라보던 준수는 일부러 장난스럽게 웃으며 내 머리를 헝클어뜨렸다.

"어쩌긴, 바보야. 계속 이렇게 열심히 해야지. 이제부터 시작인 걸."

"나 솔직히 너무너무 두려워. 이렇게 큰 소리 뻥뻥 쳐났는데 괜히 기죽는 것 같기도 하고. 실패할까 봐 무섭기도 하고."

"그런 것들 지금은 신경 쓰지 마."

항상 머리를 쥐어박거나 퉁명스레 나를 나무라던 여느 때와는 달리, 준수의 눈엔 강한 신념의 빛이 반짝이고 있었다.

"난 널 믿어. 그들에게 너도 잘 할 수 있다는 걸 보여줘."

준수의 형형한 두 눈은 분명히 말하고 있었다. 너도 충분히 잘 할 수 있다. 우리는 서로의 눈을 말없이 몇 초간 응시했다. 준수가 씩 웃어 보였다. 나도 덩달아 같이 웃었다.

사람 일은 마음먹기에 달려 있는 것이다. 나라고 못할 게 없다. 하지만 많이 힘들 것이다. 고된 길에 지쳐 가다가 넘어지고, 또 가다가 다시 넘어지기를 반복할 것이다. 중간에 가다가 어쩌면 포기할지도 모른다. 사람 일은 누구나 모르니까. 그러나 설불리 겁을 먹고 물러서기 전에 나는 일단 시도는 해 볼 것이다. 어떤 일을 시작해 보기도 전에 포기하는 건 겁쟁이가 아닐까. 아무리 길이 험난하고 녹록치 않다 해도, 나는 부딪쳐 볼 것이다. 내 곁에는 김준수라는 든든한 버팀목이 있으니까. 이 아이가 언제까지나 곁에 있다면 힘낼 수 있을 것이라고 나는 확신하고 있다. 그리고 이 기회가 주위 사람들에게 내 능력을 선보이는 첫 번째 관문이 될 것이다.

Chapter 4: La Malade

"김별아."

"무섭게 갑자기 왜 그러는데."

"너 오늘 무슨 날인지 알아, 몰라."

"그걸 왜 나한테 물어?"

"선물 안 주냐?"

"아, 네 생일? 이제 인간적으로 그만 좀 하면 안 되냐? 한 번만 더 말하면 100번이거든?"

"선물 안 주냐고."

"아– 정말. 알았어. 자."

드르르르르르– 드르르르르–

10분이라도 수면 시간을 더 보충하려 진동으로 설정을 해놓았는데도 불구하고 핸드폰은 그런 나의 간절한 소망을 깡그리 무시하듯 시끄럽게 침대 옆 탁상을 두들겼다. 어김없이 시작된 하루. 항상 그랬다시피 아침에 일어나기가 가장 곤욕스럽다. 침대에 딱 딜라붙어버린 듯 몸은 마음대로 움직여지지 않았고, 계속되는 진동 소리에 짜증이 난 나는 신경질적으로 핸드폰 폴더를 열었다.

D-Day. 김준수 생일.

뭐야, 오늘이었어? 눈곱이 듬성듬성 낀 게슴츠레한 눈을 비비고 다시 잔뜩 미간을 찡그리고 핸드폰 액정을 다시 바라보았다.

"어떡하지. 선물 못 샀는데……."

학교생활 따라가기도 벅찬데 이런 걸 어떻게 기억하겠냐구. 그래도 챙겨주려고 D-Day로 이렇게 알람까지 맞췄는데. 혼자 고개를 몇 번이고 끄덕이며 열심히 자기 합리화를 시킨 나는 시간을 확인하고는 부지런히 학교 갈 채비를 했다. 그래. 이번만 모른 척하고 살짝 지나가도 아무 말 안 할 거야. 어차피 중3 이후로 소식 모르고 살았는데 뭐. 내년에 챙기면 되지. 쉽게 금방 헤어질 사이도 아닌데.

"김별아, 밥 안 먹어?!"

"죄송해요 엄마. 오늘은 늦어서 그런데 학교 도착해서 매점 가면 돼요~"

"쟤 요새 잘한다 싶더니 또 저런다, 또."

우리 집안의 유일한 희망, S대 의대에 수석 합격하여 장학금 받으며 착실하게 학교 다니는 윤경 언니에게 불평을 털어놓는 엄마를 뒤로하고 서둘러 학교로 향했다.

"아줌마, 여기 카스테라 하나랑 바나나우유요."

"응. 3,000원이다."

교복 치마 어딘가에 깊숙이 박아놓은 지폐들을 찾느라 주섬주섬 주머니 안에 든 것들을 꺼냈다. 핸드폰, 지갑, 휴지, 그리고…… 어? 아무 생각 없이 멍하니 서 있던 나를 깜짝 놀라게 한 것. 다름 아닌 500원짜리 동전이었다.

"……."

"뭐, 그럼 내가 너한테 더 좋은 거 줄 거라고 생각했어? 꿈 깨셔. 돈 아깝게."

손 안에 툭 하고 던져진 500원을 말없이 바라보던 준수에게 머쓱해진 난 괜히 가시 돋친 말로 쏘아붙였었다. 그렇게 몇 초간 동전을 응시하던 준수는 별안간 주먹을 꽉 쥐었다.

"그, 그래! 때려!! 어디 때릴 테면 때려 봐!"

당황한 내가 두 눈을 꼭 감은 채 방어 태세를 취하자 준수는 어이가 없다는 듯 한참을 웃어댔다.

"고맙다. 선물 잘 받았어."

생각만 해도 손발이 오그라들고 얼굴을 화끈거리게 하는 과거의 부끄러운 기억. 하지만 불과 2년 전 일이다. 씁쓸하게 3000원을 지갑에서 꺼내는데 마음 깊숙한 곳이 바늘로 찌르듯 콕콕 쑤셔왔다. 내 양심의 마지막 발악인가.

"아줌마. 죄송한데 이거랑 이거, 그리고 저것까지 다 합쳐서 다시 계산할게요."

*　　*　　*

"아~ 드디어 심자 끝났다!! 완전 힘들어. 어머, 얼굴 부은 것 좀 봐. 어? 그게 뭐야, 별아야?"

밤 11시. 심야자율학습이 끝났음을 알리는 종소리가 울려 퍼지는 가운데 주섬주섬 가방을 챙기고 있으려니까 내 앞자리에서 자습을 하던 박혜란이 슬그머니 시선을 나에게로 돌렸다.

"웬 박스? 너 오늘 생일도 아니잖아."

"받은 게 아니고 줄 거야."

미심쩍은 눈으로 박스 주변을 맴돌던 그 아이는 이제야 알겠다는 듯 손뼉까지 치며 재잘거렸다.

"이럴 줄 알았어. 너 정말 남자친구 생겼구나?"

"넌 생일선물을 남자친구한테만 주나 보지? 좀 비켜줘. 잘 가. 내일 봐."

"야! 너 아직도 나한테 삐쳤냐? 김별아!!!"

발을 동동 굴러대는 박혜란을 뒤로하고 서둘러 난 준수의 학교로 향했다. 다행히 그 학교는 11시 30분까지 자율학습을 진행했기 때문에 시간은 충분했다. 거리는 며칠 전 내린 눈들이 채 덜 녹아 하얀 빛깔이었다. 미끄러지지 않게 조심조심 발을 디디는 나에게 꺼져가는 가로등이 희미하게 길을 안내해 주었다.

그렇게 도착한 학교. 시계를 보니 아직 15분이나 남았다. 그냥 무작정 기다리고 서 있자니 너무 춥고, 그렇다고 교문 안으로 들어가자니 경비 아저씨한테 걸릴 것 같다.

어우, 바람은 왜 이렇게 찬 거야. 교문 옆 담장 구석진 곳에 자리를 잡은(?) 나는 살을 에는 칼바람에 그대로 주저앉아 몸을 동그랗게 웅크렸다.

"별아야."

시간이 얼마나 흘렀을까. 누군가가 나를 흔들어 깨우는 바람에 나는 그만 옆으로 넘어져 엉덩방아를 찧고 말았다. 근데 왜 이렇게 바닥이 축축한 거지?

"눈?!!!!!!!!!!"

화들짝 놀라 주위를 살펴보자 준수는 혀를 끌끌 차며 나를 일으켜 세우고는 내 머리와 어깨에 두껍게 쌓인 눈들을 털어주었다.

"꼴이 이게 뭐냐? 난 담장에 누가 눈사람이라도 만들어놓은 줄 알았네."

"에취!"

"넌 알면 알수록 정말 신기한 아이인 것 같아. 어떻게 이렇게 추운 데서 잠이 들 수가 있냐? 내가 너 발견 못했으면 오늘 여기서 얼어 죽었어."

"잠든 사이에 눈이 내릴 줄 내가 알았겠냐?"

"하여간 못 말려."

준수는 내 가방까지 탁탁 털어 주고는 손이 시렸던지 입김을 가볍게 불며 삐딱하게 나를 바라보았다.

"그건 그렇고. 어쩐 일이야, 이 시간에. 전화라도 좀 하지. 많이 기다린 거야?"

"야, 한 가지씩 물어. 뭐부터 대답해야 할지 하나도 모르겠어."

"걱정되니까 그렇지. 12시가 다 되어가는 이 늦은 밤에 눈까지 펑펑 오는데. 으앗, 차거. 너 정말 나한테 혼날래?"

빨개진 내 뺨에 조심스레 손을 대본 준수가 소리를 질렀다. 얘는 오늘이 자기 생일인지 아는 거야 모르는 거야. 한심스럽다는 표정으로 그 아이를 찬찬히 훑어본 후 뒤에 숨기고 있던 박스를 그의 두 팔에 둥명스레 얹었다. 스톱 모션으로 돌처럼 굳어서 박스를 응시하던 준수가 한층 누그러진 목소리로 내게 물었다.

"이게 뭔데?"

"오늘 네 생일이잖아. 그건 꼭 집에 가서 열어 봐."

한참을 머뭇대던 준수는 알았다는 듯 고개를 끄덕였다. 우리는 끊임없이 쏟아져 내리는 눈을 맞으며 조용하게 거리를 걸었다. 달빛이 우리를 따라 비추는 텅 빈 거리엔 아무것도 없었다. 오직 하얀 눈송이들만이 차곡차곡 쌓여 길가를 찬란하게 물들이고 있었다.

"너, 내 생일인 건 어떻게 알았어?"

꽤 멀찍이 떨어져 내 뒤를 따라오던 준수가 어느새 등 뒤까지 따라와 있었다. 2년 전, 아무렇게나 던져주었던 500원이 다시 생각난 나는 화끈거리는 얼굴을 애써 식히며 더욱 빠르게 발걸음을 옮기기 시작했다.

"중3 때 너한테 세뇌당한 뒤로 내 생일은 까먹어도 네 생일은 머리에 남더라. 그러고 보면 너도 참 대단했어. 그치?"

아무 반응이 없었다. 그 때 얘기 꺼내서 나한테 화가 난 건가. 어차피 과거 기억이잖아! 뒤를 돌아보니 준수는 그 자리에 가만히 서서 나를 물끄러미 쳐다보고 있었다.

"준수야."

"……고마워."

다소 냉정한 빛을 띠었던 준수의 눈동자는 순간 사르르 녹아 2년 전의 눈동자로 돌아가 있었다. 다크 초콜릿. 아련한 감동으로 내 얼굴을 바라보는 준수의 눈동자는 물기를 적당히 머금은 촉촉한 그것이었다.

내가 준수네 학교 담벼락에서 잠깐 잠이 들었던 그 날 이후, 결국 나는 가벼운 몸살감기에 걸리고 말았다. 말이 감기라지만 몸살이 동반되다 보니 나는 침대에 꼼짝없이 누워서 콜록대는 것 말고는 달리 할 일이 없었다. 그렇게 책상 앞에는 앉지도 못한 채 꼬박 주말을 보냈다. 정신도 없는데다 몸까지 쿡쿡 쑤셔대니 지금까지 기를 쓰고 외우고 또 외워왔던 수학 공식들은 기억 저편에서 가물가물해졌고, 꿈에서까지 공부하고 또 공부했던 갖가지 영어 문법들과 단어들도 흐릿하게 머릿속을 맴돌았다. 내가 생각해도 이건 정말 아닌 것 같다. 누워서라도 공부 할 수 있는 좋은 방법이 없을까? 지끈대는 머리를 간신히 얼음 팩으로 식히며 고민하던 차에 잔소리꾼 윤아 언니가 투덜거리며 방문을 열었다.

"무슨 짓을 하고 다니는데 이렇게 드러누운 거야? 자, 이 미음 좀 먹어 봐. 언니가 이렇게까지 해야겠니?"

"언니. 부탁 하나만 들어주면 안 돼?"

"또 무슨 부탁?"

"내 책상에 수학 공책 있는데, 거기 표지에 있는 공식 좀 포스트잇에 적어서 천장에 붙여주면 안 돼?"

"뭐? 네가 해. 이게 완전 아프다고 다 큰 언니를 노가다 시키네?"

"내가 언제 언니한테 부탁해 본 적 있어? 이럴 때 말고 언제 해~ 제발."

"알았다, 알았어."

나 같은 건 이제 넌덜머리가 난다는 듯 고개를 절레절레 흔들고는 잠자코 포스트잇을 뜯어 공식을 적기 시작하는 언니. 그렇게 하나하나 천장에 붙여 가면서도 그 예쁜 눈을 찡그려 가며 있는 힘껏 나를 째려본다. 나는 일부러 윤아 언니의 눈을 피해 이불을 머리 끝까지 덮어버렸다.

"하여튼 기집애, 못 말려."

늘 그래 왔듯이 언니는 혼잣말로 나에게 핀잔을 주고는 방문을 소리 나게 쾅 닫고 나가버렸다. 잠깐 동안의 침묵. 다시 머리가 아파온다. 눈을 감고 오지 않는 잠을 억지로 청하려는 순간, 누군가가 이불을 확 걷어내는 바람에 나는 그만 자리에서 벌떡 일어나 버렸다.

"어, 자고 있었던 거 아니네."

"김준수!!!!!!!!!!!!"

"……많이 아파?"

"아니."

괜히 머쓱해진 내가 천장 위를 올려다보며 공식을 외우는 척하자 준수는 내 이마 위에 차가운 손을 살며시 올렸다.

"아직도 열이 많이 나네."

"이제 괜찮아. 밥도 많이 먹었고, 약도 많이 먹었어. 내일 학교 가는 데는 무리 없을 거야."

"……그래."

또다시 어색한 정적이 흘렀다. 한참 동안 내 방을 둘러보며 딴청을 피우던 준수는 내가 아무런 반응이 없자 방으로 들고 들어왔던 까만 봉지를 내밀며 자리에서 일어섰다.

"받아."

"이게 뭐야?"

"그날 나 때문에. 많이 아팠지? 지금도…… 많이 아프지?"

"이제 괜찮다니까, 정말."

"……"

"갑자기 왜 그래, 준수야."

"오렌지 주스가 감기에 좋대. 따라놓고 갈 테니까 공식 그만 외우고 자."

"……"

"선물 잘 받았어."

"하지만—"

가만히 나를 내려다보고는 '쉿—' 하며 자신의 입술에 검지손가락을 갖다 대는 준수. 내가 눈을 맞추려 고개를 들자 준수는 그대로 몸을 돌려 방문으로 향했다.

Chapter 5: Torpid

　시간은 빠르게 흘러갔다. 손발이 다 얼도록 차갑고 시린 겨울도 한 달, 두 달 그렇게 지나가면서 새롭게 시작될 봄을 맞을 준비를 했다. 우리는 그 동안 2학년 마지막 시험이 될 기말고사를 치렀다. 성적이 점점 더 올라갈수록 나의 심리적 부담감은 커져만 갔고, 준수는 그럴 때마다 잘 하고 있다며 내 어깨를 어루만지며 다독여 주었다. 항상 시험 2주 전부터 연락을 끊는 우리는 이번에도 어김없이 마음속으로만 서로를 응원하며 열심히 공부를 했다. 드디어 기다리고 기다리던 기말고사 마지막 날, 가채점을 간신히 마치고 몽롱한 표정으로 재빨리 가방을 챙겨 도망치듯 학교를 빠져 나왔을 때 어떻게 알았는지 준수 번호로 전화가 왔다.

　"여보세요?"

　"별아야, 시험 어땠어?' 많이 피곤하지?"

　"으응. 그냥저냥 잘 친 것 같아. 너는?"

　"나야 잘 쳤지 뭐. 알잖아~"

　"어유, 잘난 척 좀 그만해. 너 나 너무 만만하게 보는 거 아니야?"

　"하하, 그럴 리가 있냐? 어디야?"

　"아직 학교 앞이야. 방금 마쳤거든."

　"잘됐다. 마침 너희 학교로 가고 있었는데. 교문 앞에 서 있어."

　뚝. 전화가 무심히 끊기고 나는 한숨을 푹 쉬었다. 이제 기말고사라는 고비를 넘겼다. 하지만, 이것보다는 상상하지도 못할 더 큰 고비가 남아 있다. 3학년. 이제 봄이 오면 나는 입시지옥의 절정을 맛보게 될 것이다. 문득 상상을 해 보니 부들부들 손발이 떨렸다. 도대체 이 불안의 끝은 어딜까. 난 언제까지 이렇게 힘들어 해야 할까. 벗어나고 싶다. 이젠 그만하고 싶어. 지금도 난 정말 힘들다고. 매일같이 보는 친구들이랑 시험 기간마다 눈치 보면서 경쟁하기도 싫고, 밤까지 묶여서 하루 종일 공부하다가 집에 가서 잠만 자는 그런 일상도 싫고, 또…….

"별아야?"

"왔구나."

"갑자기 왜 그래, 너. 안색이 안 좋아. 나 올 동안에 무슨 일 있었어?"

"아무것도 아니야. 그냥 답답해서 그래."

한참 동안 걱정스러운 눈빛으로 이리저리 내 얼굴을 훑어보던 준수는 무엇인가를 결심한 듯 내 손을 잡아끌었다.

"왜, 왜 이래 너."

"일단 여기 앉아 봐."

근처의 벤치에 나를 가까스로 앉힌 준수는 걱정스런 눈빛으로 내 손을 꽉 잡았다.

"무슨 일이야. 말해 봐."

"정말 아무 일도 없다니까 그래, 얘가."

"넌 거짓말 같은 거 못해. 넌 그거 모르지?"

"아, 아냐!!!!!! 나 거짓말 얼마나 잘 하는데!!"

"바보. 네 눈이 벌써 다 말해 주고 있어."

더 이상 사실을 숨길 수가 없었던 나는 졌다는 듯 고개를 절레절레 흔들었다. 도대체 뭐라고 말을 꺼내야 할지. 한숨을 푹푹 쉬며 뜸을 들이는 나를 준수는 잠자코 기다려주었다.

"나 요즘 너무 힘들어."

"뭐가 힘든데?"

"그냥…… 모든 게. 심각한 건 아니야. 기말고사가 끝나서 그냥 긴장이 풀린 것 같아. 신경 안 써도 돼."

"근데 이렇게 안색이 창백해? 왜 너 혼자 아파해. 네 고민까지 나한테 못 털어 놓을 정도로 우리 서먹한 사이였니? 너 정말 너무 한다."

"아, 왜 갑자기 화를 내고 그래! 정말 힘든 건 나야."

인상을 있는 대로 쓰고 있던 준수는 나의 궁색한 자존심에 머리가 아파오는 듯 머리에 손을 대고 눈을 질끈 감았다.

"내 말은 그게 아니잖아."

"그럼 뭔데? 그냥 날 좀 내버려둬. 그냥 가만 놔두면 나 혼자 이겨낼 테니까. 충분히 이겨 낼 수 있어."

한참을 눈을 감고 있던 준수는 말없이 내 손을 더욱 힘주어 잡았다.

"너 혼자 힘겨워 하지 마. 차라리 같이 힘든 게 나아."

이제까지 혼신의 힘을 다해 꾹 참고 있던 눈물이 바보같이 얼굴을 타고 흘러버렸다. 내 자신이 부끄럽다. 이렇게까지 준수에게 짐이 되는 내 자신이 정말 싫어진다.

"미안해, 준수야."

"공부 때문에 그런 거니?"

"그냥 공부를 하다가 문득 정신을 차렸는데, 막 허무해시는 거야. 내가 왜 이렇게 죽을 고생을 하면서 공부를 하는지 그 순간만큼은 혼란스러워지는 거야. 그게 너무 싫었어. 너무 힘들었어. 그뿐이야."

"미안해. 너한테 아무런 도움이 돼 주질 못해서."

눈물이 봇물처럼 터져 나왔다. 멈추려고 했는데 멈추지 못했다. 그렇게 계속 울었다. 준수는 아무 말도 하지 않았다. 그는 내게 아무 것도 해줄 수가 없었다. 그저 내 등을 토닥거리면서 달래주는 것 빼고는. 그리고 그게 마지막이었다. 그 애의 마지막 남은 배려였다.

*　*　*

김준수 이 자식, 벌써 20분을 기다렸는데도 오지 않는다. 오기만 해봐라. 원 펀치 쓰리 강냉이로 완전 혼을 내 줘야지. 자기가 먼저 불러놓고 늦으면 늦는다고 연락이라도 해 줘야지. 대체 무슨 일이야? 그 때 울리는 전화.

"야! 너 사람을 불러놓고 왜 안 와?!"

"별아야."

목소리가 여느 때와는 달리 진지하다. 무슨 안 좋은 일이 있는 걸까. 내심 장난을 치고 싶었던 나는 당황스러웠다. 내가 놀라버린 것을 아는지 모르는지 그놈은 내 이름을 불러놓고는 아무런 말이 없다.

"무슨 일이야?"

"미안해."

"뭐가 미안한데?"

"그냥. 미안해."

"김준수. 무슨 일이야. 말해 봐."

"우리…… 이제 그만 하는 게 좋겠어."

"……그게 무슨 소리야."

"별아야. 이게 나를 위해서도 너를 위해서도 좋아."

178

"일단 만나자. 만나서 얘기해."

"나 끊을게."

"야!!!!! 너 정말 나한테 이러면 안 되는 거야."

"……."

"처음부터 이럴 거면 나한테 살갑게 굴지 말았어야지. 나 힘들 때마다 와서 위로해 주고 감싸주지 말았어야지. 왜…… 왜 갑자기 나한테 이러는 건데? 왜 이제 와서 이러는 건데? 내 고달픈 인생에 그래도 웃으면서 살 수 있었던 건 바로 너 때문이었는데…… 너 때문에 이 땅에서 숨 쉬면서 살아갈 수 있었는데. 대체 왜……."

뚝. 전화가 끊겼다. 이대로 물러설 수 없었던 나는 필사적으로 다시 전화 연결을 시도했다.

"……받아. 받아. 받아!!!!!!!!!!"

울음 섞인 고함을 내질렀지만 그 아이는 결국 전화를 받지 않았다.

어떻게 이런 경우가 있을 수가 있을까. 난 철저히 배신당한 기분이었다. 어제까지만 해도 나에게 전화를 걸어 작은 용기를 주던 아이. 웃기지도 않은 썰렁한 개그를 해가며 어떻게든 나를 웃어보게 만들려고 애를 썼던 아이. 믿기지가 않아. 하루 만에 모든 것이 바뀌어버렸다. 길바닥에 처참한 몰골로 주저앉은 나를 따스한 햇살이 조심스레 감쌌다. 이제 내일이면 새 학기가 시작되는데. 너 때문에 포기할 뻔했던 3학년 생활이 시작되는데. 이건 너무 잔인하다. 정말 잔인하다, 김준수…….

이젠 눈물조차 나오지 않았다. 몇 십 분이 흐르고 지나가는 행인들이 나를 이상한 표정으로 훑고 가버린 뒤에야 나는 간신히 마음을 추스르고 집으로 돌아갈 수 있었다. 집으로 돌아와서도 나는 정신을 제대로 차릴 수가 없었다. 슬픔이라고도, 분노라고도 할 수 없는 미묘한 감정은 나의 심장 제일 밑바닥까지 갈가리 찢어 놓았다. 멍하니 침대에 누워 MP3를 켜고 이어폰을 습관처럼 귀에 꽂았다. 파반느다. 언젠가 준수가 휴식시간에 들으라고 넣어 줬었던 곡들 중 하나였던⋯⋯그 순간 걷잡을 수 없는 슬픔이 밀려왔다. 이젠 곁에 아무도 없다. 힘들 때 날 다독거려 줄 사람도 없고, 게으른 나를 냉정하게 훈련시켜 줄 사람도 없고, 더 이상 용기를 줄 사람도 없고, 나에게 언제나 환한 웃음을 지어줄 사람도 없다.

그렇게 몇 시간이 흘렀을까.

지잉- 느닷없이 울려대는 진동 소리에 나는 무언가에 홀린 듯 빠르게 핸드폰 폴더를 열었다. 문자메시지 1통. 김준수.

부들부들 떨리는 손으로 그 아이의 메시지를 확인했다. 달라진 건 아무것도 없었다. 갑자기 짠물이 나의 입 속으로 들어왔다. 소리 없이 흘러내리는 눈물을 닦으려 화장대 거울 앞에 자리를 잡았다. 나는 입에 경련이 일어나는 것을 참아가며 억지로 미소를 지어 보았다. 이럴수록 더 웃어야 돼. 내가 어떻게 이 자리까지 왔는데. 여기서 포기할 수 없어. 처음부터 네 곁엔 아무도 없었어, 김별아. 이제 이 기회를 틈타 혼자 살아가는 방법을 배우라고.

거울 속의 내 모습은 참으로 우스워 보였다. 거울 속에는 어떤 여자애 하나가 눈물, 콧물이 뒤범벅이 된 채로 활짝 웃고 있었다. 어떻게 해야 하나. 마음속에서 또다시 약한 마음이 고개를 꿈틀거렸다. 나는 또다시 무너지고 있었다. 1분 1초가 고통스러운 이 순간. 세상은 너무나 냉혹했다. 차라리 제 풀에 지칠 때까지 실컷 울고 잠드는 편이 낫겠다고 생각한 나는 다시 침대로 뛰어들었다. 그리고 눈물을 쏟고 싶은 만큼 흘렸다. 마음 놓고 울 수 있게 문을 잠갔다. 눈물은 몇 시간 동안이나 그칠 줄 몰랐고, 몸도 마음도 지친 나는 그만 눈을 질끈 감아버렸다. 이게 꿈이었으면. 오늘 하루가 꿈이었으면. 이 꿈을 꾸고 눈을 떴을 땐 아침 햇살이 기다렸다는 듯 나를 반길 것이고, 준수는 여느 때와 다름없이 내게 웃어줄 것이다. 나는 스르르 눈을 감았다. 마지막 남은 힘을 모두 끌어모아 미소를 지었다. 그리고 침대로 천천히 걸어갔다. 이건 꿈이야. 이제 이 꿈을 깨면 준수가 나에게 전화를 걸어 뭐 하냐고 물을 것이고, 나는 어김없이 공부하고 있다고 건성으로 대답을 하겠지. 내 자신도 모르게 최면을 걸어버린 나는 이 끔찍한 꿈에서 그만 깨기 위해 깊은 잠에 빠졌다.

미안해.
이러면 안 되는 거 알아.
내가 지금 널 세상에서 가장 이기적인 방식으로
네 목소리를 들을 자신이 없어.

……이제 그만 하자. 미안해.

멘토♥
010-0000-2222

Chapter 6: Stand by YOU

"별아야, 일어나야지. 학교 안 가?"

어렴풋이 들어오는 윤경 언니의 목소리. 조심스럽게 눈을 떠 보니 벌써 주위가 환하다. 이대로 날이 밝아버린 건가. 나는 어리둥절한 얼굴로 바라보는 언니에게 쓴 웃음을 지어 보였다. 언니는 나의 초췌한 얼굴을 그제서야 파악한 듯 걱정스럽게 말을 건넸다.

"얼굴이 왜 그래? 울었어?"

"……아무것도 아니야. 새 학년 첫 날인데 일찍 가야겠다. 학교 갔다와서 봐, 언니."

"어, 어…… 알았어."

아침도 먹지 않지 않고 재빨리 집을 나왔다. 집에 더 있다가는 내 참담한 심정을 그대로 들켜버릴 것만 같았기 때문이었다. 3학년이 되어 맞는 첫날은 2학년 때와 별반 다를 것이 없었다. 학교에 도착하자마자 간단한 조회를 마치고, 배정된 반으로 가서는 또다시 공부를 하기 시작한다. 교실에는 묘한 긴장감이 감돌았다. 다들 서로를 보고 위기의식을 느낀 것인가. 아니면 이미 많이 지쳐버린 탓일까. 그 다음 날도, 또 그 다음 날도 그저 그렇게 흘러만 갔다. 수업을 시작하는 종이 울리면 모두들 습관처럼 교과서를 펴고, 조용히 수업을 들었다. 처음 몇 달은 그렇게 쉽게 지나갔다. 창문에 입김을 불면 늘 뿌연 김이 서릴 정도로 추웠던 날씨는 점점 더워져만 갔고, 교실 구석에 대문짝만하게 걸려 있던 달력에도 어느새 '6'이라는 큰 글자가 새겨져 있었다.

"너희들도 알다시피 내일 6월 평가원 모의고사가 있다. 이번 기회가 얼마나 중요한지 다들 알 것이라 생각이 든다. 아무쪼록 최선을 다하도록 바란다. 내일 모의고사가 수능이라고 생각하고 열심히 하도록."

6월 평가원 모의고사. 벌써 그렇게 시간이 흘렀나. 수능 날까지 손가락을 꼽아 보았다. 길어봤자 5달 남짓. 나는 한숨을 푹 쉬었다. 학기 초부터 지금껏 기댈 곳 하나 없이 혼자 힘으로 달려 왔다. 드디어 찾아온 첫 번째 고비. 여기서 무너지면 안 된다. 그 아이도…… 분명 원하지 않을 것이다. 나를 위해서, 그리고 2학년 내내 나를 지켜 주었던 그 아이를 위해서라도…… 난 이를 악물고 계속 달려야만 한다.

하지만 현실은 참담했다. 수능 전날 못지않은 굳은 결심을 하고 최선을 다해 시험을 쳤건만, 결과는 평균 하락. 모의고사 평균 1.8등급까지 올라갔었던 내 성적이 다시 3.5등급으로 내려가 버리고 만 것이다. 눈에서는 굵은 눈물이 한 방울 두 방울 떨어져 성적표를 힘겹게 적시고 있었다. 그 아이의 부재가 나를 한층 더 비참하게 만들고 있었다.

차마 옆에서 보기 힘들 정도로 일그러진 내 얼굴을 조용히 응시하고 있던 박혜란이 살며시 내 곁에 다가왔다. 이미 2학년 말에 화해를 한 우리. 지금은 서로의 어른스럽지 못했던 행동을 깊이 반성하고 있다.

"괜찮아. 지금이 끝이 아니잖아."

혜란이가 어깨를 토닥이며 나를 달래었지만 내 기분은 풀리지 않았다.

"나 위로해 줄 필요 없어."

"별아야. 이번 시험 정말 어려웠대. 작년 수능보다도 더 어려웠다는데?"

"그래…… 나 이제 힘낼 테니까 그렇게 애쓰지 않아도 돼."

"말만 그렇게 하지 말고 정말 힘 좀 내, 자식아."

결국 혜란이는 혀를 끌끌 차며 자리로 돌아가 버렸고 몇 분간 멍하니 앉아 있던 나는 입술을 꼭 깨물었다. 나는 그대로 성적표를 구겨서 쓰레기통에 버렸다.

이번은 연습이었을 뿐이야. 실전이 중요한 거야. 5개월밖에 남지 않은 지금, 나의 하나뿐인 버팀목 준수가 없는 지금, 믿을 사람은 나 자신밖에 없었다. 내가 나를 믿지 않으면 또 누가 나를 믿어주겠어? 미래를 생각하자. 이미 치른 시험, 돌이킬 수 없다.

혜란이를 비롯한 교실에 남아 있던 몇몇 아이들이 놀란 얼굴로 나를 뚫어지게 응시했지만 나는 개의치 않았다.

"별아야, 점심 먹으러 안 갈 거야?"

조용히 앉아 독서를 하고 있던 내게 혜란이가 다가와 넌지시 말을 건넸다. 한숨을 푹 쉬며 손목시계를 흘끗 보니 벌써 1시 10분이다. 주위를 둘러보니 아무도 없다. 웃을 기운이 없었지만 나는 마지막 힘을 끌어 모아 안면근육을 이완시켰다.

"미안해. 미리 말했어야 했는데- 오늘은 생각이 없네. 미안."

내가 어떤 반응을 보일까 전전긍긍하던 혜란이는 뜻밖에 내가 희미한 미소를 지으며 대답하자 자신은 상관없다는 듯 손을 휘휘 내저었다,

"아냐~ 난 잠깐 매점만 다녀오면 돼. 이제 방해 안 할 테니까 하던 일 계속해."

텅 비어버린 교실. 나는 조용히 읽던 책을 덮은 후 멍하니 칠판을 올려다보았다. 짙은 초록색의 칠판을 뚫어지게 바라보는 공허한 두 눈에 어렴풋이 어린 날의 회상이 겹쳐 보였다. 처음에는 희미하게, 하지만 점점 또렷하게 보이기 시작하는 나의 철없던 중학교 시절.

중 3 때 칠판 당번을 도맡아 했던 나와 준수는 항상 다투기 일쑤였다. 제시간에 칠판을 지우지 않고 만날 놀기만 했던 나를 구박하면서도 늘 게으른 나 대신 묵묵히 칠판을 지워주던 그 아이. 난 그런 준수에게 고 맙다고 말하기는커녕 괜히 시비를 툭툭 걸며 짓궂게 장난만 쳤었다. 마치 맛있는 걸 사달라고 조르는 어린 아이를 달래듯 때로는 자상하게, 때로는 무뚝뚝하게 나를 대하던 준수.

"야, 김준수. 이게 무슨 소리야? 네가 날 좋아한다니. 지금 전교에 소 문 쫙 퍼졌어. 이제 어떡할 거야? 네가 책임을 져야 할 것 아냐?!"

"……."

"말 좀 해 봐."

"아니. 말 안 해."

"너 정말!!"

"널…… 좋아해. 다른 애들이 뭐라 말하든 난 신경 안 써."

"……!"

졸업식 날, 갑작스런 그 아이의 고백에 당황스러웠던 난 그만 줄행랑을 쳐버리고 말았다. 그리고 다시 만난 지 1년이 다 된 지금, 이번엔 준수가 내 곁을 떠났다. 난 한쪽 날개가 처참히 부러진 채로 홀로 남겨졌다. 그때 준수도 이런 기분이었을까.

만남과 헤어짐. 벌써 2번을 반복한 우리 사이는 이세 영영 끝난 것 같았다. 눈시울이 뜨거워지려는 걸 가까스로 참아낸 나는 책상 서랍 안에 구겨놓았던 모의고사 시험지를 떨리는 손으로 다시 꺼냈다. 이미 알아보지도 못할 만큼 망가진 종이들을 한 장씩 천천히 펴는데 별안간 누군가의 작은 속삭임이 들려왔다.

'별아야! 지금은 준수를 생각할 때가 아니야. 물론 가슴이 아프겠지만 잠시 미뤄둬야 해. 넌 훨씬 더 중요한 일이 있잖아.'

"그 일이…… 뭔데?"

'네 인생! 준수가 네 곁을 왜 떠났는지 한번 잘 생각해 봐. 이 순간은 지금 가면 결코 다시 오지 않아. 지금 슬퍼할 때가 아니란 소리야.'

"그래, 그런 거겠지."

다급한 목소리로 나를 부추기던 그 목소리는 어느 사이에 준수의 목소리로 바뀌어 나를 놀려대고 있었다.

'넌 끝까지 내 마음을 모르냐, 밥팅아.'

그 한 마디에 약이 오른 나는 이제까지 꾹 참고 있었던 감정이 폭발하여 그만 신경질적으로 소리를 지르고야 말았다.

"알았어!! 알았다구!!!! 떠난 주제에 좀 조용히 하란 말이야! 내 인생은 내가 알아서 할 테니까."

"별아야, 왜 그래. 어디 아파?"

"……어?"

언제 왔는지 혜란이가 내 앞에 앉아서 걱정스런 표정으로 내 이마를 짚어보고 있었다. 불길한 느낌이 살짝 든 나는 노파심에 주위를 둘러보았다. 아니나 다를까, 점심을 먹고 온 몇 명의 아이들이 못 볼 걸 봤다는 얼굴로 나와 혜란이를 번갈아 보며 수군대고 있었다. 뭐야, 그럼 다 듣고 있었단 얘기야? ……이렇게 부끄러울 데가. 순식간에 얼굴이 달아오른 난 헛기침을 하며 마저 시험지를 펴기 시작했다.

그래, 준수는 잠깐 잊는 거야. 일단 지금 내 인생이 5개월 안에 완전

히 달라지게 생겼는데 슬퍼할 겨를이 어디 있어? 너 정말 선택 잘 해야
해, 김별아.

 골똘히 생각에 잠겨 있던 나는 마음을 단단히 고쳐먹고는 커다란 포
스트잇을 꺼내어 준수와의 추억이 담긴 장소들을 썼다.

구립도서관　　시민공원　　독서실

 나는 각각의 포스트잇에다 큼지막하게 쓴 글씨들을 노려보았다. 이
윽고 나는 결심한 듯 주먹을 불끈 쥐고는 그 위에다 커다란 ×를 그려
넣었다. 그리고 포스트잇 한 장을 더 꺼내어 준수의 이름을 쓰고는 그곳
에도 ×를 크게, 내 힘이 닿는 만큼 그려 넣었다.

 툭. 수성매직을 꾹 눌러쓴 ×자의 끝에 어느새 눈물방울이 한 방울
두 방울 떨어지며 포스트잇들을 힘겹게 적시고 있었다.

Chapter 7: Hello Again

"야, 소문 들었어? 강진고등학교."

"6월 평가원 전국 12등 했다는 학교? 근데 그 학교가 왜?"

"거기서 전교 1등 한다는 애, 걔 요번에 S대 1단계 합격했대. 걔네 학교에서 엄청 밀어준다나 뭐라나. 장학생 만들거라고 막 떠든다는데?"

"이번에 커트라인 정말 높았다던데. 그 자식 대단하네~"

지겨운, 하지만 결코 지겹게 느끼면 안 되는 심야 자율학습시간. 수학 문제집을 막 끝내고 영어 듣기를 하려고 귀마개를 빼는 순간, 나는 내 귀를 의심하지 않을 수 없었다. 강진고등학교라면 준수가 다니는 학교. 가만, 그럼 준수가 S대 수시 1단계에 합격했단 소리야? 이건 말도 안 돼. 그 애라면 분명 나한테 제일 먼저 말해 줬을 텐데. 아, 우리 더 이상 아무 사이 아니지. 나는 금방 시무룩해졌지만 호기심을 억누르지 못해 최대한 귀를 쫑긋 세우고 이야기에 집중했다.

"걔 얼굴도 완전 잘생겼던데. 그 자식 빠지는 데가 뭐냐?"

"정말 그런 것 같아. 이름이 뭐더라…… 아~ 까먹었어."

"김준수!! 프랑스에서 왔다던데?"

"역시나 사람은 외국물 좀 먹어야 한다니깐. 그나저나 우린 이게 뭐냐? 누구는 S대 붙은 거나 마찬가진데."

더 이상 들을 필요를 느끼지 못한 나는 MP3를 꺼내고 이어폰을 귀에 꽂았다. 다른 사람도 아니고 김준수가, 나에게 한 마디 상의도 없이 S대 수시에 지원하여 1단계 합격을 했다. 그토록 믿었던 김준수가. 자기만 믿고 따라오라던 김준수가 어느 날 갑자기 모든 연락을 끊은 후 합격을 했단다. 난 대체 이 상황을 어떻게 받아들여야 하는 걸까.

심자가 끝난 후에도 고민하던 나는 망설인 끝에 짧은 문자 메시지를 한 통 보내기로 결심했다.

축하해. 늦었지만.

준수는 끝내 답장이 없었고 나는 그날 밤 뜬눈으로 밤을 지새웠다.

다음날 학교에 도착한 나는 혹시나 하는 미련한 마음에 핸드폰을 확인해 보았다. 역시 아무런 메시지가 도착하지 않았다. 그럼 그렇지. 나는 씁쓸하게 미소를 지었다.

"치사한 자식. 축하해 줬는데 고맙다는 인사 한 마디도 없냐?"

돌덩이들이 가슴을 꽉 메워버린 듯 심장이 조여 왔다. 불현듯 심한 통증을 느낀 나는 창문 가까이에 서서 심호흡을 했다. 참을 수 없을 것 같은 울화가 치밀었다. 지난번처럼 다른 아이들이 나에 대해 수군거려도 상관없다. 나는 다시 한 번 미친 척하기로 마음먹었다. 이렇게라도 하지 않으면 그대로 쓰러져 버릴 것 같았다. 난 창 밖을 보고 서서 있는 힘을 다해 소리쳤다.

"김준수!!!!!! 잘 먹고 잘 살아라. 이 나쁜 인간아. 이렇게 사람 등쳐먹고 잘 하는 짓이다. 내가 그렇게 만만했냐!!! 두고 봐. 내가 보란 듯이 외교관 되어서 네 앞에 당당하게 서 있을 거야. 그땐 우리 서로 아는 척하지 않기야!!!!!!!"

등교하던 아이들이 웅성거리며 교실 쪽을 올려다보았고 학생주임 선생님이 무슨 일인가 싶어 달려오셨지만 나는 개의치 않았다. 이상하게 이번엔 눈물이 나지 않았다. 오히려 속이 시원하게 뻥 뚫리는 느낌이었다. 때마침 교실로 들어서던 혜란이가 나를 향해서 빙긋 웃어주었다. 나도 같이 웃었다. 준수가 떠나버린 후로 내 가슴을 가득 메웠던 마음 속 응어리가 아이스크림 녹듯 일순간에 사르르 사라지는 듯했다. 한참을 웃고 나서야 머쓱해진 나는 머리를 긁적이고는 조용히 자리로 돌아갔다.

* * *

"이제 수능이 1달도 남지 않았다. 내일 치르는 모의고사가 수능 전 마지막이라는 것은 여러분들이 더 잘 알 것이라 믿는다. 편안한 마음으로 치되, 자신의 실력을 최대한 발휘할 수 있도록. 종례는 이것으로 마친다."

팔베개를 베고 책상에 힘없이 누워 있던 나는 어렴풋이 들리는 담임 선생님의 목소리에 감긴 눈을 반쯤 떴다. 벌써 시간이 이렇게나 흘러버린 것인가. 어제 모의고사 준비로 새벽까지 공부한 탓에 하루 종일 몸이 뻐근하다. 나는 부스스 일어나 기지개를 켰다. 항상 그랬듯이 쉬는 시간에 교실에 남아 있는 아이들은 별로 없었다. 10분 동안 눈을 잠깐 붙인 것이 효과가 좀 있었던지 머리가 한층 개운해졌다. 나는 다시 교과서를 펴서 복습을 시작했다.

시간을 잊고, 계절을 잊고, 요일을 잊고, 그리고 준수를 잊고 공부에 주력한 지 어언 3개월이 되었다. 준수가 예전에 도서관에서 나에게 건네주었던 문제집 목록은 어느새 모두 체크 표시가 되어 있었고 내 자리

주변은 문제집과 교과서, 그리고 시험지들로 발 디딜 틈이 없었다. 슬픈 현실이지만 난 이제 준수가 없는 생활에 점점 익숙해졌고, 오히려 성적이 쑥쑥 올라가는 즐거움에 한껏 빠져 가끔씩은 양심에 가책을 느낄 때도 있었다. 내가 과연 행복해도 되는 것일까. 그렇게 만사를 잊고 살다 보니 어느새 결전의 그날이 내일로 성큼 다가왔다. 한 마디 말도 없이 무뚝뚝하게 책상에만 앉아 있는 나의 유일한 말동무가 되어주는 혜란이가 언제가 그랬듯이 내 자리에 다가와 조잘거리기 시작했다.

"별아야~ 준비 잘 돼가고 있니? 난 이번 모의고사 망할 것 같아!"

또 시작이다. 신은 공평했던가. 착하고, 상냥하고, 공부도 잘 하는 박혜란이 갖고 있는 치명적인 단 하나의 단점. 눈치가 없다. 이 아이의 형편없는 센스에 넌덜머리가 난 나는 책장을 넘기며 못 들은 척을 해버렸다. 다행히도 혜란이는 나의 침묵에 토라진 것 같지는 않았다. 단지 한숨을 짧게 내뱉으며 씩 웃고는 제 자리로 돌아간 것뿐. 점점 머리가 복잡해진다. 왜 세상은 날 가만히 두질 않는 거지?

이번 모의고사는 지금까지 쳤던 시험들에 비교하자면 쉬운 편이었다. 글쎄, 나만 쉽게 느껴진 것이었음 더욱 좋으련만. 언제부터 내가 이렇게 이기적인 인간이 되어버렸을까. 씁쓸하게 입가에 조소를 흘린 나는 곧 평상심을 되찾고 가채점을 시작했다. 언어영역 96점. 일단 시작이 좋다. 약한 비문학 부분을 하루에 세 지문씩 보며 분석한 보람이 있었다. 빠르게 채점을 하던 나의 손이 수학 시험지에서 멈추었다. 수리영역 90점. 어, 이건 뭐지? 70점대 후반과 80점대 초반을 맴돌던 나의 수리 성적이 어느새 90점대에 올라와 있었다. 나는 당장이라도 교실을 뛰쳐나가 환호성을 지르고 싶었지만 곧 내 자신을 다독였다. 누군가가 말했었지. 모의고사 점수는 절대 나의 수능 점수가 아니라고. 벌써부터 자만하면 안 된다. 모의고사 점수를 반영하는 대학은 어디에도 없어!

외국어영역 100점. 꿈이 외교관인 만큼 나는 영어에 특별히 더 자신이 있었다. 실수는 용납할 수 없다. 거기에다 사회탐구 3과목 모두 만점. 내 피나는 노력이 드디어 그 결실을 맺고 있었다.

나는 떨리는 가슴을 주체하지 못하고 그만 책상에다 얼굴을 파묻었다. 감정을 조절할 수가 없었다. 내가 지금까지 얼마나 힘든 길을 걸어왔던가. 별안간 얼굴에서 무언가 끈적이는 게 느껴져 거울을 보니 코피가 흘러 코와 입을 붉게 적시고 있었다.

"픕."

웃음을 터뜨리자 울상이 된 얼굴로 가채점을 마저 하고 있던 아이들이 일제히 나를 돌아보았다. 이제 드디어 미쳤구나 하고 생각이 들었던지 대부분의 아이들은 고개를 절레절레 흔들고는 자신들의 시험지에 다시 시선을 고정시켰다.

내 꼴이 얼마나 웃길지는 나도 짐작이 갔다. 하지만 나는 터져나오는 웃음을 멈출 수 없었다. 이제 나에게는 실낱 같은 희망이 생겼다.

그렇게 여름이 지나가고 가을이 지나가고 또다시 겨울이 왔다. 그리고 드디어 운명의 시간이 다가왔다. 2010년 11월 11일. 내가 끔찍이도 두려워했던 시간이다. 한편으로는 차라리 빨리 오기만을 기다리기도 했었던……견딜 수 없는 공포와 헤어 나올 수 없는 갈망이 함께 공존하는 날. 자칫하면 내 남은 인생을 모두 결정해 버릴지도 모르는 아주 중요한 날. 떨리는 손으로 숟가락을 들었다. 묵묵히 아침상을 차리다가 내 손을 빤히 바라보는 엄마.

"…… 많이 떨리니?"

나는 아무 말도 할 수 없었다. 사실 말하기가 싫었다. 가슴 깊숙한 곳까지 꾹꾹 담겨진 나의 복잡한 감정들이 어디로 튈지 예측할 수 없었기 때문이다. 나는 말없이 고개를 끄덕이고는 숟갈질을 계속 했다. 두뇌 회전에 그렇게 좋다는 호두를 가득 넣은 멸치조림과 방금 구워낸 꽁치. 먹어볼 테면 먹어 봐라 어디. 꽁치는 그렇게 나를 노려보고 있었다. 나는 체하려는 걸 간신히 진정시키고는 물도 한 모금 마시지 않은 채 꾸역꾸역 맨밥을 삼켰다. 엄마는 안쓰럽다는 듯 주전자에서 물을 따라 내 앞에 내려놓았다.

"이제까지 엄마가 했던 말들. 너무 가슴에 담아두지 마라. 엄마가 미안했다."

"……아니예요."

정적이 흘렀다. 우리 둘 다 더 이상 아무 말도 할 수 없었다. 엄마는 이미 알고 있었다. 더 이상 내게 말을 걸면 도움이나 위로가 되기는커녕 부담만 안겨줄 것을. 그걸 너무나도 잘 알고 있었기에 엄마는 괜한 헛기침을 두어 번 하고는 슬며시 자리를 떠났다. 켁켁. 목이 메면서 또다시 밥이 넘어가지 않았다.

가까스로 엄마가 따라 놓은 물을 마시자 한숨이 저절로 나왔다. 오늘만 잘 넘기면 모든 것이 끝난다. 그리고는 새 출발을 할 것이다. 아무렇지도 않았다는 듯이. 난 잘 할 수 있다.

"학교 갔다 오겠습니다."

텅 빈 거실. 불이 모두 꺼져 있다. 여느 때와 다름없는 썰렁한 분위기. 내가 내심 너무 많은 것을 바랐나 보다. 괜히 부끄럽게 눈물이 나려고 했다. 처음부터 따뜻한 말 한 마디를 바란 내가 정말 바보였다. 순간 내가 헛된 감상에 젖어 이러한 현실을 망각하고 있었나 보다. 나는 코를 홀쩍이며 짜디짠 눈물을 속으로 삼켰다. 준수가 뜻 모를 절교를 선언한 뒤로 하루도 눈물을 달지 않고 산 적이 없었다. 또다시 찾아오는 힘겨운 기억들. 너무나도 약한 나는 아직도 벗어나지 못했다. 신발을 신고 조용히 현관문을 열었다.

"김별아."

낯이 익은 목소리에 나는 갸우뚱하며 고개를 돌렸다. 부스스한 옷차림에 잠에서 막 깬 얼굴의 첫째 언니와 둘째 언니가 방문 앞에 서 있었다.

"왜 나왔어, 더 자지 않구. 언니 오늘 실습이라며. 둘째 언니도 오늘 졸업 공연 연습 있다고 하지 않았어?"

둘째 언니가 어울리지도 않는 하품을 쩍 하더니 모처럼 웃는 얼굴로 내 말을 받아친다.

"야, 아무리 그래도 동생이 오늘 수능 치는데 안 나와 보면 너무 하잖아."

"그래. 우리 막내 오늘 시험 잘 쳐라! 아니, 그냥 최선만 다하면 돼. 이 언니가 같은 수능 세대로서 응원한다."

윤경 언니가 말을 마치고 별안간 나에게 작은 꾸러미를 건넸다. 갑작스런 선물에 나는 휘둥그레진 눈을 하고 살짝 상자를 열어보았다. 예쁘게 포장된 초록 상자 안에는 아기자기하게 모양이 난 초콜릿이 담겨져 있었다.

"이, 이건……."

"이거 먹고 너무 긴장하지 말라고. 원래 시험은 긴장하면 안 되는 거잖아. 파이팅!"

"고마워……. 언니."

내가 눈물을 글썽이자 윤아 언니가 나를 따뜻하게 감싸 안아 주었다.

194

"너 고등학교 내내 마음고생도 심했고, 울기도 엄청 많이 운 거 알아. 그렇게 고생해서 이렇게까지 올라왔는데 이제 결실을 봐야지? 언니가 전에 너한테 외교관은 아무나 되는 거냐고 그랬다가 네가 막 화를 냈었지? 그 때 다시 곰곰이 돌이켜 보니까 정말 내가 생각이 짧았구나 싶더라. 이제 이 언니들이 너 마음껏 지원해 줄 테니까 힘내자! 알았지?"

"언니……."

"늦겠다. 얼른 가. 빨리 가서 시험장 적응 좀 하고, 차분히 앉아서 명상도 좀 해봐. 어서!"

내가 울음을 터뜨리자 언니들은 약간 머쓱했는지 현관문 밖으로 내 등을 떠밀고는 얼른 문을 닫아 버렸다. 버스를 타고 시험장으로 가면서 나는 가만히 손 안에 있는 초콜릿을 꺼내 보았다. 대놓고 적나라하게 표현하기에는 약간 쑥스러운 언니들의 사랑과 배려가 들어간 초콜릿이라 그런지 더욱 먹음직했다. 달콤쌉싸름한 초콜릿 향이 입안에 감돌자 문득 준수가 생각났다. 준수는 지금쯤 무엇을 하고 있을까. 또다시 머리가 혼란스러워질 것 같아 나는 고개를 절레절레 흔들었다. 멍청이. 벌써 1년이 다 되어 가는데 아직도 그리워하다니. 넌 정말 구제불능이구나. 나는 입술을 꼭 깨물었다.

* * *

1교시. 언어영역.

언어는 외국어영역 다음으로 그나마 자신 있는 과목이다.

차분히 정신을 가다듬고 출제자의 의도를 파악하자. 책 읽는 버릇을 평소에 많이 들여서 그런지 생각보다 지문이 길게 느껴지지 않았다.

2교시. 수리영역.

가장 심적 부담이 컸던 과목. 점수가 웬만큼 해서는 잘 나오지 않아서 준수와 옹기종기 붙어 앉아 죽기 살기로 열심히 했던 과목이다. 설명을 못 알아들어서 준수에게 쥐어 박히기도 하고, 공식을 바탕으로 점심 내기도 많이 했었던…… 그 아이와의 추억이 가장 많았던 과목. 준수가 중요한 내용은 다 골라내서 정리해 준 듯하다. 용한 자식. 이 정도로 예상 적중률이 뛰어나다면 정말 점집 하나 차려도 무색할 정도다.

3교시. 외국어영역.

가장 자신이 있는 과목이지만 실수 또한 그만큼 잦은 과목이다. 섣불리 정답을 정하지 않고 지문 내용을 차근차근 읽어 내려갔다. 다행히 느낌이 좋다.

4교시. 사회탐구영역.

수리 영역과 마찬가지로 준비를 많이 한 과목이다. 만점을 노리고 준수와 하루 이틀 밤을 지새운 게 아니다. 역시 유형 공부를 많이 해서 그런지 보기가 생소하게 느껴지지 않고 눈에 착착 감긴다. 하지만 항상 방심은 금물이다.

그리고 마지막, 5교시 제 2외국어영역.

난 프랑스어를 택했다. 원래부터 프랑스에 관심이 많았던 나는 노래 소리같이 아름다운 프랑스어에 푹 빠졌다. 이 부분에서 준수가 도움을 가장 많이 주었다. 그 아이는 말할 것도 없이 만점이겠지?

                         *   *   *

시험이 끝났음을 알리는 마지막 종이 울렸다.

늦은 오후, 긴 시험을 끝낸 사람들의 반응은 제각각이었다. 땅바닥에
주저앉아 펑펑 우는 사람, 환호성을 지르는 사람, 긴장이 풀려버린 듯
멍한 표정으로 덤덤히 시험장을 빠져나가는 사람 등. 난 그중에서 멍한
사람에 속했다. 그냥 허무했다. 3년 동안 고생했던 모든 것들이 이렇게
시험 하나만으로 한 번에 사라지다니. 속이 시원하면서도 뭔가 억울한
느낌이다. 처음 느껴보는 이상한 감정이다. 뒤통수를 한 대 세게 얻어맞
은 느낌이랄까. 형언할 수 없는 감정에 가슴이 울렁거렸다. 나는 피곤한
기색으로 시험장을 걸어 나왔다. 도저히 이대로 걸어서는 집에 들어갈
수 없어서 콜택시를 부르려 오랫동안 꺼둔 휴대폰을 켰다.

                    부재중 전화 5통 문자메시지 1건.

모두 다 처음 보는 번호다. 그러나 어딘가 모르게 낯이 익은 번호다.
누군지 알 것만 같다.
나는 조심스럽게 문자 수신함을 열어보았다.

                 Always keep the faith. 잘 하길 믿는다.

갑자기 이 아이가 보고 싶어졌다. 나는 몇 번을 망설인 끝에 조심스
레 통화 버튼을 눌렀다. 길고 긴 기다림 끝에, 수심이 가득 찬 목소리로
전화를 받는…… 나쁜 자식 김준수.

"여보세요."

순간 말문이 막혀 버렸다. 아무런 말도 할 수 없었다. 꼭 9개월 만이었다. 너무나도 그리웠던 준수의 허스키한 목소리를 듣는 순간, 내 몸은 굳어 아무 것도 할 수 없었다.

"……별……아?"

믿을 수 없다는 듯 준수가 내 이름을 되뇌자 너무나 기쁜 나머지 눈물이 왈칵 쏟아졌다. 이제 모든 것이 제자리로 돌아왔구나. 모든 것이.

너무 복잡한 길을 돌아서 왔다. 내 영혼이 드디어 안식을 찾아 제자리로 돌아온 것 같았다.

"그래…… 나야. 나라구."

"우리 참 오랜만이다……그치."

"응……."

한 마디 말도 없이 떠나버린 준수가 얄밉고 또 야속했지만 늘 그리워했었다. 내 눈에선 쉴 새 없이 눈물이 쏟아져 내리고 있었고, 그런 마음을 아는지 모르는지 준수는 시종일관 담담한 말투로 나를 대했다.

"야, 울지 마. 이제 다 끝났어."

"나 안 울어."

"바보야. 다 보이거든."

"뭐?"

"네 오른쪽 옆 50m 근방."

소스라치게 놀란 나는 설마, 하는 마음으로 오른쪽으로 발걸음을 내딛었고, 과연 멀지 않은 곳에 준수가 서 있었다. 미치도록 그리워했던 놈. 나를 허구한 날 이렇게 울려버리는 천하에 나쁜 자식. 준수는 빙긋 웃으며 나를 향해 빠른 걸음으로 다가왔다. 나는 그만 다리가 풀려 그 자리에 풀썩 주저앉고 말았다. 준수가 내 옆에 무릎을 꿇었다. 항상 반짝이던 그 아이의 눈은 붉게 충혈되어 있었다.

"잘못했어. 내가 정말 판단을 잘못했어. 너 이렇게 아픈데…… 힘든데…… 그냥 내버려뒀어. 끝까지 같이 갔어야 했어. 단지 내 욕심 때문에 널 이 지경이 되도록,"

준수는 목이 멘 듯 잠시 말을 멈추었다.

"이제…… 너 두고 떠나는 일 없을 거야. 미안해. 나 용서하지 마. 난 네 옆에 있을 자격도 없어."

"그건 안 돼. 그럼 나 계속 이렇게 살아야 하잖아."

난 눈물을 머금은 채로 웃으며 준수를 힘없이 때렸고, 준수는 나를 살며시 자신의 품 안에 가두었다. 따스한 온기와 싱그러운 그 아이만의 향기가 나를 안정시키는 듯했다. 이미 모든 오해는 다 풀렸고, 더 이상 말이 필요 없었다. 우리는 그렇게 한참 동안을 안고 있었다.

*　　*　　*

"Bonjour~! Comment ε a va?"

신이 나서 잘 되지도 않는 불어로 혼자 나불대는 나를 준수는 쪽팔린다는 듯 눈을 흘겼다.

"너 나랑 지금부터 아는 척하지 마."

"뭐가 어때서 그래?"

"넌 남의 나라에서 쪽팔리지도 않냐?"

"응. 너랑 있으니까 하나도 안 쪽팔려!"

우리는 지금 여행 중이다. 여기는 프랑스의 수도, 파리. 엄마가 큰마음 먹고 오직 나를 위해 적금을 깼다고 한다. 준수는 한창 나에게 시내 구경을 시켜주고 있었는데 내가 아무 사람에게나 말을 걸어대니 얼굴이 새빨개진다. 귀여운 자식. 사실 내가 그 얼굴을 보고 싶어서 일부러 더 그러는 걸 이 녀석은 알까?

우리는 세느 강을 한 바퀴 돌고 나서 벤치에 앉아 함께 아이스크림을 나누어 먹었다. 새들은 그런 우리를 반갑게 맞아주듯 즐겁게 지저귀고 있었고, 햇빛은 강의 푸른 물결에 비치어 반짝였다. 싱글벙글 웃으며 잠 자코 아이스크림을 먹고 있던 준수가 별안간 나를 돌아보았다.

"나 수능 끝나고 너한테 한 말 기억나?"

"응? 무슨 말?"

"내가 잘못했다고, 떠나지 말았어야 했다고 한 말."

"아…… 그때? 근데 그게 갑자기 왜?"

"나 그 말 취소할래."

이건 또 무슨 뚱딴지 같은 소리? 그럼 다시 떠나겠다는 소리인가? 당황한 나는 아이스크림을 제대로 삼키지 못하고 준수를 멀뚱히 바라보았다.

"무슨 소리야?"

"그냥. 그때 너 떠나길 잘 한 것 같아."

"야, 너 농담이라도 그런 말 하지 마."

뾰로통해진 내가 준수를 있는 힘껏 흘겨보자 그 아이는 식은땀을 흘리며 손사래를 쳤다.

"그런 뜻이 아니야."

"그럼 무슨 뜻이야?"

"그냥 네가 나 없이 이렇게 혼자서도 잘 해내줘서 고맙단 뜻으로 생각해!"

갑자기 눈시울이 뜨거워졌다. 아닌 척 일부러 헛기침을 하며 목소리를 가다듬자 준수는 내 손을 꼭 잡아 주었다.

"에이~ 또 심각해진다. 이렇게 결국 잘 해냈잖아. 우리 지금 이 순간을 만끽하자. 응?"

"으응."

울상이 된 얼굴로 고개를 끄덕이는 나에게 준수는 뭔가 뿌듯하다는 듯 미소를 지었다.

"넌 존재 자체로 나한테 행복이야."

갑작스런 고백에 순간 숨이 멎을 뻔했으나 나는 어색한 분위기를 수습하려 오버를 했다.

"우와~ 준수야!!! 저기 봐. 에펠 탑이야. 진짜 크다!"

"휴, 됐다. 내가 너랑 무슨 말을 더 하겠냐? 관두자."

"아, 그런 게 아니잖아~"

"저리 비켜."

단단히 삐친 준수. 평소 같았으면 주먹으로 한 대 때려 주겠지만 지금만큼은 눈감아 줄 수 있다. 우린 아직 시간이 많다. 이제 시작이니까. 우리들의 영원은 지금 막 시작되었다.

준수야, 준비됐니? 난 준비 완료!

번외- 별아 & 준수와의 인터뷰

작가: 안녕하세요. 대학 생활 하랴, 외무고시 준비하랴 많이 바쁘실 텐데 이렇게 인터뷰에 응해 주셔서 고맙습니다. 첫 인터뷰인데 떨리지는 않으신지요.

별아: 아닙니다. 영광입니다. 평범한 고등학생이었던 제가 이렇게 인터뷰까지 하게 될 줄 몰랐습니다. 벌써 외교관이 된 기분인데요? 하하.

작가: 준수 씨는 생각보다 과묵하신데요? 아까부터 계속 미소만 짓고 계시네요.

준수: (수줍게 웃으며) 하하하하. 아닙니다. 별아가 이야기를 너무 잘하는 바람에 달리 할 말이 없어서요.

작가: 자, 그럼 이제 특별 인터뷰인 만큼 약속드린 대로 질문을 드리겠습니다. 독자들께서 가장 궁금해 하시는 부분입니다. 준수 씨가 2학년 말에 별아 씨를 갑자기 떠날 수밖에 없었던 이유를 말해 주시죠.

별아: (장난스럽게 준수를 툭툭 치며) 그래. 나도 그게 제일 궁금했어. 좀 속 시원하게 말해 봐.

준수: (난감한 듯 웃으며) 네, 솔직하게 말씀 드리겠습니다. 당시는 2월 말, 3학년 첫날을 며칠 앞둔 상황이었으므로 저 또한 많이 걱정되고 앞으로의 진로에 대해 많은 혼란을 겪었던 게 사실입니다. 별아를 만나기도 더 조심스러웠으니까요. 저희의 만남이 혹시나 서로에게 더 피해가 되지는 않는지 걱정도 되었습니다. 그래서 잠시 떨어져 있는 방법을 생각해 보게 되었습니다. 저의 도움을 받지 않고 별아 스스로 일어섬으로써 그 아이에게 성취감도 느끼게 해 주고 싶었고, 또 그게 저의 역할인 것 같았습니다. 그래서 당장에 받을 상처를 감수하고 그 같은 결단을 내린 것입니다. 사실 제 생일을 별아가 잊지 않고 챙겨주었을 때 많이 흔들렸습니다. 하지만 당시 제 생각은 잠깐의 이별이 별아에게

영원의 행복을 가져다 줄 것 같았습니다. 이렇게 해서 마음 독하게(?) 먹고 별아와 연락을 끊었습니다.

작가: 참으로 눈물겨운 배려입니다. 별아 씨, 이제 진실을 알았는데 기분이 어떠십니까?

별아: 어느 정도는 예상하고 있던 답변이었습니다. 준수를 그만큼 믿었기 때문이죠. 처음엔 어찌된 영문인지 몰라 배신감도 들고 화도 많이 났었지만, 시간이 지날수록 준수를 이해하게 되더군요. 자세한 내막은 모르지만 분명 납득할 만한 사유가 있을 것이라고 생각했습니다. 하지만 직접 이야기를 들으니 괜히 마음이 뭉클해지는 것 같습니다.

작가: 두 분이 이렇게 서로를 배려하시는 모습이 정말 아름다운 것 같습니다. 정말 부러운데요? 저도 준수 씨 같은 멘토가 있었다면 정말 열심히 학교생활을 했을 것 같습니다.

준수: 하하하. 과찬이십니다.

작가: 마지막으로 외교관을 꿈꾸고 있는 청소년들에게 해주고 싶은 조언이 있으시다면 말씀해 주십시오.

별아: 여러분도 이미 아시다시피 외교관의 꿈은 엄청난 노력이 수반됩니다. 하지만 용기를 잃지 않고 한 발짝 두 발짝 그 길을 향해서 발걸음을 내딛는다면 여러분은 분명히 해낼 수 있을 것입니다.

준수: 외교관이 되기까지 멀고도 험한 길을 걸어야 하지만 그 꿈을 이룬다면 그에 따른 성취감은 말할 수 없이 클 것입니다. 힘들 때마다 밝은 미래를 떠올리면서 열심히 전진하길 바랍니다.

작가: 두 분, 앞으로 훌륭한 외교관이 되셔서 다시 만나 뵙기를 바랍니다. 인터뷰에 응해 주셔서 감사합니다.

별아, 준수: 저희도 덕분에 소중한 경험을 했습니다. 감사합니다.

Epilogue

수능 점수가 나올 때까지 전전긍긍하며 하루하루가 가는 것을 두려워했지만, 역시나 시간은 나를 실망시키지 않았다. 일주일이 눈 코 뜰 새 없이 흘러갔고, 엄마께 초등학교 입학 선물로 받은 오래된 책상 맞은편에 조그맣게 걸린 달력은 벌써 몇 장이 넘겨졌다.

그 동안 나는 성적표를 받았고, 점수에 맞는 적절한 대학을 찾기 위해 준수와 밤 늦게까지 전화통화를 했고, 차례를 지내고 세배를 하고 떡국을 먹었다.

추운 겨울이 지나고 얼었던 눈이 녹고 새싹이 날 즈음에도 나는 계속해서 달리고 있었다. 변한 건 아무것도 없다. 아니, 더 바빠졌다. 바로 지금 이 순간.

"죄송합니다!! 늦었습니다, 교수님."

뒷문으로 살짝 들어가려 했으나 이젠 안 속는다는 듯 문이 굳게 잠겨 있었다. 젠장. 또 지각이냐. 제발 정신 좀 차리자 김별아!!! 요번 학점도 날리면 정말 넌 끝이라고!

열심히 마이크에 침을 튀기며 강의를 하다 아주 잠깐 멈칫하신 교수님은 미간을 찡그리시며 굵은 돋보기 안경을 있는 힘껏 치켜 올리고는 나를 응시하신다.

"또 자넨가. 그냥 가서 앉게."

그래. 이제 체념하실 때도 되신 거겠지. 무안한 마음에 괜히 헛기침을 하며 조심스레 세 번째 줄에 앉아 열심히 노트에 필기하고 있는 준수 옆에 엉덩이를 붙였다. 무언가를 긁적이는 그의 옆구리를 툭툭 쳐보았지만 이 아이는 바위처럼 끄덕도 하지 않는다. 모두들 나한테 너무 냉정한 거 아냐? 한숨을 푹 쉰 나는 나머지 강의라도 건지기 위해 황급히 MP3와 노트를 꺼냈다.

*　　*　　*

"야! 같이 가!!!!!"

무심한 시간이 흐르고 모두들 일어나 피곤한 기색을 하고 가방을 주섬주섬 챙길 때, 동작 빠른 준수는 이미 강의실 문을 나서고 있었다. 나의 이런 간절한 외침에도 불구하고 단 한 번도 기다려 준 적이 없었던 나쁜 자식이다. 이제 허구한 날 뒤꽁무니 졸졸 따라가기도 지쳤다.

어느새 문 밖으로 사라진 그놈을 뒤로 하고 아주 천천히 가방을 챙기고 지끈대는 머리를 감싸쥐며 후들거리는 다리로 강의실을 나왔다. 일단 집에 가서 좀 자고 레포트를 써 볼까 하고 후문으로 발길을 서두르는데, 낯익은 목소리가 나의 걸음을 멈추게 했다.

"너 또 뭐하다가 늦은 거냐?"

"자식, 기다려 줬구나? 역시 넌 내 펫이야. 이쁜 것~"

줄곧 퉁명스런 표정으로 나를 가만히 흘기던 준수는 내가 함박웃음을 지으며 까치발을 하고 자신의 머리를 쓰다듬으려 하자 기겁을 하며 내 팔을 잡았다.

"너 나한테 아직 용서 받은 거 아니야."

205

"내가 뭘 잘못 했는데?"

"약속 어겼잖아."

"무슨 약속?"

"고3 올라갈 때 했던 약속 잊었어?"

"뭐?"

준수는 항상 이런 식이었다. 고3 때 먼저 연락을 끊자고 선언한 것도 그랬고, 대학 올라오고 나서도 그때의 약속을 상기시키며 나를 채찍질한 것도 그랬다. 준수의 등쌀에 시달려 산 지도 벌써 4년이 다 되어 간다. 까마득한 날들. 이제껏 견뎌오면서 피곤하기도 했고 때론 귀찮아서 다 포기해 버리고 싶었을 때도 있었다. 아이러니하게도, 그런 시절에 내게 힘을 준 것도 바로 준수였다. 그를 통해 내 진정한 꿈을 찾게 되었고, 그와 함께 힘든 고비를 수 차례 넘기면서 여기까지 왔다. 그는 내 인생의 가장 훌륭한 멘토이자 구세주였다.

"너 요새 경제학 공부 너무 소홀히 하는 것 같더라. 그게 외무고시 합격의 당락을 좌우하는 거 몰라? 안 되겠어. 너 미적분부터 다시 복습해."

내가 다른 생각을 한다는 것을 눈치를 챈 모양인지 준수는 이제 내 옆에 딱 붙어서 쉴 새 없이 잔소리를 해 댄다. 그 놈의 외무고시. 나도 최선을 다해 준비를 하고 있다. 학·석사 연계 과정도 지금 추진 중이고 고등학교 때부터 줄곧 나의 제 2 외국어였던 프랑스어도 열심히 하고 있다. 어디 그뿐인가. 정치학이랑 경제학 공부하느라 남들 놀러 다닐 때 도서관에서 밤을 지새우지 않았던가. 난 이제까지 준수의 옆에 꼭 붙어 앉아 소위 말하는 '열공'을 해 왔다. 숱한 날들을 함께 했음에도 그는 기억이 나지 않나 보다. 나는 약간 서운해졌다.

"무슨 생각을 그렇게 열심히 해?"

"너 나 좋아하는 거 맞니?"

"갑자기 웬 뚱딴지 같은 소리야?"

"그냥 말해. 나 좋아해 안 좋아해?"

방금 전까지만 해도 의기양양했던 준수의 얼굴이 순식간에 홍조를 띠었다. 그는 목을 두어 번 가다듬더니 허공을 바라보았다.

"좋아해."

"응, 뭐라고? 다시 한 번 말해 봐. 잘 안 들려."

"아, 좋아한다고!!"

"진심으로?"

"……응."

준수는 겨우 입을 달싹거리더니 멋쩍은 듯 뒷머리를 매만졌다. 기분이 좋아진 나는 그대로 펄쩍 뛰어올라 그의 볼에 짧은 입맞춤을 했다. 놀란 준수가 동그란 토끼눈을 하고 말없이 나를 쳐다보았다. 그의 얼굴을 그렇게 가까이서 본 것도, 느껴본 것도 처음이었다. 나는 쑥스러움에 고개를 숙였다.

"어…… 어쨌든 말이야. 우리 열심히 해야 돼. 대학 때 원래 더 열심히 하는 거야."

몇 초간의 정적을 깨고 준수가 처음 꺼낸 말이었다. 역시 예상대로 무드 맞추기는 꽝이다. 끝까지 공부 타령이다. 하지만 어쩌겠는가. 난 이런 준수가 좋다!

나는 수줍음을 감수하고 아무렇지도 않다는 듯 준수의 팔짱을 꼈다. 그가 당황하는 기색이 역력히 느껴졌지만 나는 개의치 않았다. 나는 본능적으로 느끼고 있었다. 이 자식은 쑥맥이라서 내가 하지 않으면 영원히 이런 일도 없을 것을. 이윽고 그의 손이 아주 천천히, 조심스럽게 나의 손을 잡았다. 우리는 서로 마주 보고 웃었다. 이제 우리에게는 두려울 것이 아무것도 없다. 둘이니까.

오래된 학교 건물을 감싸고 있는 담쟁이덩굴도 우리를 보고 웃으면서 반겨주고 있었다.

외교관이 되는 길

1. 외교관은 누구인가?[1]

우리나라와 외국(혹은 국제기구)의 관계를 담당하며, 해외에서 정치, 경제, 상업적 이익을 보호, 증진하여 해외 동포와 타국을 여행하는 국민의 개인적 업무를 처리한다.

외교통상부에 근무하면서 외교정책 결정에 참여하는 외교관과, 세계 각국에 상주하고 있는 공관에 근무하면서 본부(외교통상부)의 지시를 받아 주재국과 교섭하는 외교관이 있다. 해외공관의 종류는 대사관(Embassy)과 총영사관(Consulate General)으로 구분된다.

국가발전의 이익을 위해 나라의 전권을 갖고 외국과 협약이나 조약을 체결한다. 정치적, 경제적, 군사, 과학, 문화 전 분야에 걸쳐 국가 이익을 위해 상대국과 협의를 해서 이루어내는 직업공무원이다. 우리나라와 외국(혹은 국제기구)의 관계를 담당하며, 해외에서 정치, 경제, 상업적 이익을 보호, 증진하여 해외 동포와 타국을 여행하는 국민의 개인적 업무를 처리한다.

---

1) 외교통상부(2007), 외교통상부 청소년,
   http://young.mofat.go.kr/ 2009년 11월 20일 검색

① 외교에 관한 정책 수립

② UN(United Nations: 국제연합) 및 전문기구 등 국제기구에 관한 외교 정책 총괄 조정

③ 통일문제 및 대북한 정책

④ 외교 의전 및 외빈 영접

⑤ 양자 및 다자간 조약 및 국제협정에 관한 업무

⑥ 외국과 문화 · 학술 교류 및 체육협력에 관한 정책

⑦ 재외국민의 보호 · 육성 및 지원

⑧ 통상에 관한 외교정책 수립 등이며, 그밖에 대외경제 관련 외교 정책을 수립, 시행하고 남북한 경제 교류 업무를 협조한다.

2. 외교학과에 가려면[2]

- 서울대학교 외교학과 재학생의 답변

1. 비교내신제가 적용됩니까?

☞ 내신 성적 반영 시 출신 고등학교의 서열을 반영하는 비교내신제는 서울대학교 입학에 적용되지 않습니다. 교육부에서 금지하고 있기도 하죠.

2. TEPS나 TOEIC 등 영어자격시험을 공부하는 게 대학 입학에 많은 도움이 될까요? 외교학과에 들어가고 공부하려면 영어를 잘 해야 하나요?

☞ 우선 앞에서 외교학과에 대한 설명을 보셨다면 외교학과와 영어 간에 필연적인 밀접한 관계가 존재하지는 않을 것이라는 것은 눈치 채셨을 것입니다. 외교학과는 외시학원도 외교관 양성소도 아니니까요. 또 외교학과라고 학생을 다른 과와 달리 따로 뽑는 게 아니기 때문에 TEPS나 TOEIC, TOEFL 공부가 '외교학과' 입학에 특별히 유리하게 작용할 것은 없을 것으로 보입니다.

---

2) 서울대학교 외교학과(2002), 서울대학교 외교학과,
   http://ir.snu.ac.kr/, 2009년 11월 20일 검색

다만 인문대학이나 간호대학에는 TEPS 850점 이상인 경우 수시모집에 '지원' 할 수 있습니다. 사회과학대학에는 그런 기준이 없습니다. 물론 영어를 잘 하면 대학생활이 편하긴 합니다. 특히 외교학과는 유달리 영어로 된 교재가 많기 때문입니다. 그러나 그게 꼭 TEPS, TOEFL 따위의 시험 성적이 필요한 건 아니겠지요. 영어를 잘 하면 시험을 잘 보겠지만, 시험을 잘 본다고 영어를 잘 하는 건 아니기 때문입니다.

어쨌든 졸업을 하려면 TEPS를 보긴 봐야 합니다. 학부생의 영어 과목 수강 가능 최저 기준은 TEPS 501점 이상, 졸업 기준은 TEPS 701점 이상(500점으로 낮아진다는 얘기도 있더군요)입니다. 영어 실력도 중요하겠지만 더 중요한 것은 배경 지식이 아닐까요. 영어는 어디까지나 더 많은 지식을 접하기 위한 도구이니까요. 도구보다는 그것을 활용하는 사람의 '능력' 이 더 중요할 것 같네요. 사회역사 등에 대해서도 많이 투자하는 게 좋지 않을까요?

3. 커트라인은 어느 정도입니까?

☞ 공식적으로 공개된 커트라인은 없습니다.

4. 서울대학교 외교학과 대학원에 진학할 경우 필답고사 및 구술고사는 구체적으로 어떤 과목을 어떤 책으로 공부해야 할지 가르쳐 주시겠습니까?

☞ 전공 필답고사는 없어졌습니다. TEPS(701점 이상), 제2외국어, 서류전형과 면접이 주요 평가 대상입니다. 전형 형식에 대해서는 서울대 홈페이지(www.snu.ac.kr)의 입학정보를 참고하십시오.

3. 외교관이 되려면[3)]

외교관이 되기 위해서는 외무고시에 합격하거나 특별채용으로 선발되어야 한다. 공무원 5급 공개경쟁채용시험인 외무고시를 합격하여 외교관이 되는 방법이 일반적이다.

외무고시시험에 응시하기 위해서는 20세 이상 32세 미만(2004년에는 31세 미만, 2005년부터는 30세 미만)으로 제한되며 학력은 제한이 없다. 시험은 1년에 1회 시행되며 총 3차 시험으로 구성되어 있다. 특별채용은 특수분야와 특수언어를 전공하거나 경력을 쌓은 사람을 비정기적으로 채용하는 것으로 그 채용인원은 상당히 적은 편이다.

외무고시에 합격하면 외교통상부 소속 외교안보연구원에서 기본교육을 소정 기간 동안 수료하며, 기본 교육 기간과 수습 기간을 합한 1년 동안 행정자치부 소속의 시보(試補)공무원 자격이 주어지게 된다. 그 후 외교통상부의 각 부처에 배치되어 2년 정도의 기본 실무를 익히게 된다. 정규사무관이 되면 재외공관 근무 이전에 2~3년의 해외어학연수를 할 기회가 주어지며 연수가 끝난 후 인사발령이 나게 된다.

---

3) 한국직업정보시스템(2009), 한국직업정보시스템,
   http://know.work.go.kr/   2009년 11월 21일 검색

외교관은 무엇보다도 뛰어난 외국어 실력을 갖추고 있어야 한다. 또한 국가를 대표하는 직업인 만큼 각 분야에 대한 폭넓은 지식과 소양을 갖추어야 하며, 인간 관계가 원만하고 협상 능력이 뛰어나다면 일을 수행하는데 도움이 된다.

4. 외교관으로 가는 중요한 관문, 외무고시[4]

외교관이 되기 위해서는 우선 영어와 제 2외국어를 원어민 수준으로 유창하게 잘 해야 한다.

제2외국어는 스페인어, 포르투갈어, 프랑스어, 독일어, 일어, 중국어, 서반아어(아랍어) 등이 인정 된다.

외무고시는 총 3단계 시험으로 구성되어 있다.

[제 1차 시험] - 매 과목 40점 이상, 전 과목 평균 60점 이상 득점자 중 고득점자 순으로 최종선발인원의 5배수 이내에서 결정

[제 2차 시험] - 매 과목 40점 이상 득점자 중 고득점자 순으로 최종 선발예정인원의 13할의 범위 내에서 결정

[제 3차 시험] - 선발예정인원 내에서 합격 · 불합격만을 결정

과목:

필수- (1차) 헌법, 영어, 한국사, 국제정치학(외교사, 국제경제법포함)

---

4) 사이버 국가고시센터(2007), 사이버 국가고시센터,
http://www.gosi.go.kr/ (2009년 11월 21일 검색)

(2차) 영어, 국제정치학(외교사 포함), 국제 법(국제경제법 포함),
　　　경제학(국제경제학 포함).

선택(2): 독어, 불어, 러시아어, 중국어, 일어, 서반아어, 스페인어 행
　　　정법, 행정학, 재정학, 국제사법, 정보체계론, 사회학, 민법
　　　총칙, 정치학, 문화사(단, 외국어만 2과목 선택은 불가)

2부

(1차)　필수(1): 영어

　　　선택(1): 국사, 문화사

(2차)　필수(2): 국어, 영어

　　　선택(2): 국제 법(국제경제법포함), 국제정치학(군축, 안보포함),
　　　경제학(국제경제학포함)

(3차) 면접시험

　작년(2008년) 기준으로 봤을 때, 외무고시 합격자가 가장 많은 학교
는, 총 19명의 합격자를 낸 서울대학교다. 그 다음이 7명의 합격자를 낸
연세대학교이고, 그 다음이 3명의 합격자를 낸 고려대학교와 한국외국
어대학교이다. 한국외국어대학교는 타 학교에 비해 특히 외무고시에
강하다.

5. 이 시대의 대표적인 외교관, 반기문 UN사무총장[5]

제7대 대한민국 외교통상부장관을 지냈으며 제8대 국제연합(UN) 사무총장이다. 충주고등학교를 졸업하고 1970년 서울대학교 외교학과를 졸업했으며, 1985년 미국 하버드대학교 행정학 석사를 받았다. 1970년 외무고시에 합격하고 외무부(지금의 외교통상부)에 들어가며 외교관 생활을 시작했다. 1976년 주인도대사관 1등서기관을 지냈고 1987년 주미국대사관 참사관 겸 총영사를 지냈다. 1990년 외무부 미주국장, 1992년 외무부 장관특별보좌관, 1995년 외무부 외교정책실장을 지냈으며, 1996년 외무부 제1차관보, 대통령비서실 의전 수석비서관, 대통령비서실 외교안보 수석비서관을 지냈다. 1998년 주오스트리아대사관 대사 겸 주비엔나 국제기구대표부 대사, 2000년 외교통상부 차관, 2001년 제56차 유엔총회 의장비서실 실장, 2002년 외교통상부 본부대사를 지냈다. 2003년 대통령비서실 외교보좌관을 지내고 2004년 제33대 외교통상부 장관에 올랐다. 2007년 제8대 유엔 사무총장이 되었다.

---

5) 한국 브리태니커 온라인(2009), Encyclopaedia Britaninca, http://preview.britannica.co.kr/ (2009년 11월 20일 검색)

어린 시절부터 외교관을 꿈꾸기 시작했다. 고등학교 때 외국학생의 미국방문 프로그램에 선발되어 미국을 방문하여 케네디 대통령을 만난 것이 그의 외교관 인생을 결정짓는 커다란 계기가 되었다. 대학교를 졸업하고 외무고시에 합격한 후 정식 외교관의 생활에 들어섰을 때, 그는 주미대사관에 발령받도록 되어 있었다. 그러나 당시 가난했던 그는 생활비가 비싼 미국보다는 후진국에 가서 돈을 아껴 집안에 보탬이 되겠다는 생각으로 인도 뉴델리 총영사관 근무를 지원했다. 이후 뛰어난 업무 능력을 인정받으며 외교관으로 승승장구했다.

순탄하던 그의 공직 생활에도 위기가 있었다. 2001년 2월 한·러 정상회담 합의문에 미국 부시 행정부가 폐기를 주장하던 탄도탄요격미사일제한(ABM) 조약을 보존하고 강화하자는 문장이 포함되며 한·미간에 큰 파문이 일어난 것이다. 이 일로 그는 차관의 자리에서 경질되며 큰 충격에 빠졌다. 전화위복이 된 것은 당시 유엔총회 의장을 겸하던 한승수 외교부 장관의 발탁으로 유엔총회 의장 비서실장 겸 주 유엔대표부 대사로 임명된 일이다. 직급상으로 보면 좌천되는 인사였지만 그는 주어진 임무를 묵묵히 수행하였고 이로써 그는 다시 일어서게 되었다.

2006년 10월 13일 192개 유엔 회원국으로부터 만장일치로 제8대 유엔 사무총장으로 공식 선출되었다. 그가 국제정치의 본산지인 유엔의 수상 자리에 오른 것은 한국 외교사를 빛내는 커다란 사건이었다. 특히 유엔의 지원을 받아 어려움에서 벗어났던 과거에서 벗어나 대한민국의 위상을 제대로 인정받은 것이라 할 수 있다. 그는 유엔 사무총장 수락연설을 통해 세계 안보의 평화적 해결과 발전, 취약한 국가의 인권 증진을 위해 노력하겠다고 밝히고, 말보다는 실천을 강조하고 유엔을 개혁하겠다는 강한 의지도 드러냈다.

6. 전문가 interview

－서울대학교 외교학과 3학년 이헌진 님

Q: 반갑습니다. 서울대학교 재학생을 직접 보긴 처음이라 무척이나 떨리네요. 안녕하세요.

A: 안녕하십니까. 이번에 서울대학교 외교학과 3학년에 복학하는 이헌진이라고 합니다. 작년(2009) 카투사를 제대해서 올해 3월에 복학하게 되는데요. 그래서 그런지 더 설레고 기쁜 것 같네요.

Q: 네. 그럼 첫 번째 질문입니다. 어떻게 외교관의 꿈을 지니게 되셨나요?

A: 사실 처음부터 외교관이 꿈은 아니었습니다. 고등학교 때까지는 심리학과에 가고 싶어서 서울대학교 사회과학계열에 입학을 했는데, 1년 동안 주어지는 탐색 기간 동안에 교양 과목을 통해 심리

학을 접해 보니 제가 생각했던 것보다는 많이 다른 분야라는 것을 깨달았습니다. 그러고는 차선책으로 외교학과를 선택하게 되었죠. 예전부터 어학과 역사 분야에는 관심도 많았고, 국제 관계에 대해 공부해 보는 것도 괜찮을 것 같다고 생각했기 때문입니다.

Q: 그러셨군요. 그럼 외교학과에서는 주로 무엇을 배우나요?

A: 딱히 뭐라고 콕 집어서 설명하기는 어렵습니다만, 정치학과 외교학은 떼어놓을 수 없는 관계이기 때문에 주로 국제정치와 정치 외교학 이론에 대해서 배웁니다. 다시 말하면, 외무고시에 나오는 부분이나 실무 분야보다는 학문과 이론 쪽에 더 치중해서 배운다고 말할 수 있습니다. 비슷하게 생각될 수 있는 분야로 국제학부가 있는데, 국제학부 같은 경우에는 경제, 국제통상, 정치 등과 같이 다섯 가지 분야로 나누어서 국제 사회에 알맞은 사람을 전문적으로 양성한다고 볼 수 있습니다.

Q: 외교학과에 진학하기 위해서 어떤 것들을 준비하셨나요?

A: 저는 서울대학교 05학번입니다. 제가 다닐 때는 입학사정관제 등이 본격적으로 도입되기 전이라 딱히 고교 재학 중에 특별한 활동을 한 건 없습니다만, 아무래도 서울대학교에 입학하려면 좋은 내신과 수능 성적, 특기자 전형 같은 경우에는 TEPS 성적, 그리고 인문계열 같은 경우에는 수능 국사 성적이 반드시 필요하므로 그런 것들을 준비했다고 보시면 됩니다. 저 같은 경우에는 TEPS를 930점 정도 맞았었는데, 정시에 합격하는 바람에 딱히 도움을 준 건 없다고 할 수 있네요. ^^

Q: 다른 학교와는 특징적으로 다른 서울대학교 외교학과의 우수한 점을 소개해 주신다면?

A: 제가 다른 학교에 대해서는 잘 몰라서……. 저희 학교만의 특징을 굳이 말씀드리자면 서울대학교는 다른 대학교와는 달리 정치학과와 외교학과가 따로 나누어져 있다는 점입니다. 하지만 최근 정치학과와 외교학과를 합치자는 의견이 많이 나오고 있어 어떻게 될지 저도 잘 모르겠네요. ^^;

Q: 외교학과를 졸업하면 선택할 수 있는 직업은?

A: 일반적으로 외교학과를 졸업하면 외무고시를 거쳐 외교관이 되는 것을 많이 상상하시는데, 의외로 진로는 다양합니다. 외교관이 되는 것 이외에도 KOTRA, KOICA 같은 공기업이나 국제기구, NGO에서도 활발한 활동이 가능합니다. 또한 일반 대기업과 언론사 등에도 취업이 가능하며 행정고시, 사법고시 등과 같은 다른 국가고시들을 거쳐 변호사,판·검사 등이 되는 것도 가능합니다. 제 주위에는 유학을 가서 대학원을 한다거나 공부를 더 해서 외교학자나 교수 등 전문가 쪽으로 나가는 친구들도 많더군요.

Q: 고등학교 때 활동 중 입시에 특별히 도움이 되었던 것들이 있었나요?

A: 특별히 도움이 될 만한 것들이라……? 하하. 저도 그저 평범한 학생일 뿐이었습니다. 학교에서 공부 열심히 하고 주말엔 학원 가는 게 다였습니다. 제 나름대로 의지를 갖고 소신껏 열심히 했다는 것도 도움이 된 것에 포함이 되나요?

Q: 외교학과에 들어가는데 특별히 잘 해야 하는 과목이 있나요?

A: 사회과학계열인 만큼 국어, 수학, 영어 등 필수적인 과목을 포함해서 사회 과목을 열심히 해야겠죠? 하지만 서울대학교는 전 과목을 다 보기 때문에 뭐든지 열심히 해야 한답니다.

Q: 다른 사람들이 흔히 외교학과에 대해 오해하는 부분이 있나요?

A: 아까도 말씀드렸듯이, 외교학과라 하면 대부분 오직 외무고시만 바라보고 공부하는 외교관 지망생들을 위한 학과라고들 오해를 많이 하십니다. 하지만 외교학과는 외무고시나 실무 분야보다는 좀 더 이론적으로 깊게 들어가는 '정치/외교학'을 배운다는 것, 그리고 외교학과를 졸업해도 진로가 아주 다양하다는 것을 알아주셨으면 합니다.

Q: 앞으로 외교학과를 졸업하고 본인의 진로에 대한 특별한 계획이 있으신가요?

A: 이번에 제대하고 잠깐 쉬면서 영국대사관에서 인턴도 해 보고 '아름다운 사람들'이라는 NGO 활동도 해 보았습니다. 여러 가지를 체험해 보니 저한테는 기아, 난민을 돌보는 NGO나 국제기구가 잘 맞다는 사실을 깨닫게 되었습니다. 그래서 저는 외무고시를 치기보다는 국제기구에서 일을 하면서 지구촌 난민들에게 희망을 줄 수 있는 사람이 되었으면 합니다.

Q: 마지막으로, 외교관을 꿈꾸는 저 같은 학생들에게 해 주고 싶은 조언이 있으시다면?

A: 꿈을 잃지 않고 열심히 노력하는 것이 무엇보다도 중요하다고 생각이 듭니다. 일단 원하는 대학 외교학과에 합격을 하는 것이 우선의 목표라면 모의고사 하나하나에 너무 연연하지 말고 틀린 문제들을 계속 풀어보고 유형 파악을 해서 외워두는 것이 좋습니다. 지레 겁먹거나 너무 앞서 긴장하지 말고, 끈기 있게 열심히 하시길 바랍니다.

Q: 너무나 멋진 인터뷰였습니다. 좋은 말씀 감사합니다.
A: 감사합니다.

〈제 3부〉

못다한 이야기

작가의 짧지만 긴, 인생 Story

소설이라는 장르를 택하는 바람에 꿈을 향해 부단히 노력하는 '별아'는 그려낼 수 있었지만 이야기상 정작 그 캐릭터 안에 100%의 내 자신을 담아내지는 못한 것 같아 회상 형식으로 짧게나마 나의 인생에 대해 몇 자 더 적어보려고 한다. 물론 힘들었던 순간들과 잊지 못할 추억들의 깊은 부분들까지는 다 전달할 수 없겠지만, 이렇게 또 다시 인생을 돌아봄으로써 내 자아가 더 성숙될 수 있게 되기를 간절히 바란다. 지금부터 시작되는 결코 평범하지 않은(?) 나의 life story.

어렸을 때부터 난 집안의 막내로서 항상 가족들에게 둘러싸여 엄청난 사랑을 받고 자랐다. 사람들은 어렸을 적의 날 전혀 다른 두 가지 유형의 아이로 회상한다. 자주 아프고 나약했지만 그래도 착한 아이. 너무 과보호를 받고 자라서 언니에게나 다른 윗사람에게 제멋대로 행동하는 아이. 너무 어렸을 때라 내가 진짜 어떤 아이였는지는 기억이 잘 나지 않는다. 언니와는 달리 건강하지 않았던 날 부모님께서 과도하게 신경 써 주신 것은 사실이었다. 하지만 나는 엄격하신 부모님 아래에서 자란 예의바른 아이임에 분명했다. 왜 사람들 머릿속에 내가 그렇게 인식되어 있는지는 잘 모르겠다. 어떤 착오가 있었을 것이라고 나는 확실하게 자신할 수 있다.

또 하나. 나는 책을 좋아했다. 아니, 책을 '사랑' 했다. 유치원 다닐 때부터 이것저것 때와 장소를 가리지 않고 닥치는 대로 책을 읽었다. 부모님께서는 언니와 나를 데리고 백화점에 쇼핑을 갈 때마다 책 한 권씩을 꼭 사주셨다. 그 중 지금도 잊을 수 없는 책들이 바로 만화로 된 고전소설과

226

수필이었다. '금오신화', '계축일기', '양반전', '호질', '사씨남정기', '구운몽', '봉이 김선달', '인현왕후전', '한중록' 등은 정말 끼고 다니며 수십 번이고 읽었는데 고등학교 올라와서 몇 작품을 다시 만나게 되자 정말 신기했다. 너무 어릴 때라서, 그리고 만화로 구성된 작품들이어서 기억나는 건 줄거리밖에 없지만 그래도 나에게는 도움이 많이 되었다.

내가 초등학교에 입학하자 부모님께서는 언니가 다니던 '한우리 독서학교'에 나를 보내셨다. 그곳에서는 일주일에 3번씩 글쓰기를 하며 내가 좋아하는 책들을 마음껏 빌려볼 수 있었다. 지금 생각해 보면 그 학원에서 쌓은 기초가 중학교 3년을 건너뛴 나에게 정말 많은 것을 준 것 같다.

나의 사춘기는 초등학교 5학년 때 시작되었다. 5학년 때까지는 그래도 학급 간부를 역임하고 성적도 유지하는 모범생이었지만 6학년 때 약간 노시는 분들(?)과 친해지면서 내 인생도 바뀌었다. 그나마 난 그 무리들 중에서 착한(?) 편이었다. 나는 단지 가수 동방신기를 많이 좋아해서 밤 늦게까지 팬카페에서 놀았을 뿐이고, 수업시간에 약간 떠든 것 뿐(?)이었다. 지금도 그때 쓴 일기를 보면 정말 내가 왜 그렇게 개념 없이 살았을까 하는 생각이 든다.

그렇게 초등학교 시절을 끝내고 중학교에 입학해서는 조금 공부에 신경 쓰기 시작했으나 지금만큼은 흥미가 없었다. 그 때는 오직 동방신기가 내 삶의 전부였던 것 같다. 그렇게 평범하게 학교생활을 하며 1학기 기말 고사를 며칠 앞둔 어느 날, 부모님께서 내 인생을 송두리째 바꿔놓은 제안을 하나 하셨다.

"미국 이모 댁에 가서 방학을 보내지 않을래?"

심리학자이신 이모는 미국 동부 Massachusetts 주의 주도인 Boston에 오랫동안 거주하셨다. 이미 언니가 이모와 함께 생활하고 있었고 여름

방학 동안 서울 토박이인 이모 친구 분의 아이들 몇 명도 함께 생활할
계획이니 좋은 기회라는 것이었다. 안 그래도 따분했던 나는 흔쾌히 제
안을 수락했다. 이미 두 차례 정도 그곳에서 방학을 보내봤지만 이번에
는 새로운 아이들과 함께라니! 신이 난 나는 조금이나마 기운을 내서 공
부를 할 수 있었고 중간고사에서 반 10등, 전교 60~70등을 전전하던 나
는 기말고사에서 반 5등, 전교 40등 안에 드는 기염(?)을 토했다. 그렇게
신나게 떠난 미국.

여름 방학 동안 스포츠 캠프에 참가하며 한가롭게 시간을 보냈다. 방
학이 거의 끝나가던 어느 날, 나에게 또 다른 기회가 생겼다. 한국을 떠
나 미국에서 계속 공부할 수 있는 기회가 나에게 주어진 것이다. 너무나
도 갑작스러워서 잠시 당황했지만 나는 망설일 틈도 없이 "네."라고 자
신 있게 대답했다. 내게 이 기회가 언제 또 와서 외국에서 마음껏 내 끼
를 발산하며 공부할 수 있겠는가? 나에게 사실 선택의 여지란 건 없었
다. 물론 어렸을 때라 부모님도 보고 싶긴 했지만.

그해 가을, 난 작지만 알찬 교육 도시, Cambridge에 위치한 공립학교
Graham&Parks Alternative School에 다니게 되었다. 물론 내 영어가 부
족해서 외국인 학생들을 위해 따로 개설된 ESL class에 가게 되었지만,
나는 내심 걱정을 많이 했다. 세계 각국의 아이들이 모여 있는 교실에서
내가 과연 잘 해낼 수 있을까?

이튿날, 교실에 들어서자마자 내 걱정은 아주 쓸데없는 것이었다는
판정이 바로 났다. 수줍게 교실에 들어가자 선생님 두 분이 나를 반갑게
맞아주셨다. 다들 너무 친절하게 대해 주셔서 나는 학교에 곧잘 적응할
수 있었다. 또한 그 곳엔 정말 여러 나라의 아이들이 있었다. 벨기에, 터
키, 중국, UAE(United Arab Emirate), 파키스탄, 아이티, 쿠웨이트, 아르

헨티나, 브라질, 네팔 등등. 생김새도 각기 다르고 쓰는 언어와 문화도
달랐지만 우리는 금방 친해졌다. ESL은 천국이었다. 그곳에서 처음 공
부의 즐거움을 느꼈고, 영어의 기본도 단단하게 다질 수 있었다.

Alewife로 견학 갔을 때 중국에서 온 Cheng,
아르헨티나에서 온 Eugenia와 사이좋게 찍은 사진

과학 Project를 끝내고 친구 Annalee와 찍은 사진

그렇게 4개월이 지나고 한 학기가 끝났다. 나는 시험을 치렀고 ESL을
떠나 다른 미국 아이들이 있는 보통 반에 갈 수 있는 기회를 얻었지만, 남
은 학기를 ESL에서 보내기로 결정했다. 솔직히 친구들과도 떨어지기 싫

었고 새 학년도 아닌데 학기 중간에 불쑥 낯설고 어려운 수업을 듣는다는 것은 무리라고 생각되었기 때문이다. 나는 남은 학기 동안 MIT 과학 박람회에 참가하여 학교 이름으로 상을 타는 등 미국에 온 지 1년도 안 된 외국인 학생 치고는 나름대로 이름을 알리며 행복한 학교생활을 했다.

시간이 흘러 여름이 되었을 때, 나는 청천벽력 같은 소식을 듣게 되었다. Graham&Parks의 보통 반에 빈 자리가 없기 때문에 내가 보통 반에 들어가려면 전학을 가야 한다는 것이었다. 나는 패닉상태에 빠졌다. 나보고 혈혈단신으로 전학을 가라고? 이건 말도 안 돼. 여름방학이 지나고 새 학년, 새 학기가 가까워질수록 내 마음은 혼란스러워졌다. 그렇게 해서 울며 겨자 먹기로 발길을 들여 놓은 Baldwin Middle School. 집에서 그렇게 많이 떨어져 있진 않았지만 내 심장은 쿵쾅거렸다. 교실에 쭈뼛거리며 들어서자 신나게 떠들고 있던 아이들이 모두들 나를 쳐다보았다. 나는 당황하여 얼굴이 붉게 달아올랐지만 애써 미소 지으며 구석진 자리에 슬그머니 앉았다. 다행히 나는 운이 좋은 편이었다. 때마침 LA의 한 사립학교에서도 Becca라는 여자아이가 전학을 온 것이었다. 역시 다양한 인종, 사회가 공존하는 Cambridge라 그런지 아이들은 아무런 선입견 없이 날 환영해 주었다. 나중에 Graham&Parks 에 자리가 생기는 바람에 학교를 한 달 남짓 다니다 다시 옮기긴 했지만 그래도 그 곳에서 좋은 추억을 만들었다.

10월 중순. 나는 다시 Graham&Parks로 돌아왔다. 이미 잘 알고 있었던 선생님들과 아이들을 다시 만났기에 나는 어깨가 무거워 질 수밖에 없었다. 첫 영어 수업에 들어갔을 때, 나는 무척이나 긴장했다. 하지만 국위선양(?)을 하겠다는 마음가짐으로 오기를 내어 마음을 가다듬었다. 종이 울리자, 선생님께서 들어오셨다. 나는 속으로 '뜨악' 하고 입을 다물지 못했다. 하필 Chris 선생님이 걸릴 줄이야! 선생님들 중에서도 그렇게나 까다롭다는 Chris 선생님은 Stanford를 졸업하시고 Harvard 대학원을 다니시면서 일을 하고 계셨다. 하지만 선생님을 만나게 된 건 어쩌면 내 생애 가장 큰 행운이었다. 첫 숙제로 에세이를 쓰고 그에 따른 점수를 받았을 때 나는 충격을 받고 말았다. 2$^+$. 알파벳으로 환산하면 C$^+$에 해당하는 점수. 그때부터 정신이 번쩍 든 나는 닥치는 대로 에세이를 쓰기 시작했다. 썼다가 지우고, 낮은 점수를 받으면 고쳐서 다시 내고…… 다행히 선생님께서는 귀찮은 내색 하나 없이 묵묵히 교정을 봐주셨다. 끊임없이 노력을 한 결과, 한 달 후에 상황은 바뀌었다. 우리는 영어(미국으로 따지자면 국어)수업을 토론, 1인극, 책 쓰기, 논문 등으로 다양하게 진행했는데 아이들 중 내가 제일 높은 점수를 받는 최우수학생에 속해 있었다. 그 밖에도 나는 프랑스어와 바이올린을 배우며 한국에서 쉽게 할 수 없었던 여러 가지 활동을 즐겼다.

8학년 생활 중 가장 기억에 남았던 사건은 바로 졸업식 일 주일 전에 있었던 'Review Panel' 이었다. Review Panel이란 한 학년 동안 공부한 내용들과 그것들을 통해 자신이 무엇을 얻었는지에 대해 과목별로 정리하여 심사위원 3명 앞에서 펼치는 단독 프리젠테이션을 말한다. 심사위원들은 학교 선생님들을 포함하여 Cambridge 공립학교 운영위원회 대표와 장학사 등 무작위로 뽑히고 프리젠테이션 질에 따른 점수가 엄격하게 매겨지기 때문에 매우 부담스러운 게 사실이었다. 학교에서 수없이 발표를 해 보았으나 20~30분 정도 혼자 진행하는 단독 프리젠테이션은 처음이라 막막하기만 했다. 하지만 어쩌겠는가. 난 좋은 성적으로 졸업을 해야 했다. 아무도 없는 빈 방에서 혼자 열변을 토하며 피타고라스 정리를 증명했고, 반 아이들 앞에서 예행연습을 하고 조언도 구했다. 시간은 빠르게 흘렀고 드디어 그 날이 왔다. 만반의 준비를 끝내고 시작하기 전 심사원들에게 악수를 청하는데, 나는 소스라치게 놀랐다. 그 자리에 과거 ESL 선생님이 계셨던 것이다. 예상치 못했던 선생님의 방문으로 심사위원단은 특별히 총 4명으로 구성되었다. 선생님 3분에다 Graham&Parks 학부모 위원장. 결코 만만치 않은 상대들이었다. 나는 정신을 가다듬고 내가 ESL에서 처음 나와 2$^+$를 받은 것부터 시작해서 지금까지 올 수 있었던 과정과 내가 점수를 잘 받은 프로젝트들을 선보이며 그것들에 대하여 혼신의 힘을 다하여 설명했다. 간신히 마지막 코멘트를 하고 인사를 하는데 모두의 눈가가 촉촉해져 있었다. 부끄럽게도 내가 해 놓은 프리젠테이션에 감동을 받은 내가 먼저 울음을 터뜨리자 선생님들은 달려오셔서 나를 꼭 안아주었다. 수고했다고, 정말 우리는 네가 자랑스럽다고. 얼핏 들으면 꼭 휴먼 드라마 이야기 같다. 실제로 나에게 이런 일이 있었다고 회상해 보니 감회가 무척이나 새롭다.

Review Panel 예행연습 때. 많이 떨렸당~ㅎ

결국 나는 천신만고 끝에 Graham&Parks를 내 이종사촌과 함께 공동 수석으로 졸업했다. 정들었던 학교를 떠나보낸 후 나는 언니가 공부하고 있는 Cambridge Rindge and Latin School(CRLS)에 입학했다. Cambridge에서 단 하나뿐인 공립 고등학교라 학생 숫자가 무척이나 많았다. 그래서 그런지 Baldwin에서 잠깐 사귀었던 친구들도 고등학교에서 다시 만날 수 있었다.

설레던 졸업식 날, 친구들과 함께.

고등학교에서 가장 좋았던 건 언니와의 시간이었다. 우리는 단 30분 주어지는 점심시간에는 항상 도서관에서 숙제를 하고(숙제가 곧 시험이요 공부였다. 어찌나 숙제가 많은지.) 방과 후에 점심을 사 먹었다. 오후 3시에 마치는 대신 쉬는 시간도 없고 점심시간도 짧았기에 우리에게는 방과 후 점심 먹고 집에 돌아올 때가 단 둘이 있을 수 있는 소중한 시간이었다.

언니의 졸업식 날. 명색이 Harvard 옆 학교라고 Harvard 에서 졸업식을 했다.

반면에 학교에서 가장 마음에 들었던 것은 운영 시스템이었다. 교실 옮겨 다니는 시간과 점심시간이 짧다는 것만 제외하면 CRLS는 마치 대학 시스템과 같았다. 굳이 대학보다 더 좋은 것이 있다면 다양한 과목일 것이다. 필수로 들어야 하는 과목을 제외하고 2교시 정도 남는 시간에 우리는 듣고 싶은 과목을 마음대로 선택해서 들을 수 있었다. - 요리, 엔지니어링, 오케스트라, 토목 등. 우리 학교는 차고도 따로 있었기 때문에 수업 시간 도중에 차를 직접 수리하고 집을 짓는 등의 재미있는 경험도 가능했다. - 물론 우등생들은 남는 시간까지 동원해서 AP class까지 미리 이수해 버리곤 했다. 체육도 선택할 수 있어서 무용을 선택하면 체육은 듣지 않아도 되었다. 언니의 강력 추천으로 나는 1학기에 Dance 1을 들었는데 너무 재미있어서 2학기에 10학년 선배들과 함께 Dance 2 수업을 들었다. 방과 후에 Dance Company에 들어서 공연을 할 정도였으니 그 당시 나의 무용 사랑은 정말 대단했다. - 한국 온 후로 유연성이 다 사라져 버렸지만. -

Dance Ⅱ 에서 마지막 Project로 준비했던 공연 리허설 후.
친구들과 함께.(말이 친구였지 다들 10학년이었다.-_-;)

내가 9학년으로 처음 입학해서 큰일을 또 경험해 본 게 있다면 바로 National History Day Project일 것이다. 공립 사립 관계없이 미국 전 학교들을 상대로 하는 대회인데 내가 겁 없이 도전장을 낸 것이다. 여러 가지 역사 주제 중 나는 '을사조약과 일본 식민지 정권(Eulsa Treaty and the Japanese Colonization)'을 선정해 작업에 들어갔다. 그 대회에 참가하려면 10장의 research paper와 큰 보드를 만들어야 한다. 언니가 10학년 때 위안부를 주제로 지역 본선 3위까지 했기 때문에 나도 꼭 도전해 보고 싶었다. 나는 운 좋게 9학년 학교 대표로 뽑혀 몇몇 다른 사람들과 함께 지역 본선을 나가게 되었다. 이미 전시되어 있는 내 보드를 찾으려 발걸음을 옮기는데 그만 나는 주눅이 들고 말았다. 사립학교 아이들의 보드 때문이었다. 엄청난 돈을 들인 것처럼 보인 그 보드는 내 것과는 비교도 할 수 없을 정도로 화려했다. 일찌감치 상을 포기해버린 나는 그래도 열심히 심사위원들에게 내 보드와 주제에 대해서 설명했다. 심사위원들은 진지한 표정으로 그나마 경청하며 고개를 끄덕여 주었다. 하지만 예상했던 대로 나는 지역 대표로 뽑히는 데 실패했다. 한편으로는 아쉬웠지만 내게는 정말 큰 경험이었다고 생각한다.

National History Day Project에서 내가 만들었던 보드.
내 나름대로 최선을 다했지만 사립학교 아이들 것에 비해 너무 초라해서 속상했던 기억이 있다.

혼신의 힘을 다하고 노력한 만큼 결실을 거둘 수 있었던, 자본주의 시장 경제의 논리가 철저히 바탕에 깔려 있었던 CRLS. 처음엔 얼떨떨해서 실수도 많이 했지만 적어도 그 곳에서만은 정말 내 세상처럼 마음껏 끼를 발산했던 것 같다. 분에 넘치는 사랑도 많이 받아서 그 때를 돌이켜보면 새삼 내가 정말 사람 복이 많다는 생각이 들 정도로.

9학년 생활이 거의 지나가고 2008년 여름이 가까워 오던 날, 언니는 대학 합격 통지서를 받았고 난 한국에 다시 돌아갈 준비를 했다. 개인적인 사정으로 갑작스럽게 결정된 일이지만 어찌 됐건 내가 선택한 일이었기에 독하게 마음을 먹기로 결정했다. - 하지만 이 정도로 힘들 줄은 몰랐다!! 흑흑. - 만반의 준비를 마치고 방학이 되었을 때, 언니와 장래에 대해서 이야기를 나누다 우연히 '외고' 에 대해서 알게 되었다. 그때 나는 한국의 학교생활이나 제도 등에는 관심도 없었기에 아무것도 몰랐었다. 아마 그랬기에 내가 외고시험을 짧게나마 준비한 것이 아니었을까? 아무튼 사건의 전말은 이러했다. 언니랑 친하고 나와도 약간 친분이 있었던 아는 오빠가 작년 12월경에 한국에서 제일 알아준다는 서울의 D외고 국제반에 합격했다는 것이었다. 그 순간 들었던 나의 꽤나 당돌했던 생각.

'까짓거. 나라고 왜 못하겠어? 한국 돌아가는 김에 한번 해봐?'

하지만 그건 현실을 전혀 모르고 한 생각이었다. 한국에서 초등학교 시절을 보내고 중학교를 6개월 남짓 다닌 게 전부인 나는 '입시' 가 뭔지 전혀 감이 잡히지 않았다. 물론 여기저기 귀동냥해 가며 들은 건 많았다. 하지만, 한 번도 겪어보지 않았기에 그 이후 어떤 일이 일어날지 나는 알지 못했다. 내 의지를 너무나 믿으셨던 부모님께서는 기꺼이 나의 의견을 받아들이셨다. 그로부터 10여 일 후.

의기양양하게 미국으로 떠났던 그때처럼, 정확히 3년 하고도 1개월 뒤 나는 인천 국제공항에 혼자 서 있었다. 그때 내가 앞으로 벌어질 일을 알았더라면. 그랬더라면.

　2008년 8월의 끝자락, 한국으로 돌아온 지 하루 만에 나는 언어학원에 등록했다. 당시 내가 목표했던 외고는 경기도에서 가장 알아주는 Y외고였으므로 일단 시험을 보는 과목인 언어와 영어에 몰두해야 했다. 나에게 주어졌던 시간은 고작 2달 반. 그야말로 난 모험을 선택한 것이다. 시험에 떨어진다 해도 손해볼 일은 없었기에 이왕 시작한 만큼 나는 온몸을 던져 공부를 시작했다. 학원에는 쟁쟁한 아이들이 꽤 있었다. 영신중에서 전교1등을 한다는 아이, 소선여중에서 나름 한다는 아이, 그리고 미국 Texas에서 살다가 1년 전 귀국해 중등 검정고시를 합격했다는 아이 등. 그들은 늦어도 한참 늦게 온 나를 따뜻하게 맞아주었다. 우리의 목표는 모두 Y외고였으므로 서로 정보 교환을 하기도 했다. 조바심이 난 나는 강의를 열심히 들었다. 선생님이 하시는 말씀은 토씨 하나 틀리지 않고 모조리 필기했으며 이미 알고 있던 내용도 적고 또 적었다.

　그렇게 1달이 정신없이 흘러갔다. 우리는 실전 대비로 조선일보에서 주최하는 외고 모의 언어평가를 치렀다. 그리고 이변이 일어났다. 내가 영신중 전교 1등과 함께 반에서 가장 높은 점수를 받은 것이다! 나는 너무 기뻐서 소리를 지르고 싶었지만 여기서 멈출 수는 없었다. 하지만 그 기쁨도 잠시, 실제 시험을 보았을 때 나는 보기 좋게 떨어지고 말았다. 목표를 중간에 바꾼 탓일까? 나는 Y외고 대신 G외고에 원서를 냈다. 한국 땅에 발을 디딘 이래 하루도 쉬지 않고 쌓아왔던 나의 믿음, 의지, 그리고 실력은 하루아침에 물거품이 되고 말았다. 서울권 외고 시험은 2주일 정도 후에 있어서 다시 지원하여 합격한다면 D외고, H외고 같은 더 좋은 외고에 다닐 수도 있었다. 주변 사람들이 그렇게 하라고 권유했지만 난 정중히 사양했다. 이미 잃어버린 자신감을 2주 안에 회복하기는 힘들었고 서울권에서만 보는 구술면접 준비도 전혀 하지 않았기 때문이었다. 무엇보다 나 하나 때문에 경기도까지 같이 가서 고생하신 부모님을 생각하니 별로 내키지 않았다. 여러모로 너무 고생했는데 결과가 안 좋게 나와서 그런지 처음엔 눈물이 자연스럽게 나왔다. 하지만 이것도 결국 내가 선택했던 일.

참을 수 없을 만큼 답답하고 괴로웠지만 난 또다시 입을 굳게 다물었다. 내가 원망할 수 있는 사람은 아무도 없었다. 오히려 난 주변 사람들에게 감사해야 했다. 무모한 도전을 한 나를 격려해 준 것도 모자라 울고 있는 나를 위로해 주기까지 하니 더 이상 무기력하게 있을 수가 없었다. 나를 위해서라도, 또 나를 이렇게 사랑해 주는 사람들을 위해서라도 다시 일어나야겠다고 생각했다.

1주일 후. 일반고에 진학하기 위한 준비를 하려던 나는 또 다른 벽에 부딪히고야 말았다. 지금까지도 깨지 못한 단단한 장벽. 수학. 내 인생 처음으로 말 못할 자괴감을 가져다준 고마운(?) 과목이다. 중1, 1학기까지만 해도 영어보다는 수학을 더 잘 했고, 미국에서도 항상 제일 자신 있었던 과목이 수학이었다. 하지만 3년을 그대로 건너뛰고 곧바로 고등학교 수학을 시작하려던 나에겐 너무 무리였을까. 엄마 친구의 아들을 가르쳤다는 유능하신 과외선생님을 만나 첫 수업을 들은 날, 계산력이 부족하다며 타박 아닌 타박을 들었다. 과외를 한 지 3일쯤 지났을 때, 슬슬 내 자신에게 화가 나기 시작했다.

'왜 안 되는 거지? 왜 나는 만날 계산 실수에다 이상한 방법으로 문제를 푸냐구!'

수업을 끝내고 괴로워하는 나에게 엄마는 격려의 말씀을 하시며 맛있는 음식을 사주셨지만 결국 그날 나는 심하게 체하고 말았다. 또다시 찾아온 슬럼프. 신중하지 못했던 선택에 대한 자책감, 자아 상실감, 외로움 등이 집요하게 나를 따라다니며 괴롭혔다. 무슨 일이 닥쳐도 늘 씩씩하기만 했던 미국의 'Caitlin Kim'은 어디에도 없었다. 나는 점차 자신감을 잃어갔고, 어느 순간에 약해빠진 '김별아'로 변해 있었다.

그렇게 두려움 속에 고등학교에 입학했다. 이젠 더 이상 물러날 공간이 없었던 나는 그냥 부딪쳐 보기로 했다. 1년 내내 내 나름대로 최선을 다해 공부에 내 인생을 걸었고, 1학년 생활을 무난히 잘 마무리했다. 나는 항상 굳게 믿고 있다. 열심히 하는 자에게는 반드시 그에 따른 보상이 따를 것임을. 지금 내가 이렇게 힘든 시절을 보내고 끝내 극복한다면 반드시 먼 훗날 훌륭한 사람이 되어 있으리라는 믿음을 마음 속 깊숙이 새기고 있다. 아무리 이 세상이 공평하지 않다고 해도, 나는 이겨낼 것이다. 나는 분명히 잘 될 것이기에, 곧게 자라 사회에 나가서 우뚝 설 수 있을 것이기에 오늘도 앞을 향하여 끝없는 질주를 하고 있다.

감사의 글

학기 초부터 계획하고 진행해 왔던 책쓰기를 1년이 다 되어가는 지금에야 달성했습니다. 전문적인 작가도 아닌데다 입시에 항상 눈코 뜰 새 없는 고등학생의 신분이라 많은 어려움이 있었던 것도 사실입니다. 하지만 막상 이렇게 한 권의 책이 나온다고 생각하니 감회가 무척 새롭습니다. 평범한 고등학교 1학년생이었던 제가 어엿한 저자가 된다고 하니 신기하기도 합니다.

우선 저의 담임선생님이시자 경북여고 책 쓰기 동아리, '인디라이터즈'를 이끌어 주신 김소연 선생님께 깊은 감사의 인사를 드립니다. 감히 책 쓸 엄두를 못 내고 쩔쩔매던 저에게 항상 좋은 말씀을 해 주시고 동기 부여를 해 주셨기에 오늘날의 제가 있을 수 있었습니다.

바쁘신 가운데도 친절하고 성의 있게 인터뷰에 응해 주신 이헌진 님께도 감사의 말씀을 전하고 싶습니다. 덕분에 전문가 인터뷰 후에 단순히 정보뿐만 아니라 용기까지 한꺼번에 얻게 되었습니다. 나중에 외교통상부에서 뵙겠습니다~^^

부족한 제 원고를 읽어주고 오타까지 섬세하게 고쳐준 두 명의 친구들도 빠뜨릴 수 없습니다. 각자 책 만들기도 힘들었을 텐데, 친구 원고까지 봐주느라 정말 고생이 많았습니다.

마지막으로 다른 인디라이터즈 친구들과 부모님, 그리고 제가 고민에 빠졌을 때마다 무한한 영감을 주는 언니까지 모두에게 고맙습니다. 이 분들이 없었더라면 저는 결코 이 책을 순조롭게 마무리하지 못했을 것입니다.

이 책을 꿈을 향해 쉬지 않고 앞으로 달려가는 대한민국의 모든 청소년들에게 바칩니다.

참고문헌

*Bibliography   *한국직업정보시스템 http://know.work.go.kr/
*네이버 검색   *다음 검색   *외교통상부 청소년 홈페이지 http://young.mofat.go.kr/
*서울대학교 외교학과 http://ir.snu.ac.kr/